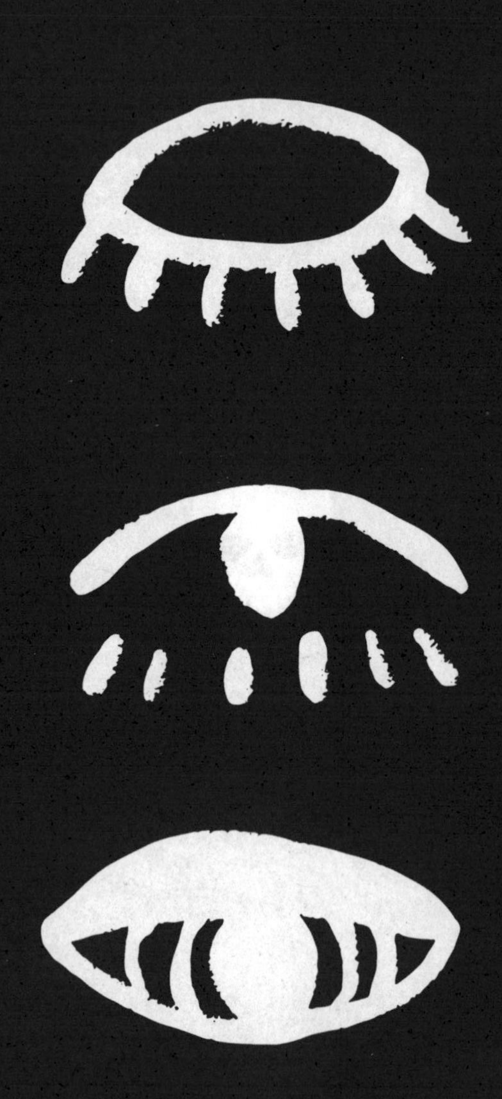

Imagens: © Alamy, © Freepik
Foto da autora: © Ilana Lansky

Diretor Editorial
Christiano Menezes

Diretor Comercial
Chico de Assis

Diretor de Novos Negócios
Marcel Souto Maior

Diretora de Estratégia Editorial
Raquel Moritz

Gerente de Marca
Arthur Moraes

Gerente Editorial
Marcia Heloisa

Editor
Bruno Dorigatti

Capa e Projeto Gráfico
Retina 78

Coordenador de Diagramação
Sergio Chaves

Designer Assistente
Jefferson Cortinove

Preparação
Luís Alberto Abreu

Revisão
Gabriela Mekhitarian
Natália Agra
Retina Conteúdo

Finalização
Roberto Geronimo

Marketing Estratégico
Ag. Mandíbula

Impressão e Acabamento
Braspor

DADOS INTERNACIONAIS DE CATALOGAÇÃO NA PUBLICAÇÃO (CIP)
Jéssica de Oliveira Molinari — CRB-8/9852

Libertad, Francisca
Se acaso numa curva / Francisca Libertad. — Rio de Janeiro : DarkSide Books, 2024.
256 p.

ISBN: 978-65-5598-485-9

1. Ficção brasileira 2. Favelas I. Título

24-5093 CDD B869.3

Índice para catálogo sistemático:
1. Ficção brasileira

DarkSide® *Entretenimento* LTDA.
Rua General Roca, 935/504 — Tijuca
20521-071 — Rio de Janeiro — RJ — Brasil
www.darksidebooks.com

FRANCISCA LIBERTAD

SE ACASO NUMA CURVA

DARKSIDE

Qualquer coincidência
não é mera semelhança.

À Elizabeth, minha mãe,
que me mostrou a coragem de ser inteira.

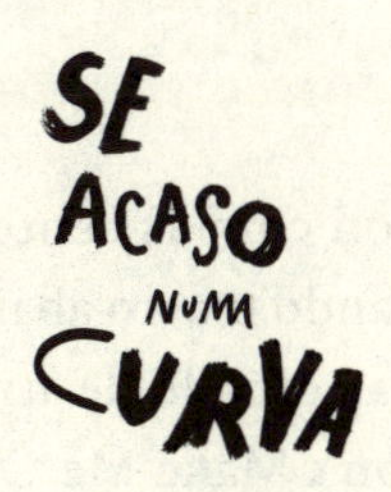

1.

Presente de Natal

Já era tarde, a noite abafada e mais vinte minutos de caminhada até a entrada da Pereira. Volta e meia se perguntava quem havia sido Pereira da Silva para que tivesse seu nome dado a uma favela tão especial. Era a primeira vez que iria a um baile sozinha. Sabia que precisaria esperar uns trinta minutos na endolação até meia-noite, quando a festa começaria. Trinta minutos antes de um baile era um momento crucial para o tráfico. Os meninos estariam armados até os dentes no esconderijo, embalando em pedaços de plástico as pequenas mutucas de maconha e os papelotes de cocaína, no corre para ter a droga pronta para consumo.

Dora apertou o passo pela calçada vazia enquanto observava a infinidade de mansões que margeavam a rua de paralelepípedo. Foi só quando notou uma família a encarando de dentro de um Mercedes-Benz que pensou como devia ser estranho ver uma menina de quinze anos andando sozinha àquela hora em Santa Teresa, sobretudo na noite de Natal. Não estava nem aí. Tudo que importava era enterrar na memória o mal-estar da ceia em família.

Espremida entre um muro e uma ribanceira, finalmente avistou a rampa estreita que beirava a entrada do antigo convento no alto da ladeira. Subiu com pressa, rezando para não ser vista por nenhuma viatura. No topo, se deparou com as centenas de luzes piscantes dos barracos da Pereira cascateando morro abaixo, um forte contraste com a riqueza das ruas que tinha acabado de atravessar. Mesmo lá de cima, dava para ouvir o soul "Don't Make Me Over" despejado do teste de som na quadra na base do morro. Apertou o passo na descida de uns dois quilômetros da viela mal pavimentada até a goiabeira ao lado de um barraco azul-claro, onde uma pequena clareira indicava a trilha secreta que levava até o esconderijo. Andou mais alguns minutos pela mata escura guiada pela luz da lua. O barraco de alvenaria ficava em meio à Floresta da Tijuca que cercava a favela, parecia abandonado. Limpou o suor da testa e arrumou a saia jeans antes de bater em código na porta: duas batidas rápidas, um intervalo curto e depois mais três, como Samurai havia explicado. O silêncio comprimiu seus tímpanos. A maçaneta se moveu lentamente, a porta se abriu por meros centímetros, um cano de metralhadora despontou pela fresta. Dora considerou que a polícia podia ter invadido o morro. *Pelamor de Zeus, me diz que eu tô errada, por favor.* Dois olhos esbugalhados brilharam contra o escuro do barraco, ela segurou o ar, se preparando para o pior. Mentex espremeu a cabeça para fora como uma tartaruga saindo do casco, rangia os dentes enormes tão alto que ela podia ouvir a metros de distância.

"Fala, Princesa!" Ele a apressou a entrar. "Chega mais, chega mais."

Dora deu dois beijinhos na bochecha de Mentex e se recostou numa parede de tijolo sem saber exatamente o que fazer dali para frente. Poucas velas iluminavam o barraco, uma sensação de sauna a vapor pairava no ar. Devia ter uns dez meninos no pequeno cômodo, apesar de, encostada na parede, ela só conseguir identificar o rosto de uns cinco — todos sem camisa e fortemente armados.

"Feliz Natal, Princesa." Mentex abriu um sorrisão travado de pancado.

Talvez essa acabe por ser uma noite nem tão divertida assim. "Foi mal ter chegado cedo, eu tive que sair de casa assim que deu. Mas eu posso esperar lá na quadra."

"Já tamo acabando aqui. Esse baile de Natal vai abalar geral. Se liga, tamo com um pó do contexto..."

"Ô, pela saco", Samurai veio por trás, dando um leve pescotapa em Mentex, "a Princesa num é chincheira, não!" A voz grave, de tom baixo, imprimia a calma de quem não precisava se impor.

Por que você demorou tanto? Sentiu-se aliviada ao ver Samurai.

"Apareceu a margarida." Ele se aproximou sorrindo.

"Achei que tinha chance de eu ser mais feliz aqui do que lá em casa." Dora deu dois beijinhos em sua bochecha.

"Só depende de você."

"Começou já isso?"

"Vai me fazer esperar até quando?"

"Já te falei pra parar com essa história de me esperar."

"E cadê teu namoradão na noite de Natal?"

Dora tentou disfarçar o desconforto com a pertinência da pergunta, "também não é sobre isso, Samurai."

"Eu tô ligado nesse teu papinho de que nunca vai namorar um traficante e patati-patatá..." Ele zoou.

"Patati-patatá, né?"

"Princesa, Princesa... bora queimar um na Pedreira."

Aos quinze anos, Dora se sentia adulta o suficiente para desconsiderar o protocolo maternal. Fazia quase dois anos desde que as coisas haviam começado a azedar, e era só o começo. As férias de verão na casa de praia, feriados em família, finais de semana na casa de São Paulo faziam falta, mas, gradualmente, esse tipo de diversão havia entrado em escassez. Não sabia se era pela chegada da adolescência ou a distância evidente que tinha se desenvolvido entre sua mãe, Vera, e o padrasto, Stephan. Tudo que ela conseguia pensar era na amizade crescente entre a mãe e Vicente, o professor gay de holandês dezesseis anos mais jovem. Dora desconfiava do comportamento dos dois, cada vez mais íntimos.

Stephan era fotógrafo e viajava a maior parte do tempo. Quando Vera estava no trabalho, ele costumava ficar lendo no escritório, fumando seus cigarrinhos Gauloises na piscina ou trabalhando em pequenos projetos da casa. Nos últimos anos, o carinho entre o casal, antes exposto, parecia ter ficado reservado à edícula. Dora sentia que as refeições, quando todos trocavam seus atravessamentos abertamente, era o único momento de proximidade que restava entre a família, e até mesmo esses encontros haviam ficado restritos a conversas monossilábicas.

Vera resolveu aprender holandês para falar a língua nativa do parceiro, Vicente era o professor do curso. Os dois clicaram e a amizade logo se aprofundou. Vicente entrou nas aulas de dança de salão que Vera tanto amava e que havia parado de praticar desde o casamento. Aos vinte e sete anos, ele era um homem inteligente, bonito pra caramba, cheio de vida e super afeminado. Dora acreditava que a sexualidade de Vicente lhe garantia uma imunidade descabida contra qualquer suspeita de potencial envolvimento romântico com Vera. Percebia fagulhas voadoras nas trocas de olhares entre a dupla. *Será que só eu tô vendo?*

Dez e trinta da noite de Natal. Dora havia passado a noite observando a dinâmica entre a mãe e os dois homens sentados à mesa: o marido e o melhor amigo. *Por que esse cara não tá passando o Natal com a família dele?* Um nó apertava seu peito. Tudo que ela mais queria era fugir dali.

Depois de muita bebida para os adultos e de um desconforto avassalador para Dora, o jantar finalmente acabou. O motorista foi levar Zulmira, vó de Dora, e Vicente para suas respectivas casas, Vera foi para edícula com Stephan, e seus irmãos se trancaram em seus quartos — jamais ligariam para seu paradeiro. Seu novo namorado andava pedindo para ser dispensado — uma semana sem aparecer. *Esquece o JP, a fila anda!* Tentava se convencer, sabendo que provavelmente ele havia tido mais um relapso e estava em algum canto escuro se entregando ao pó.

À distância, Dora parecia uma adolescente qualquer. Não tinha uma beleza óbvia, entretanto, exalava uma autoconfiança que transbordava ziriguidum. A saia jeans era curta. Escolheu a pulseira azul para combinar com o tamanco, já habituada à dificuldade de descer e subir as ladeiras de salto. Nem as vielas sem pavimento, nem as pirambeiras do morro que atravessaria para chegar até a quadra importavam, tudo que queria era sair de casa.

Não seria fácil deixar a mansão sem ser vista. O terreno consistia na casa grande, onde as crianças moravam, um jardim bem cuidado circundando a piscina e, do outro lado do terreno, a edícula, suíte master dos adultos. Na lateral perto da entrada, uma casa menor para os funcionários, que a essa hora estariam comemorando o Natal ou dormindo, mas tinha certeza de que o novo segurança prezava demais o emprego para deixá-la sair sem a caguetar.

Desceu determinada a rampa para o portão. Maicon se ajustou na cadeira dentro da guarita e alisou a blusa.

"Feliz Natal, Maicon."

"Feliz Natal, Dona Dora."

"Tem dona de nada aqui não. Dora tá bom."

"Sim, senhora."

"Sério, Maicon, deixa de formalidade. É Natal, quero te dar um presente antes de sair."

"Que isso, Dona Dora, precisa não."

"Dora, Maicon, me chama de Dora. Mas ó, não é nada demais."

"Não, senhora, eu não espero nada, não."

"Você é engraçado..." Dora sorriu, pensando que se ele soubesse para onde ela se encaminhava, certamente deixaria de lado a cerimônia. "Ó só, eu ia odiar te ver passar a noite de Natal sem nenhum entretenimento extra. Não sei se você curte, e sem querer te ofender, mas sua pulseirinha do reggae me deu a dica de que talvez seja um bom presente para sua noite ficar mais divertida." Dora abriu a mão, lhe oferecendo um baseado gigante.

"Santa pulseirinha..." Maicon abriu um sorriso largo.

"Finalmente relaxando."

"Muito agradecido, Dona Dora. Agora a noite voa."

"Dora."

"Isso. Daqui para frente, só Dora."

"Agora sim."

Dora fez menção com a cabeça para o portão, ele apertou o botão para abrir.

"E ó, cê não me viu."

"Viu quem?"

Deu duas batidinhas nas costas de Maicon, ele respondeu com uma piscadela cúmplice, e lá se foi ela pela estrada afora.

• • •

A Pedreira era uma rocha gigante, de uns vinte metros de altura, com uma angulação ideal para servir de mirante para os moradores da favela e, principalmente, para os viciados. Localizada na parte baixa da comunidade, era margeada por uma viela que levava até a pequena escadaria da entrada do morro, ou saída, no caso de quem vinha de Santa Teresa como Dora. No meio da escadaria ficava a boca mais visada pelos consumidores, justo por ser a de mais fácil acesso — bastava transitar da rua asfaltada de Laranjeiras para a via de cimento, subir uns trinta degraus e lá estava a drogaria a céu aberto. Da boca, dava para ver a quadra onde rolava o baile, a extensão da rua asfaltada para visar qualquer viatura subindo, a Pedreira e, olhando para cima, toda a extensão do morro tomado pela favela. Do alto da Pedreira, o reflexo da lua no oceano mascarava a violência do Rio de Janeiro.

Samurai era longilíneo e esbelto, ao contrário dos cariocas da época, bombados por anabolizantes e treinos de jiu-jítsu. Sua beleza era incontestável. Um sorriso largo, branquíssimo, contrastava com o retinto de sua pele; os olhos caramelos eram difíceis de não notar.

"Então tu deu perdido no feliz Natal em família para curtir o baile da favela." Ele terminou de apertar um baseado.

"Infeliz, no caso."

"Tá admitindo que é mais feliz aqui comigo?"

"Só que não tava feliz em casa."

"Larga essa marra. Deixa eu ser seu presente." Ele acendeu o baseado.

"Meu e das suas cinco namoradas..."

"Princesa, cê tá ligada que é você que eu quero! Quantas vezes já te falei que largo todas para ficar contigo?"

"Tantas quantas você deve ter falado para elas."

"Tu não capta a mensagem."

"Já te falei que não namoro traficante."

"Lá vem você com essa de novo..." Ele deu uma tragada longa no beck e soltou anéis de fumaça. "Tu sabe que eu vou ser traficante até o fim... É o que é. Tu vai tocando tua vida aí, me dispensando, tudo certo. Só que Ogum segue me dizendo que tu é a mulher para mim e que a hora vai chegar. Só tenho que ficar na moral e esperar de boa."

"Ogum de novo? Já te falei para não botar religião no meio."

O baile estava pegando fogo. Os vinte e quatro alto-falantes da Furacão 2000 ecoavam "It's Automatic" às alturas, rachando o habitual silêncio das mansões e prédios do entorno — quem falava de cima para baixo agora era o morro. A massa dançava no ritmo dos batidões gringos que abriam a festa em uma época em que o funk brasileiro ainda estava despontando. O soul, rap e Miami bass americano eram mixados pelos DJs cariocas com a batida pesada da bateria eletrônica de grupos como Kraftwerk, criando o suingue que lançava sensualidade no rebolado dos quadris das meninas e nos ombros e cabeças dos meninos. O êxtase da liberdade de dançar sem falso pudor transbordava sua graça em meio à mistura eclética de classes sociais que se encontravam desprovidas de preconceito naquele espaço limitado. O baile era, junto às praias, o lugar mais democrático da época. A galera do morro recebia de braços abertos os playboys do asfalto, sem esquecer do abismo entre os dois mundos. Havia um código de conduta tácito a ser respeitado. Os playboys sabiam muito bem que o morro não era lugar para desfilar marra de riquinho, menos ainda para vacilar. Quem mandava ali era o tráfico. O esquema era ficar na moral, dançando, consumindo sua droguinha, bebendo sem perder a linha, e sobretudo, jamais tirar onda ou dar em cima de mulher de bandido. Já as meninas destilavam charme ao dançar até o chão, sem desconsiderar as consequências drásticas de uma pisada em falso. Namorar bandido podia terminar em morte. Cada uma fazia suas escolhas. Cada cabeça, uma sentença. Todas as drogas, armas e suor desapareceriam pela manhã. Crianças jogariam futebol, moradores sairiam para trabalhar, outros se sentariam em cadeiras de plástico para curtir um bate-papo — a quadra era o ponto de encontro da favela e, desde sempre, a área de lazer comum dos moradores.

"Os muleque tão ansioso pro sinal." Samurai indicou os meninos na boca levantando o armamento, cheios de animação, "bora dar largada nessa noite".

"Minha parte menos preferida..." Dora sorriu, tentando disfarçar a tensão. "Então, deixa eu te falar, cê sabe que eu não sou muito chegada nessa parada de tiro. Vou esperar no Seu José e a gente se encontra na quadra."

"Ah, para de caô, Princesa. É o baile de Natal! Desce comigo."

"Tá maluco? O teu cacho de barraqueiras vai me perseguir até a morte."

"Eu quero ver alguém te perseguir depois de hoje. Confia em mim. É o meu presente."

"Ah, é? E o meu seria o quê?"

"Tu vai ver."

Samurai ergueu a pistola para o céu e esvaziou o pente. A massa foi à loucura. Os meninos da boca atiraram para o alto com suas Uzis, AK-47, AR-15, tomados pelo orgulho de ostentar o armamento pesado — copiavam os costumeiros fogos de artifício do começo de uma grande festa.

A janela de um barraco serviu de espelho: Samurai ajeitou as correntes, pulseiras e relógio de ouro, depois arregaçou as pernas do macacão branco, conferindo se a cor combinada do Reebok permanecia intacta. "Eu só quero é ser feliz e andar tranquilamente na favela onde eu nasci!"

Dora considerou o quanto a letra do "Rap da Felicidade" que vibrava os alto-falantes soava contraditória na boca de Samurai. Até que se percebeu encarada por ele, riu de nervoso e desviou o olhar num entrave entre virar um avestruz ou uma porta-bandeira. Sem mais delongas, ele segurou a mão de Dora como se fosse habitual, e com tanta certeza que ela não teve tempo de pensar duas vezes. O medo dela foi engolido pela confiança dele.

"Feliz Natal, Princesa."

À medida que os dois começaram a descer a escadaria em direção à quadra, cabeças foram virando para assistir. A mão de Dora suava frio contra a de Samurai. Os degraus pareciam não ter fim. Dora assistiu à expressão de ódio misturado à inveja nos rostos femininos e se sentiu a primeira-dama de um império indesejado. *Puta que pariu!* Por causa daquele breve momento ela seria para sempre conhecida como propriedade privada do gerente do morro. Ao final do último degrau, Dora não conseguia parar de pensar na virada que sua vida daria com aquela pequena decisão. Ser vista num baile era comum para sua geração de adolescentes da burguesia carioca, mas andar de mão dada com o gerente do morro era outra história. Podia sentir o impacto profundo daquela entrada. *Quê que eu tô aprontando?* Samurai a direcionou para Quase Nada, seu braço-direito, que ficou responsável por dar conta do que ela precisasse noite adentro. Ela seguiu Quase Nada até a área VIP na lateral do palco do MC, o lugar onde qualquer maria-pistola desejava estar. Num dia qualquer, ela ficaria lá com os meninos sem maiores questões, mas, depois da entrada triunfal, tudo o que queria era ficar invisível.

Dora notou Carol fofocando com umas patricinhas perto da entrada da área VIP. Carol era uma burguesinha de quatorze anos com rosto de menina e corpo de mulher. Dora se aproximou e a chamou para fora do grupo.

"Menina, demorô para abalar, hein. Tava falando pra elas que você é minha amiga."

"Abalar? Surtou, Carol?" *Ou será que fui eu que surtei?*

"Garota, essa sua entrada bombou geral. Tô te falando, eles sabem como tratar uma mulher."

"Cê já esqueceu o que rolou com a Carmem, né..." Dora respirou fundo. "Não sei você, mas eu não faço parte disso." Repetiu para si em silêncio.

"Uhum, beleza. Enfim, bora para a área VIP. Os meninos tão todos lá."

"Que área VIP nada... Não sai daqui, vou pegar um beck e já volto."

Dora subiu numa pedra perto da lateral da quadra, tentando ver se achava Quase Nada em meio à massa funkeira. Samurai veio por trás, a segurou pela cintura e abriu a mão, revelando um enorme baseado envolto em uma aliança de ouro.

"Te falei que teu presente ia chegar."

A aliança a encarando nos olhos, "acho que perdi uma parte dessa história...".

"Não gostou?"

Dora não respondeu.

"Sabia que eu devia ter pegado a de ouro branco."

"Só para eu entender. Que isso?"

"É uma aliança."

"De casamento?"

"De compromisso."

"Compromisso?"

"É."

"Que compromisso? A gente nunca nem ficou."

"Ainda."

"Para, Samurai... Não posso aceitar de jeito nenhum."

"Por quê?"

"Fala sério, vai... Já te falei que..."

"Caraca, não precisa ser de compromisso então. Só um presente de Natal, tá bom. Aceita e segue, pode ser?"

O buraco ia ficando mais embaixo a cada segundo, ainda assim, Dora não estava pronta para encerrar a noite.

Já eram duas da manhã quando Samurai avisou que estava puxando um bonde para o baile da Fallet — mais uma das favelas que escalavam as ladeiras do bairro de Santa Teresa, e que tinha uma de suas entradas do outro lado da mesma via principal que Dora havia atravessado para chegar até a rampa da Pereira. Era a convidada de honra de Samurai. *Não diga...* A surpresa foi quando entendeu que o tal bonde consistia em um comboio a pé com oito traficantes fortemente armados e seis meninas; quatro da favela, ela e Carol do asfalto. Mais uma vez, já era tarde.

Para chegar na Fallet, eles tinham que subir por uns três quilômetros a viela principal que cruzava o morro desde o final da rua de asfalto de Laranjeiras até a Almirante Alexandrino, via central de Santa Teresa — a fim de chegar de um bairro ao outro, a maioria dos cariocas teria que dar uma volta de mais ou menos vinte minutos de carro pelas ruas oficiais do Rio. Até aí tudo certo, subiram com a segurança de quem marchava no próprio quintal. Mas, uma vez no topo, tiveram que encarar a parte crítica da travessia: a rua Almirante Alexandrino. Era extremamente arriscado atravessar uma via urbana com aquele bonde armado. Carros e viaturas podiam passar a qualquer momento — um potencial confronto fazia parte do pacote e os meninos estavam preparados para o que desse e viesse. Dora conversou consigo como podia. Não tinha como debandar àquela altura. Sabia de várias histórias, mas decidiu se ater à sua positividade tóxica. Desceram enfileirados a rampa estreita do convento antigo num trote sincopado, atravessando os trilhos centenários da rua de paralelepípedo com pressa, mas sem correr. Dora respirou fundo. Ficou aliviada quando nenhum carro passou. Dali, desceram uma escadinha de degraus desnivelados que desembocava na profusão de barracos da Fallet, uma comunidade umas cinco vezes maior do que a Pereira. O bonde, agora já descontraído, caminhou por mais uns dez minutos pelo labirinto de vielas apertadas e construções ilegais ao crescente som da batida de "Gaiteiro 2000", que anunciava a proximidade da quadra. Mentex soltou um passo de funk, a AR-15 encaixada como uma barra de halteres sob os ombros, "gaiteiro, to-to-to-toca um negócio aí...". A jovialidade de Mentex descontraiu a tensão de Dora, estrangeira na própria cidade. Foi andar mais um pouco e virar uma esquina e lá estava o baile gigantesco, bem maior do que o da Pereira.

A quadra aberta ficava em meio aos milhares de barracos. Era quase tão grande quanto um estádio de futebol. Na entrada principal uma faixa de "FELIZ NATAL" ao lado de "FELIZ 1994" prenunciava a festa de ano-novo. De comércio, três botecos no entorno e duas bocas, uma em cada lateral do campo. O palco do DJ Marlboro foi montado contra o paredão oposto à entrada principal com dois microfones para os MCs e pelo menos uns quarenta alto-falantes emparelhados. A grande maioria dos integrantes do Comando Vermelho das favelas da Zona Sul estava comemorando o Natal ali, mais de vinte gerentes de morro estavam presentes, cada um com seu bonde. Dora reconheceu alguns rostos dos noticiários de crime.

"Ó o Dioín ali", Carol sussurrou para Dora, já toda serelepe.

Dioín, ou melhor, Índio, na tradução do dialeto usado pela bandidagem, era o chefe de toda partição sul do Comando Vermelho, também conhecida como CV. Ele era um menino bonito, com seus vinte e poucos anos, cara plácida de quem detém poder, e um cérebro acima da média, ainda que não tivesse nem mesmo o primeiro grau completo. Dioín era cruel, não havia limite para a sua maldade, apesar do rumor de que Samurai conseguia ser ainda pior. Em qualquer outro lugar Dioín poderia ser confundido com um playboy, mas, dentro daquele contexto, sua presença aumentava o patamar do baile.

O que o Sivuca não daria para estar aqui com a galerinha dele? O delegado Sivuca ficou conhecido por proclamar, em sua campanha para deputado estadual em 1986, que "bandido bom é bandido morto". Sivuca era truculento, integrante de esquadrão, e não conseguia superar o fato de que, apesar da guerra contra elas, as favelas se multiplicavam exponencialmente.

Não adiantava matar. Com o crescimento do tráfico, bandido dava em árvore. Dora, que o conhecia das matérias de jornais, tinha certeza de que ele daria a vida para assistir a tudo tão de perto quanto ela.

Não demorou muito para Dora avistar Carol entrelaçada nos braços de Dioín na área VIP. Sabia que os dois tinham se pegado alguns meses antes, mas achava que Carol sabia o suficiente sobre ele para ficar longe — obviamente, estava errada. Carol tinha a ousadia típica de seus quatorze anos e não era Dora que conseguiria frear sua inconsequência, além do mais, frente à própria audácia, não tinha cabimento questionar a conduta da amiga. Acordou do transe com Carol passando um baseado e oferecendo uma cerveja. Dioín, já desgarrado, conversava com seu bando em um canto.

"Cê sabe que eu não bebo", Dora aceitou o baseado.

Carol sorriu e cantou em coro com a massa, "funkeiros eu sei vocês são sangue bom, vêm pro baile cheios de disposição. Use suas forças para dançar um pancadão, não para arrumar tumulto no salão..."

A letra do "Rap do Festival" refletia a mudança que vinha ocorrendo no mundo do funk: no início dos anos noventa, a onda havia sido os "bailes de corredor" que aconteciam durante os "festivais de galeras" organizados por MCs, nos quais cada convidado performava, em busca de reconhecimento e representatividade social, composições que enalteciam suas comunidades. Ao final, eram distribuídos prêmios para as melhores performances, o que aumentava a rivalidade entre as galeras, que então se dividiam em Lado A (os "amigos") e Lado B (os "alemão"), e terminavam a noite soltando a violência represada no tal corredor de pancadaria. Essa moda já se dissipava quando os bailes se tornaram populares na Zona Sul — a nova onda era entoar hinos de curtição, romance e amizade, não de violência. Os bailes frequentados pela classe média tinham esse outro gosto de festinha de dança, paquera e, claro, consumo de drogas. Era outra vibe.

Dora cantava em silêncio, assistindo à dinâmica das relações entre os gerentes. Sabia da hierarquia entre os meninos da boca da Pereira, no entanto, era a primeira vez que presenciava a interação do alto clero do Comando: distribuíam presentes entre si, exibiam as armas novas uns para os outros, trocavam correntes grossas de ouro, anéis, relógios de marca, pulseiras certamente provenientes de roubos, uns inebriados pela fumaça de muitos baseados gigantescos, outros, pela pancação do pó — no baile de Natal, o preto e o branco eram distribuídos em bandejas pela área VIP. Mergulhada numa mistura de receio e fascínio, Dora se sentiu em uma versão brasileira de Scarface. Na lateral da área VIP, viu Samurai às gargalhadas com um grupo de gerentes, assistindo a duas garotas dançando funk: uma no chão, rebolando de quatro, enquanto a outra pulava por cima, batendo a bunda pela extensão do corpo da primeira em agachamentos rápidos, até cair também de quatro na sua frente — assim seguiam, igual aos carneirinhos pulando cerca que Dora contava para dormir na infância. *Haja talento.* Num canto da quadra, Cabeça de Bagre sarrava Jaqueline. *Lá vai a Jaqueline pancadona pegar o Cabeça...* Dora a conhecia de Ipanema, haviam jogado frescobol uma vez na praia. Jaqueline era de família rica, filha de coronel, mas Dora nunca teve uma boa sensação sobre ela. *Peraí, eles tão transando? Não, devem estar só de sacanagem... Eita, eu vi isso? Caralho, tão transando mesmo. Jaqueline, Jaqueline... vai que vai...* Dora deu mais uma tragada no baseado, pensando na distância da realidade das patricinhas da escola. Expulsou a transa de sua mente e notou a "dança da cabeça" rolando do outro lado do baile: um trenzinho de seis funkeiros rodando pela quadra, cada um segurando no ombro do da frente, movendo a cabeça para um lado e o corpo pro outro em sincronia. Meninas rebolavam a "dança da bundinha" — um bate quadril em dupla com direito a piruetas sincopadas, descidas até o chão, e muito charme. Sexualidade explodia pelas arestas.

Dora passou a maior parte da noite sentada em uma mureta, assistindo a tudo de longe. "In My Eyes" do Stevie B começou a tocar, uma de suas músicas favoritas. Mesmo com o ritmo crescendo em seu corpo, Dora dançou com timidez, segurou a rédea dos movimentos se relembrando de não sensualizar demais — a última coisa que queria era chamar esse tipo de atenção. Viu Samurai dançando pequeno em sua direção — AK-47 no ombro esquerdo, pistola prata tinindo na cintura e um sorriso enorme no rosto. Ele se aproximou, segurou sua mão e sussurrou com voz grave a letra da música, "*If you give me a chance, I just want to be your man*". Os corpos já quase colados, ela se deixando levar enquanto empurrava para longe qualquer resquício de hesitação. Daquela distância, conseguia sentir o cheiro dele. Seu eixo derretendo em pequenos fragmentos. Ele chegou junto, a puxou pela cintura, todo o resto desapareceu. Não havia jantar de família, professor de holandês, fogos de artifício, sexo na quadra ou qualquer outra imagem ocupando sua mente, só o conforto de ser enlaçada pelos braços de Samurai. Despertou de seu delírio com o MC chamando uma garota para o palco para a suposta performance de Natal. Não havia abraço nenhum do Samurai, menos ainda sussurro em inglês — ele estava do outro lado da quadra com seus parceiros. Sua mente já estava criando cenas de amor com o traficante. *Eita ferro.* Sua atenção foi tomada pela menina no palco, sem jamais prever do que se tratava a tal performance: uns caras viravam garrafas de cerveja sobre a cabeça da garota, que, aos poucos, fazia um *striptease* até a nudez total. Só conseguia pensar no tanto que aquela cervejada ficaria grudenta no corpo da menina. Era o bastante. Já estava pra lá de chapada, a noite azedando em sua boca. Ainda tentou tirar Carol dos braços de Dioín, reiterando que seria difícil arranjar um táxi àquela hora. Carol não deu atenção e Dioín falou para Dora ficar tranquila, ele cuidaria para que ela chegasse em casa sã e salva, *seja lá o que ele considera sã e salva...* Não era negociável.

Dora viu Samurai entretido com o chefe do comando, sentiu ali sua deixa e começou a andar em direção à viela pela qual havia chegado, mais cedo, com o bonde.

"É isso mermo? Vai vazar sem dizer tchau?"

Ficou receosa por Samurai ter a visto saindo à francesa, "foi mal, eu não queria te atrapalhar. Tá tardão. Tenho que ir".

"Eu te levo até a saída mais perto da tua casa."

"Tá tranquilo, não precisa."

"O caminho é escuro, tu não conhece o morro."

"Tá de boa, eu me viro."

"Caralho, Princesa, larga essa marra. Deixa eu te levar, não mordo, não."

Mas mata. Ela empurrou para o mais longe possível tudo aquilo que havia ouvido sobre ele e, consciente de que não conseguiria desvendar o caminho sozinha, aceitou a carona a pé.

Ele foi regendo o caminho sem pressa enquanto ela acompanhava seu ritmo, a cabeça tomada por imagens dos diversos cenários dos perigos possíveis. Era sua primeira vez a sós com Samurai numa área deserta de um morro do qual não sabia sair. Não conseguia parar de pensar na pistola prateada reluzindo em sua cintura — seus medos duelavam com seu otimismo. Passaram por vielas estreitas cercadas por barracos de alvenaria, alguns com as paredes pintadas, outros só no reboco; em alguns becos, ratos corriam pelas pequenas pontes improvisadas por cima do esgoto aberto. A única luz era a da lua sorrindo sarcástica para ela.

"Qual foi?"

"Qual foi o quê?" Dora tentava imprimir segurança.

"Tá tensa?"

"Tô."

"Mesmo comigo?"

"Especialmente contigo."

"Tu tem medo de mim?"

"Mais da sua pistola." Revelou com timidez.

Samurai olhou para a pistola e parou. Checou o entorno por um segundo enquanto Dora se perguntava o que estava para acontecer. Ele abriu espaço num matinho na lateral da viela, tirou a arma da cintura e a escondeu ali.

"Mais tranquila agora?"

Dora assentiu com a cabeça tentando disfarçar que ainda assim se sentia intimidada com a situação. *Se ele tentar alguma coisa o primeiro golpe é um chute no saco.* As porradarias juvenis com os irmãos mais velhos, e bem maiores do que ela, a faziam se sentir minimamente preparada para situações de embates corporais com homens. Um chute no saco o paralisaria por tempo suficiente para que ela conseguisse correr. *Mas correr para onde?*

"Se amarrou no baile?"

"Só funkzão. Vou ver se o Tobé grava uma fita para mim com os funks da Furacão."

"O DJ Marlboro é foda."

"Fiquei impressionada com o tamanho também."

"Perto dos da Zona Norte, esse é pequeno."

Havia um enorme contraste entre a energia que Dora sentiu naquele baile, para ela gigantesco, e a sensação de "festa de amigo" que experimentava na Pereira.

"Você cresceu na Pereira?"

"Meus pais mudaram para lá quando eu era muleque. A floresta ainda tomava conta do morro. Eu achava que era tudo meu. Nosso barraco era cercado por um bando de árvore, passarinho, era tudo brinquedo para mim. Agora a favela vem tomando conta. Eu nunca mais vi macaco, eles tocavam o terror antigamente."

"Muito bom crescer cercado de floresta."

"Não dava nem para chamar de favela ainda, era mais um monte de casinha junta. Meu pai até hoje adora contar como achou nosso terreno, cortou as árvores, bateu a terra na enxada e foi botando tijolo por tijolo com as próprias mãos."

"É a casa que a sua mãe mora?"

"Nada! Hoje em dia a gente vive numa mansão comparado àquela salinha que a gente se empilhava. Ter dois quartos era um luxo para gente."

"Eu não sei como é por dentro. Só conheço o muro alto que tem em volta."

"Segurança é a parada quando os smurfs tão na cola."

Dora adorava aquele apelido que davam para polícia em função dos uniformes azuis, chamavam também de talibã, samango e, caso estivesse rolando invasão, o código interno era Josué.

Andaram em silêncio por um tempo. Dora considerou que Samurai não se resumia a um traficante, era também um menino de vinte anos que teve que se tornar homem precocemente. Tinha uma família que atravessava junta os sonhos e as tragédias da vida, assim como a sua. O chefe do morro era tão humano quanto ela.

"Fiquei amarradão que tu veio."

"Eu curti ter vindo."

Samurai parou e a olhou nos olhos. Dora congelou. Ele foi chegando mais perto de seu corpo, claramente preparando um beijo. Ela se sentiu encurralada. Buscou coragem e falou num soluço só, "vamos devagar". Ele abriu um sorriso pequeno e voltou a caminhar. Andaram mais alguns minutos até Dora se tocar que ele havia respeitado seu limite. Não ia forçá-la a nada. Pela primeira vez, se sentiu completamente confortável com ele — a noite quebrando um paradigma atrás do outro. E assim, sem tragédias nem periculosidades, se depararam com a rua de paralelepípedo que indicava a saída da favela.

"Só posso te levar até aqui."

"Obrigada pelo cuidado comigo."

"Tudo que eu quero é cuidar de você."

Dora tentou segurar o balanço em seu peito que pendulou mais alto do que ela queria. Se recostou num poste para ajustar o desenrolar das próprias vontades, Samurai parou em sua frente. Se olharam por um tempo. Viu nele uma feição de homem-menino, ternura entornando pelas beiradas do olhar. Um sorriso doce rachou o restante do medo. Ele se aproximou lentamente, dessa vez ela se deixou ser beijada. Um beijo longo, suave. Os lábios grossos pareciam o sofá mais aconchegante em que ela já havia se jogado. Mergulhou em sua boca, até que abriu um pouco os olhos e, por um segundo, viu o diabo vermelho das histórias em quadrinhos. Assustada, o empurrou para longe abruptamente.

"Caralho, Princesa. Qual foi?"

"Foi mal. Eu juro que tava curtindo... Acho que eu dei uma panicada. Cê sabe, eu tenho namorado, quer dizer, mais ou menos... e tem a minha questão de não namorar traf..."

"Tá de boa. Relaxa. Fiquei amarradão com esse beijo já."

Ela riu, enternecida com a doçura dele, "Você pode ser bem irresistível, hein?"

"Tô ligado."

"Ridículo!"

Os dois riram.

"Tenho que ir."

"Vai pela sombra."

Dora foi embora pensando na ambiguidade da última coisa que ele disse. Caminhou de volta para casa em parte chocada, em parte excitada, ainda com medo e, sobretudo, surpresa dele aguentar sua trava sem expor nenhum tipo de incômodo. Ele não era o que ela esperava.

2.

Santo Forte

Era estranho estar sentada na aula de história depois de três meses de férias. Sete e quinze da manhã e a professora discorrendo sobre o currículo que o ano abrangeria. Volta às aulas era sempre a mesma história: falar do que viveram durante o verão, do que viria pelo ano e todo aquele blá-blá-blá. *Por que eu vim pra aula, em primeiro lugar?*

A porta abriu num supetão — o tempo rasgado ao meio pela entrada de um menino para lá de bonito na sala. "Desculpa o atraso, professora. Perdi a carona e o ônibus demorou." Ele foi andando entre as cadeiras, ainda tentando normalizar o fôlego.

"Qual seu nome, rapaz?"

"Alan."

"Sobrenome?"

"Motta."

"Ah, o aluno novo."

"Eu mesmo." Ele sorriu.

Dora observou o peito largo e proeminente de Alan que o fazia parecer ainda mais alto do que era. Uma ilha bronzeada banhada por pelinhos louros, cada centímetro de sua pele parecia beijada pelo sol. O sorriso foi rápido demais para Dora entender o arranjo de seus dentes, mas lhe parecia tão largo quanto seu peito. Dora tinha fascínio por arcadas dentárias.

Alan se sentou na cadeira em frente a Dora. Um raio de sol atravessava a janela num ângulo perfeito, que contornava a linha de sua mandíbula toda vez que ele olhava para o lado. Dora prendeu os olhos no "v" que o cabelo fazia no meio da nuca. Não conseguia evitar o pensamento de como seria a pegada daquele menino desconhecido. *Provavelmente mais um desses playboyzinhos...* Tentou expulsar o demônio de seu corpo.

Três aulas de cinquenta minutos mais tarde, Dora jogava futebol com os meninos durante o recreio, quando notou Alan assistindo ao jogo. *Bora, a hora é agora.* Mas a bola não estava vindo para seu pé. O outro time marcou um gol logo depois. Não podia deixar isso acontecer tão fácil, não naquele momento. Correu para o lado do oponente, seguindo os passos de Pedro, que era talentoso e driblava com facilidade.

"Aqui, Pedro!", Dora chamou sua atenção.

Pedro passou a bola para ela, que driblou o primeiro oponente, o segundo, e, justo quando ela se preparava para o chute final, Rafael veio por trás e chutou a bola contra o cercado da pequena quadra de futebol de salão. Dora baixou a cabeça, desapontada, e pediu para ser substituída.

A fila da cantina estava longa. Dora foi para o lado oposto do balcão, limpando o suor da testa com a manga da blusa, "Geraldo, meu amigo, farias a gentileza de dar um mate para uma alma sedenta?".

Geraldo trouxe o mate com um sorriso, "claro, Dorinha".

"Põe na minha conta, pode ser?"

Alan apareceu ao seu lado, "Quer dizer que jogador não pega fila".

"São anos de credibilidade arduamente construída." Dora falou sem acreditar que Alan havia se aproximado daquele jeito.

"Quero ser que nem você quando crescer."

"Quem não quer?" Dora forçou-se a se virar, escondendo o riso causado pela galhofa, e foi embora triunfante, sem olhar para trás. Ele estava dentro.

• • •

Estava desesperada de fome quando chegou em casa.

"Maria, o que tem pro almoço? Tá pronto? Tô morrendo de fome, coitada." Abraçou a cozinheira por trás. "Alimenta minha barriguinha, Maria."

Já ia bater uns onze anos desde que Maria havia começado a trabalhar para família de Dora. Um sorriso terno preenchia a rechonchudice de seu corpo largo, que tinha um cheiro peculiar de alho e temperos. Quando as crianças cresceram, ela foi de babá a cozinheira — uma hérnia pélvica não permitia que fizesse faxina. Dora gostava de pensar que era a favorita: a pequena menina com apetite de gigante.

Ainda tinha umas duas horas até as atividades extracurriculares: natação e aula de Inglês. Bernardo e Flavio jogavam Mario Bros. na sala, enquanto Maria botava o almoço na mesa. As refeições eram sempre na casa das crianças, quando eles saíam de suas bolhas e interagiam com os adultos. *Pelo menos tem comida envolvida.*

Viu sua mãe chegando atrasada para o almoço. *Por que minha mãe tem que ser tão bonita?*

"E aí, como foi a volta às aulas?" Vera se sentou à mesa.

"Mesmo de sempre." Flávio foi se servindo de batata assada.

"Eu tenho um professor novo de Física muito maneiro. Tô mais animado do que esperava pro terceiro ano." Bernardo se adiantou em pegar o maior pedaço de bife.

"Você tá sempre animado pra qualquer ano", Dora falou.

"E você, Dora, se animou com alguma aula?" Vera sorriu para filha.

"Pro futebol, com certeza", Flávio zoou.

"Pelo menos tô animada com alguma coisa referente à escola, não é mesmo?"

"Não entendi a crítica!" Flávio olhou para Dora inquisitivo.

"Para, Dora. Não começa a implicância!" Vera encheu o copo de mate.

"Ah, só eu que implico?" Dora subiu o tom.

Bernardo e Flávio se olharam, revirando os olhos. Vera se absteve de embarcar no clima.

"Cadê o Stephan?", Dora perguntou para mãe.

"Foi para São Paulo hoje cedo. Um comercial da Volks que apareceu."

"Tá com a casa liberada, né?"

"Como assim?"

"Só tô falando..."

Vera encostou o garfo cheio sobre o prato e olhou nos olhos de Dora. A fala saiu com a parcimônia usual do tom grave de sua voz, "Dora, não tô gostando desse seu jeito ultimamente".

"Nem eu tô gostando do seu!"

"Opa! Pode parar por aí. Melhor você reajustar seu tom ou já já fica de castigo."

"Oi??? Eu que vou ser punida?"

"Chega! Vai comer no seu quarto e fica por lá até a hora da natação. Não vou lidar com você agindo assim!"

"Você nunca lida, mãe. Nunca!", Dora gritou a caminho do quarto, prato cheio em punho.

Sentada no closet, colocou o prato de comida no chão e encarou o espelho na parede. *Palhaçada que eu tenho que aguentar, mamãe, mamãe, mamãe... Detesto a hipocrisia dessa casa!* Esvaziou o prato resmungando. Ainda ficou mais um tempo no mesmo lugar, olhando para as roupas coordenadas por cor, algo que só a faxineira faria; observou os sapatos alinhados; o amarelo-claro das paredes do quarto; o quadro de cortiça com fotos aleatórias dos amigos e de viagens; o pôster de colagens que fazia com os recortes de revistas com suas modelos favoritas: Cindy Crawford, Naomi Campbell e Linda Evangelista. Nada parecia ter muita graça. Se deitou na vastidão de sua cama com a mente rodando em espiral.

Foi à natação, mas a aula de Inglês não podia parecer menos importante. Ainda assim, Severino era uma baita X-9. Dora não ia deixar o motorista arruinar seus planos.

"Severino, vou ter apresentação hoje na aula de Inglês, vai acabar mais tarde. Vai bater com teu horário de pegar o Bernardo no tênis. Combinei com meu pai dele vir me buscar." Saiu do carro sem deixar muito tempo para inquéritos. Entrou no prédio apressada, esperou uns dois minutos na portaria enquanto Severino sumia no trânsito, e saiu de novo.

Uma corrida de ônibus de quinze minutos e lá estava ela saltando na entrada da rua Pereira da Silva em Laranjeiras. A via começava reta, cercada por prédios altos de classe média por uns trezentos metros. Após virar a curva acentuada para esquerda, ela se tornava íngreme ladeira acima, com alguns casarões em seu cume, logo depois, desembocava, sem aviso prévio, na entrada principal da favela com o mesmo nome. A transição era tudo menos suave. O último prédio se assentava sobre a calçada do final da rua sem saída, onde se presumia que começasse a Floresta da Tijuca que circundava a área, no entanto, o asfalto era cortado pela via irregular, e ilegal, que logo se dividia em duas rotas: à esquerda, a escadaria principal, onde no meio ficava a boca de fumo, e à direita, a quadra do baile com os bares e uma escadaria menor que embocava para o outro lado do morro.

Dora cumprimentou as três coroas que passavam a tarde fofocando no bar do Seu Silva. Na escadaria maior, viu os meninos sentados na boca.

Nas tardes de segunda-feira, a boca costumava ficar devagar, só uns maconheirinhos esporádicos em busca de uma mutuca e um ou outro pancado ocasional que não queria deixar a doideira do final de semana esvaecer.

"Olha quem tá de volta." Quase Nada gritou da boca, "tá sumida, Princesa".

Dora subiu a escadaria até a boca, deu dois beijinhos na bochecha de cada um dos meninos e sentou numa pedra ao lado deles. Pouca Coisa, também conhecido como PC, irmão de Quase Nada, balançava a pistola com precariedade, Dora fez um sinal gentil com a mão para ele apontá-la para o outro lado.

"Foi mal, Princesa. Esqueci que tu não curte nossos brinquedinhos."

"Tem isso..."

"Mas fala tu. Esqueceu dos amigos? Não aparece desdo baile do Natal", Cabeça de Bagre perguntou.

"Esqueci não, Cabeça. Eu tava de férias no inferno com a minha família."

"Queria eu ter férias."

"Não com a minha família, pode ter certeza."

Quase Nada impostou sua voz de locutor, "tá me parecendo que a princesa tá na necessidade de uma medicina nativa para atingir o relaxamento". Os meninos riram, ele continuou, "Cabeça, pega a Colomy. PC, avisa o Samurai que a Princesa tá na área".

"Precisa avisar nada, não. Vim só fumar um com vocês."

"Ordens são ordens." Quase Nada sorriu.

"Regras são regras." Pouca Coisa complementou, já subindo a escadaria.

Maravilha, agora eu não só sou propriedade privada do Samurai, como não posso tá com os meninos sem ele saber. Dora se sentiu tão incomodada quanto lisonjeada.

Meia hora passou lenta enquanto Dora ficava mais e mais chapada. Começou a se perguntar se Samurai não se importava mais tanto com ela. Já havia passado quase três meses desde o inesperado beijo no Natal.

Quarenta e cinco minutos e nada de Samurai, até que ouviu uma gritaria vindo do alto do morro, parecia bem longe. Não conseguia decifrar as palavras exatas, só gritos, várias vozes masculinas aos berros, xingando com violência. No mínimo uma briga, no máximo... *Melhor nem imaginar.* Depois de uns cinco minutos ouviu uma rajada de tiros e, de repente, silêncio. A música do boteco mais próximo aumentou assim que os tiros cessaram. Começou a considerar que era hora de ir embora, até que ouviu a voz de Samurai.

"Olha aí, finalmente a ilustre presença da Princesa." Samurai falou descendo a escadaria.

Dora esperou ele se aproximar e levantou, "tá tudo bem? Tava rolando uma gritaria lá para cima".

"Tudo dominado." Samurai abriu um sorriso e a abraçou.

"Hum..." Dora entendeu que não valia descobrir mais sobre o que ouviu.

"Onde é que você tava se escondendo, Princesinha?"

"Tava por aí, Espadachim, e você?"

"Qual foi?! Espadachim é foda. Mó responsa. Pode me chamar de Léo se quiser, mas só você."

"Tá vendo esses apelidos de vocês, Léo é muito mais bonito." Ela esfregou a mão sobre a cabeça raspada dele.

"E é por isso mermo que a gente não usa. Boca não é coisa de bonito, não." Samurai sorriu, passou a língua na ponta de duas sedas Colomy, colou uma na outra, fazendo um baseado de tamanho dobrado. "Tá vindo de onde toda cocota?"

"Da aula de Inglês. Quer dizer, era lá que eu devia tá."

"Aula de Inglês? Como se você pudesse aprender outra língua..."

"Como assim? Óbvio que você pode aprender qualquer outra língua."

"Para quê?"

"Para falar com quem não fala a sua."

"Eles que têm que aprender a nossa então."

"É... Errado você não tá." Dora considerou quanta gente estaria interessada em aprender português.

"Na moral, parceiro, esse mundo dos playboyzinho é foda, os cara não tem mais o que inventar para gastar dinheiro."

Dora não tinha muito o que dizer sobre isso.

"Beleza então, fala uma parada aí em inglês."

"Tipo o quê?"

"Sei lá, fala aí: Samurai, quero passar minha vida contigo."

Os meninos riram. Dora negou, balançando a cabeça enquanto ria com eles.

"Fala aí, vai. Só de zoação."

"Samurai, *I want to spend my life with you.*"

"Ah, para de caô." Todos começaram a rir alto. "Tu acha mesmo que eu acredito que essa doidera aí que tu inventou é inglês?"

"Oi? Claro que é, ué!"

"Ah, tá bom."

"Juro por deus. Eu posso repetir a mesma frase igualzinha."

"Fala aí, então."

Ela repetiu, um pouco mais devagar, acreditando que eles perceberiam a semelhança com a frase dita antes. Eles riram mais ainda, em coro.

"Mas não deixou de ser maneiro o que tu falou, mudou até o tom da tua voz." Samurai acendeu o baseado e ela desistiu de tentar convencê-los. "Tem uma parada que eu quero te mostrar."

Dora seguiu Samurai pelas vielas do morro por uns dez minutos enquanto passavam o baseado um pro outro. Samurai, como de costume, cumprimentava os moradores, que o correspondiam com sorrisos e acenos cheios de respeito. Entraram em uma área de barracos menores, aproximavam-se da floresta aos poucos. Uma caramboleira, ao lado de uma pedra grande, se destacava em uma pequena clareira. Dora nunca havia estado ali. Samurai lutou para mover a pedra para o lado, até revelar um buraco com um bloco enorme de maconha.

"Entoquei para você. É da leva especial do ano-novo. Coisa fina, saiu que nem ouro."

"Você guardou um quilo de prensado para mim?"

"Achei que tu ia se amarrar."

"Me amarrar, me amarrei, só não sei como levar para casa. Onde é que eu vou esconder um tijolo desse?!"

"Não precisa levar tudo. Leva um suprimento pra semana e eu maloco o resto aqui. Um bom motivo para ficar voltando."

"É, né?"

"É!"

"Além de você..."

Samurai olhou surpreso para Dora, "impressão minha ou tu acabou de me dar moral?".

"Impressão sua."

"Eu ouvi."

"Difícil não dar moral para você."

"Ah, é?"

"Tem três meses que a gente não se vê e você não esqueceu..."

"Eu tava ligado que tu ia voltar."

"Tava ligado, é?"

"Tô ligado em muito mais do que tu pensa."

"Vai trazer Ogum de novo?"

"Respeita o santo."

"Eu respeito, só não penso muito em religião."

"Tua família não tem religião, não?"

"Minha vó é italiana, super católica. Depois que meu vô morreu ela foi para umbanda por um tempo..."

"Aí, sim..."

"Se fosse para te dar orgulho, te contava das vezes que fui no terreiro com ela quando era pequena. Lembro bem da galera cantando e dançando, todo mundo de branco."

"Ah, tu já é iniciada..."

"Sou nada. Não sei o que aconteceu, de uma hora para outra ela parou de me levar, e depois de um tempo ela tava de volta pros santos católicos."

"Mas então você não tem nada contra Ogum."

"Eu não tenho nada contra nada. Só não baseio minha vida nisso."

"Sei qual é..."

"Não até agora, pelo menos."

"Vai vendo..."

"Nunca se sabe. Vai que eu acabo me jogando desesperadamente em oração se meu mundo tiver para acabar."

"Eu não deixo teu mundo acabar."

"Samurai... aonde a gente vai com isso?"

"Tu vai ser minha mulher."

Dora olhou para baixo e sorriu, abismada com a segurança dele.

O sol estava prestes a deitar no oceano, enquanto a lua despontava do outro lado do céu. As luzes da cidade piscavam em uma ilusão de ótica que as fazia parecer milhares de isqueiros num show lotado. Samurai entrelaçou os braços por trás de sua cintura e ela se rendeu ao abraço. Assistiram ao espetáculo visual em silêncio por cerca de dez minutos até o sol sumir no mar. Samurai a virou de frente para ele. Dora gostou do modo como ele a olhava, como sua mão contornava suavemente seu rosto. Ele era carinhoso, ela adorava isso. Seus lábios se tocaram e eles mantiveram o beijo suave por um longo tempo.

"Tava com saudades, Princesa."

"Eu também... Léo."

Ele tinha nome.

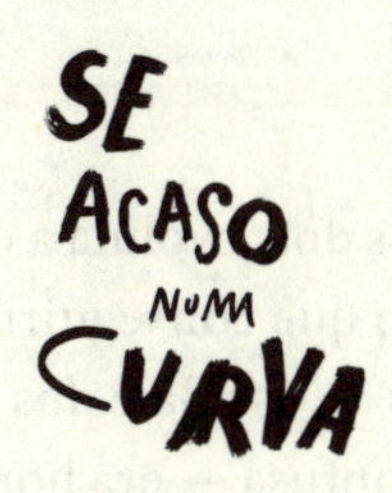

3.

Princesa

Dora saiu da escola mais feliz do que de costume, mas foi só adentrar o portão de casa para logo ouvir a gritaria rolando na edícula. Atravessou a cozinha enquanto Solange, a faxineira, trabalhava em perfeito silêncio. Maria a olhou com cara do costumeiro "vai ficar tudo bem", mas Dora não estava para simpatia. Passou pela sala sob o som alto de "Sgt. Pepper's Lonely Hearts Club Band", que vinha do estúdio dos irmãos, e foi direto para varanda de seu quarto, buscando fôlego para aguentar o drama familiar. Os gritos continuavam. A voz de Stephan grave e seca, a de Vera beirando a histeria. O nó apertava a corda.

Voltou pro quarto, fechou a porta da varanda e botou o CD no aparelho de som novo, Elis Regina cantando alto "Nada Será Como Antes". Pensou na música dos irmãos, que ficava a cada dia mais alta. Deitou na cama e botou a cabeça debaixo do travesseiro. *Sei que nada será como antes amanhã...* Queria chorar. Se levantou e pegou suas coisas. Sabia para onde ir.

As semanas se passaram com Dora indo para o morro em qualquer janela entre suas atividades extracurriculares. Foi percebendo aos poucos que sua desculpa inicial de não querer ficar em casa havia gradualmente escalado para um desejo genuíno de passar tempo com Léo e o mundo dele. A proximidade entre os dois evoluía a cada dia. Despertava de manhã já pensando na hora em que conseguiria encontrá-lo. Léo era diferente, o oposto dos garotos da escola e dos amigos de seus irmãos. Ele não a deixava insegura ou confusa — era honesto sobre seu desejo e claro sobre sua intenção. Era um homem.

Dora decidiu jantar em casa para evitar a crescente tensão com sua mãe. Léo fez questão de levá-la até a saída para Santa Teresa no topo da favela. Andaram de mãos dadas em silêncio, parando algumas vezes para olhar a vista.

Do topo do morro dava para ver a discrepância dos dois mundos cariocas — a riqueza da Zona Sul com seus prédios ricos e mansões em meio ao verde e azul, e a Zona Norte tomada por favelas e construções áridas.

Léo descansou seu olhar no morro da favela Coleta a alguns quilômetros da Pereira, também ocupada pelo Comando Vermelho, "sseipá um tobrica lá no rromo".

"Oi?"

"Sseipá um tobrica lá lequena rromo." Ele apontou para Coleta.

"Não peguei."

"Passei um cabrito lá naquele morro."

"Cabrito?"

"Um ladrão."

Um silêncio seco sugou todos os barulhos da noite. Dora sentiu um soco no estômago. Ela tinha ouvido certo. Respirou fundo e o encarou dentro dos olhos, "pra que você tá me falando isso???". Não conseguiu decifrar o que passava pela cabeça dele — ele mantinha uma expressão neutra, de jogador de pôquer — Dora não se conteve, soltou o verbo, indiferente às possíveis consequências, "você acha que isso me deixa orgulhosa?". Foi ficando nervosa, levantando o tom, "Você acha que isso me dá tesão? Eu não quero saber dessas paradas! Não tenho nenhum interesse nesse teu trabalho do mal! Eu odeio o que você faz! Tenho horror das coisas sinistras que você tem que fazer! Se eu pensar nisso, não consigo nem te beijar!". Puxou ar, tentando não perder a linha por completo, "nunca mais me fala de nenhum detalhe das paradas escabrosas que você faz! Nunca mais, tá me entendendo?".

Léo continuou a encará-la sem expressão. Desentalada, Dora foi tomada pelo susto com a própria audácia. Se preparou para ser repreendida brutalmente.

Ele a olhou por um tempo. Os segundos suspensos no ar. "Liga para o orelhão do bar para avisar que chegou." Olhou-a nos olhos mais uma vez, deu um estalinho suave em sua boca e desceu a ladeira de volta para sua vida.

Dora entrou no ônibus para casa pensando na estranheza deste mundo que havia se tornado sua realidade. Se perguntou o que estava fazendo. Ficou surpresa com sua reação à situação, e mais ainda com o modo que ele reagiu à sua histeria. Mais uma vez, parecia que ele era mais gentil do que a maioria de seu mundo. Pensou em Léo matando o tal homem e em como ele o fez. Imaginou sua expressão e como ele se sentia enquanto matava. Sentiu-se estranha por não sentir medo dele.

Sabia bem como o tráfico funcionava. O código da favela era rígido: se o cara fosse um bom soldado, seguisse as ordens direitinho, respeitasse os colegas de trabalho e nunca, em nenhuma circunstância, tentasse roubar ou trair a facção, ele seria recompensado e benquisto. Mas, por outro lado, se houvesse qualquer tipo de vacilação, ele serviria de exemplo para quem considerasse seguir o mesmo caminho, e isso incluía tortura pesada antes de ser assassinado. Era assim que era, e todos sabiam disso. Um gerente deveria ser bom e mau. Deveria ter popularidade, autoridade e, ao mesmo tempo, ser temido. Era ele quem decidia quem ia fazer o quê, onde e como e, na maioria das vezes, ele mesmo liderava o evento para mostrar do que era capaz — às vezes por simples prazer, dependendo do gestor. Samurai era conhecido por ser um torturador sanguinário, não à toa o apelido.

Tornar-se traficante não era uma decisão surpreendente para um adolescente da favela. A grande maioria dos moradores era trabalhador. O pai de Léo tinha que acordar às quatro da manhã e pegar três ônibus, para, depois de duas horas e meia, chegar à metalúrgica. Trabalhava oito horas e depois pegava mais dois ônibus para o segundo emprego, de meio turno, como segurança de supermercado. Não chegava em casa antes da meia-noite. Cinco dias por semana, essa era a sua vida. No final do mês, mal tinha o suficiente para pagar a comida e os remédios dos quatro filhos e esposa. Mesmo assim, todas as manhãs ele sorria enquanto vestia seu uniforme bege escuro diante do espelhinho rachado do banheiro. Todas as noites, Seu Marcílio orava religiosamente pros seus santos para nunca perder o emprego. Léo cresceu assistindo a isso; cresceu olhando para os muleques do tráfico vestindo camisas Toulon e shorts da Company, tênis Reebok e colar de ouro.

O tráfico na década de noventa funcionava, dentro das favelas, como um governo: dava festas, construía casas, ajudava os moradores com contas de hospital e, quando necessário, servia de tribunal comunitário caso um morador estivesse vacilando. Um soldado iniciante ganhava mais em uma semana do que a maioria de sua família ganhava em um mês inteiro. Eram treinados como um exército desorganizado.

Léo entrou no tráfico, aos doze anos, como olheiro, soltando fogos de artifício sempre que a polícia se aproximava da entrada baixa da Pereira. Em menos de seis meses virou avião: ajudava em tudo o que fosse demanda, desde comprar refrigerantes, enviar bilhetes, até enrolar todos os baseados exigidos pelos veteranos. Pouco depois se tornou vapor, vendia droga na boca e, eventualmente, guerreava contra a polícia. Foi preso por breves períodos meia dúzia de vezes, mas a propina já era uma indústria e subornar os policiais era fácil antes de ele entrar para a lista dos "mais procurados". Em cinco anos, tornou-se gerente do Pereira. Com sua personalidade "o médico e o monstro", seu status mudou rápido dentro de seu mundo. Dora ouviu diversas vezes os meninos falando sobre como Samurai era bom no negócio do crime. Não apenas administrava muito bem as drogas, armas, turnos, finanças e qualquer uma das provações que um gerente deveria cuidar, mas também punia exemplarmente os delatores, estupradores e ladrões sempre que necessário. Samurai sabia como causar impacto em seus soldados.

Para Dora, era difícil imaginar Léo fazendo outra coisa que não sorrindo. Não que fosse ingênua, sabia no que estava se metendo quando começou a se envolver com o mundo da favela. Ao menos achava que sim. Sempre sentiu que tinha tudo sob controle, sem imaginar o quanto o novelo de sua história poderia se desenrolar, ou, no caso, enrolar. Ainda se lembrava com clareza da primeira vez que Walter a levou para fumar um baseado no Pereira.

Alguns meses depois de seu aniversário de quinze anos, numa terça ensolarada, Dora foi à loja de conveniência do posto de gasolina na rua Farani que sua gangue de playboys-malandros costumava frequentar. Conversava com Tobé, quando Walter, um garoto alto e forte de dezenove anos, que tinha acabado de começar a sair com sua turma, disse que iria na Pereira comprar bagulho. Naquela época, todo mundo falava que já tinha subido o morro. A maioria dos amigos de Dora tinha ido a um baile ou pelo menos comprado droga em alguma boca. Dora sentiu que sua hora havia chegado.

Quando Walter a convidou, não pensou duas vezes. A Pereira era conhecida por ser uma favela mais tranquila, pequena ainda e, de certo modo, amigável — um playboy não tinha dificuldade em comprar droga, nem de consumi-la na Pedreira enquanto apreciava a vista. Os meninos do movimento eram todos moradores, a maioria tinha menos de vinte anos.

Mentex foi o primeiro que Dora conheceu — era um menino negro, magrelo, com orelhas de abano e cabeça grande. Não era exatamente afortunado no que se tratava de aparência. Seu apelido passou de Dumbo para Mentex devido aos dentes, que pareciam a bala quadrada arranca-bloco. Estava sozinho na boca no turno da tarde de terça-feira. Walter chegou pedindo uma mutuca de cinco reais. Mentex abriu um sorrisão para Dora e soltou um "Fala tu, Princeeeeesa!! Preto ou branco?" de um jeito tão peculiar que outros meninos vieram de trás do muro de um barraco, pistolas nas cinturas e fuzis nos ombros, rindo alto com o jeito que Mentex falou. Assim, Dora foi apresentada aos soldados da boca. Dali para frente, seu apelido virou Princesa.

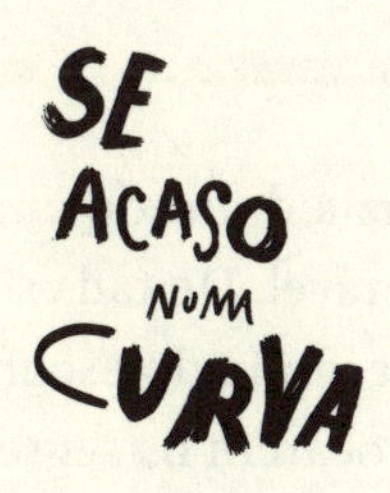

4.

Mulher de Bandido

Sábado de sol na Pereira. Dora havia passado o dia em um churrasco com Léo e os meninos na quadra. Não hesitava mais em ficar abraçada a ele em meio a todo mundo — havia assumido o namoro. Ele separava os melhores pedaços da carne para ela e criou de improviso um pagode com o nome Princesa, a banda tocando junto. Ela gostava de estar ali.

Quando chegaram ao barraco rosa, Dora tomou Léo pela mão. Ele a olhou com ternura e a abraçou com força, sem saber o que estava por vir.

"Acho que chegou a hora."

Léo sorriu, "chegou, foi?".

"Aham." Ela beijou seu rosto suavemente.

Léo beijou o pescoço dela e passou a ponta dos dedos em seus braços. Dora começou a tirar a blusa, ele segurou as mãos dela.

"Deixa que eu tiro."

Léo tirou a roupa de Dora com delicadeza, os mamilos dela se enrijecendo — beijou o bico de cada seio enquanto olhava em seus olhos. Tocou cada pedaço, pouco a pouco revelado, de sua pele. Ele a pegou no colo e a levou pra cama. Sem pressa, lambeu sua barriga, tirando sua calcinha. Dora foi abrindo as pernas, se exibindo devagar. Estava pronta.

O contorno de Léo reluzia dourado em meio à baixa claridade da sala. Ele poderoso, ela vulnerável. Deitada sob seu peso, foi tomada pelo peso, embriagada pelo calor molhado escorrendo entre as coxas. Léo a desvendou até seus lábios tocarem os segredos — lambeu seus cantos, chupou seu gozo. Dora se entregou à língua quente que nadava em seu êxtase, seu corpo latejando. Ele escalou suas curvas e a beijou na boca, ela gostou do próprio gosto. Léo deslizou lentamente vale adentro e um suspiro escapou do cerne de Dora. Olhos nos olhos, dançaram sem pressa a melodia que criavam juntos. Estava apaixonada.

"Quero você só para mim", ele sussurrou.

Dora sorriu.

"Você é minha?"

"Sou..."

"Me diz que você é só minha."

"Eu sou sua."

"Fala mais." Ele latejava à beira da explosão.

"Eu sou toda sua."

"Você é minha, só minha?"

"Eu sou sua, só sua."

"Você é minha mulher?"

"Eu sou sua mulher."

Transbordaram de prazer juntos. Ela era dele.

Dora chegou da escola e encontrou Vera sentada no sofá da casa das crianças.

"Oi, mãe."

Seguiu direto para o quarto para deixar a mochila, desconsiderando o fato de que Vera parecia querer estender o contato. Vestia o maiô de natação quando a mãe entrou em seu quarto.

"Fiquei sabendo que você tá namorando."

"Quem te falou?"

"Um passarinho me contou."

"Ah, foi?"

"Foi."

"E o passarinho te contou que meu namorado é favelado?"

"Oi?"

"Você ouviu muito bem."

"Contextualiza, Dora."

"Tá contextualizado já. Por quê? Só tô autorizada a namorar alguém com o mesmo status financeiro que o nosso?"

"Nunca disse nada parecido." Vera respirou fundo. "O quanto você precisa me chocar?"

"O mundo não gira em torno de você não, mãe."

"Onde você quer chegar, Dora?"

"Lá vem, agora é aquela hora que você começa a analisar as motivações intrínsecas por trás das minhas escolhas que nem você faz com seus pacientes, né?"

"Dora, de um tempo para cá você tá sempre na defensiva, você não era assim."

"Você também não era um bando de coisa, ou era, só eu que não via."

"Pode parar por aí." Vera suspirou, tentando encontrar um jeito da conversa não se tornar um embate. "Filha, o que tá acontecendo contigo? Eu só quero entender essa história direito."

"Se não você vai fazer o quê, *mamãe*? Você acha que pode me deixar de castigo pro resto da vida? Eu fujo de casa, pode ter certeza que eu fujo."

Vera encarou Dora, surpresa pelas coisas terem chegado naquele ponto. Queria rebobinar a fita para três anos antes, quando o casamento com Stephan começou a enveredar pelo caminho errado. Queria se abrir com a filha e explicar tudo o que estava acontecendo. Queria levar ela e Bernardo para viajar, na esperança de encontrar uma oportunidade de pedir a opinião deles; perguntar se eles conseguiriam entender e, talvez, quem sabe, até concordar com o passo que ela estava prestes a dar.

Os primeiros anos da infância das crianças foram apertados de grana. Vera ainda estava terminando a pós-graduação em psicologia ao mesmo tempo que trabalhava. Uma vez que se formou e a carreira deslanchou, foi capaz de oferecer todas as coisas que desejava ter tido na infância. Tinha orgulho de criar os filhos com muito amor, sem perder o direito à sua individualidade. Era, além dos outros papéis, uma consagrada dançarina. Nas noites em que saía para dançar, as crianças ficavam com o pai, com parentes ou com Maria. Os fins de semana eram dedicados à família. Vera falava a língua das crianças, sem jamais subestimá-las: lia livros de prosa e poesia, os levava para assistir a filmes interessantes, colocava os discos clássicos da época na vitrola e dançavam juntos. Muitas vezes traduzia para os filhos as letras das músicas que mais gostavam. Enquanto Dora era apegada a mãe, Bernardo brincava com as crianças do bairro. Ainda pequena, Dora começou a fabular histórias, Vera corria e anotava tudo, depois dobrava folhas de papel na metade e as transcrevia em livreto enquanto Dora desenhava nos espaços livres as imagens referentes a cada parágrafo — Dora ditou oito livrinhos antes de aprender a escrever. Quando juntos, Vera era extremamente presente, mesmo assim, para Dora, nunca era o bastante.

Quando Vera conheceu Stephan, Dora estava prestes a completar cinco anos. As crianças acolheram Flávio de primeira, uma vez que as idades eram próximas, mas no início Dora teve dificuldade em dividir Vera com o novo padrasto. Precisaram se adaptar à vida entre Rio e São Paulo, onde Stephan e Flávio então moravam. Montaram, nas duas cidades, uma estrutura de casa completa para que não fosse difícil viajar de um lado para o outro. Em um primeiro momento, isso afetou as crianças, sobretudo Dora, que ligava repetidas vezes para o trabalho de Vera aos prantos, alegando que a mãe teria que escolher entre Stephan e os filhos. Vera acolhia as birras de Dora sempre reiterando que "eu sou sua mãe, mas sou a Vera também!". Passados os primeiros meses, Dora acabou se adaptando à nova estrutura.

A unidade familiar se consolidou durante a primeira década e o período de lua de mel parecia interminável para as crianças. Dora amava o padrasto, o irmão, e a estrutura que nunca havia sido tão amarrada quanto era então. Vera achava que eles não tinham notado a mudança sutil que o casamento vinha sofrendo nos últimos anos, até que Dora começou a demonstrar que estava à par de que algo estava acontecendo.

"Dora, eu não sei quando você começou a me ver como sua antagonista, mas acontece que eu sou sua mãe e eu me importo profundamente com você." Se sentou na cama de Dora. "Você pode não entender todas as razões por trás de tudo que tá rolando. Eu sei que você é sensível e sentiu que as coisas andam diferentes, mas eu te prometo que tudo vai se acertar. Só te peço para compartilhar comigo o que tá rolando na sua vida, filha. Eu amo muito você e sinto falta das nossas conversas."

Dora não sabia se fechar muito bem com o jeito sincero da mãe, "O que você quer saber, mãe? Já te disse tudo".

"Ah, então ele se resume a um favelado?"

Dora olhou para mãe, entendendo o ponto.

"Me conta direito, como ele é? O que ele faz?"

"Ele é bonito pra caramba e tem olho caramelo. Me adora e me trata que nem uma princesa."

"Ele parece ter bom senso."

"Ele tem."

"Ele tá na escola?"

"Não mais."

"Quantos anos ele tem?"

"Vinte."

"Mais velho que você."

"Nem tanto."

"O que ele faz da vida?"

Dora hesitou por um segundo, "ele é auxiliar de serviços gerais do centro comunitário da favela. Ele se importa muito com os moradores. Às vezes faz até uns eventos, lidera a galera e tal". Auxiliar de serviços gerais era o que dizia a carteirinha falsa que Léo sempre carregava no bolso, foi o mais rápido que Dora conseguiu pensar.

"Lidera como?"

"Ah, organiza uns pagodes, churrasco, essas paradas..."

"Sei... Quando eu vou conhecer ele?"

"Tá muito cedo para apresentações."

Vera podia sentir cheiro de problema. No mundo ideal, seria mais um namoro adolescente sem futuro. Ainda parecia cedo demais para se preocupar. Dora havia tido alguns romances desde o primeiro namoro, mas, até então, nenhum relevante o bastante para ser apresentado à família.

Aconteceu em uma noite estrelada, ainda no primeiro mês de suas visitas à boca. Sentada na Pedreira em meio aos amigos do asfalto, Dora avistou um grupo armado descendo a viela principal. Dentre eles, uma figura destoava dos demais — todo de branco, casaco de moletom com o capuz sobre a cabeça e calça comprida, andava lento na cadência do poder. A feição se mesclava com o escuro da noite, seu rosto invisível dando a aparência de uma entidade ou uma assombração. Dora sentiu, mesmo a dezenas de metros de distância, a força da presença daquele ser. Logo ouviu que era Samurai, o tal gerente do morro. Tinha ouvido um tanto sobre ele, sua reputação o precedia: o cara mais sinistro das favelas da Zona Sul. Sem pensar muito, mas impulsionada pela curiosidade, Dora desceu a Pedreira e se aproximou do grupo armado. Seu astigmatismo não a permitiu notar os detalhes de soslaio, precisou chegar junto, sob pretexto de comprar um beck, até ele chamar por seu nome.

"Então você é a famosa Princesa?"

Autorizada pela pergunta, Dora se virou para olhá-lo frente a frente e, em meio ao retinto da pele quase azul, se deparou com dois olhos castanho-caramelo atravessando os seus, um segundo depois, ele abriu, sem pressa, o sorriso largo do gato de Alice. O corpo de Dora tremeu. Esbofeteada por tal beleza, acreditou ser uma visão.

"Prazer, Samurai."

Dora se arrancou de sua embriaguez e disfarçou o embaraço repentino, "Prazer, Dora. Então é você o famoso, Samurai". Sentiu seu coração acelerar, sem entender se era por medo ou encanto.

Duas pessoas jamais conseguem considerar o impacto que o outro vai ter a partir da primeira vez em que se veem, ainda assim, naquele momento, Dora sentiu que já não era mais a mesma.

5.

Lei da Selva

As três e, depois, duas batidas na porta, anunciaram a reunião das finanças do dia. Dora não sabia que era assim que a banda tocava até assistir aos bolinhos de dinheiro sendo colocados por Quase Nada na mesa da cozinha do barraco branco, enquanto Léo pegava um caderninho. Dora tentou se distrair lendo *Capitães da Areia*, de Jorge Amado, que trouxe na mochila, mas teve sua atenção tomada pela precariedade da matemática da dupla — ouviu o início do destrinchamento das somas e foi se alarmando com os erros das contas. Passou a caminho do banheiro e viu os pequenos rabiscos a lápis seguindo desordenadamente as linhas da página em branco. Os dois contavam as notas, rateando a cada adição. Números começaram a pular em sua mente, a soma exata de cada total falado, depois dividido por quatro para chegar na média das divisões por boca, já considerando as que mais estavam lucrando e o porquê. Considerou o tanto que uma matemática simples poderia deslanchar os negócios, um pouco mais de habilidade e atenção faria com que a renda duplicasse. Estava tudo tão claro.

Sentada na privada, respirou fundo. *Até onde eu vou aqui...* Os minutos passavam, e tudo indicava que a reunião ia ser longa. Lembrou da aula de filosofia sobre ética que teve no colégio. O certo e o errado se delineavam claramente frente às situações diárias que vinha vivendo. Era uma questão de escolhas. Lavou o rosto e viu no espelho uma menina que não reconhecia. Não era mais a garota rebelde que queria lutar contra tudo. Se sentiu fortalecida pela liberdade que experimentava naquela realidade paralela. Naquele morro não tinha um papel pré-determinado, podia ser quem quisesse, não a filha, não a estudante, não a adolescente merdeira, e sim a Dora que tinha responsabilidade absoluta sobre as próprias escolhas. Era convocada a considerar suas ações e a se jogar, sem inconsequência, no que não conhecia nem dominava. Ali, precisava crescer o tempo todo.

"Vou no Seu José beber um coco e já volto." Dora deu um estalinho em Léo e saiu pela culatra.

Em poucos meses, Léo comprou um barraco rosa na parte baixa do morro que disse pertencer a Dora. Ela não aceitou, mas ele insistiu que era mais um dos quatro que tinham para revezar as noites caso alguém o caguetasse para polícia, seria também a primeira casinha oficial dos dois na favela.

Não foi tão difícil administrar a vida dupla. Dora raramente ia às aulas de Inglês e passou a usar todo o tempo livre para estar na Pereira. A escola era tocada nas coxas: faltava muitas aulas, mas suas notas faziam com que ela conseguisse se sair bem o suficiente para não repetir.

Vera passava a maior parte dos finais de semana em São Paulo com Stephan, e os dias de semana no consultório ou estudando na edícula. A família se via na hora do almoço e do jantar, depois as crianças ficavam sozinhas na casa grande, tendo liberdade para fazer o que bem entendessem.

Dora logo se acostumou com a vida no morro. Aos poucos foi criando mundos para além do de Léo. Cida e Jovelina eram duas das senhorinhas com quem costumava papear, trocavam pormenores, cada uma contando os contos e causos de suas histórias. Quando esbarrava com elas no bar do Seu José, parava para jogar conversa fora tomando um cafezinho em copo de vidro ou uma água de coco.

Gostava também das três irmãs de Léo — volta e meia esperava na casa de Regina, sua sogra, enquanto ele resolvia algum desenrole. Ficava lá aproveitando os cheiros da comida cozinhando no fogão, as brincadeiras dos tantos sobrinhos dele — todos ainda pequenos, de idades variadas — e os babados internos da comunidade que as irmãs compartilhavam com entusiasmo. A vida lá em cima não era fácil — a favela não tinha acesso à estrutura básica que era oferecida a quem morava no asfalto. Sobreviver não era bolinho, entretanto, os sorrisos abertos pareciam ter mais integridade do que aqueles do outro mundo de Dora.

A caminho do baile de aniversário de vinte e um anos de Léo, Dora parou na locadora improvisada, administrada por dois adolescentes, dentro da pequena garagem de uma casa de Santa Teresa. Queria alugar um tipo de filme específico, mas não tinha tido coragem até então. Entrou e logo viu Tiago atrás do balcão, um jovem extravagante que trabalhava na locadora alguns dias por semana. Como de costume, ele estava ao telefone conversando com alguém. Três outros clientes andavam pelos dois corredores de fitas de vídeo: um homem de trinta e poucos anos, um senhor que conferia os documentários, e uma mulher, na casa dos quarenta, ocupava a seção de dramas. Todos pareciam entretidos demais em suas buscas para notá-la. Dora caminhou lentamente pelo corredor dos fundos e continuou circulando na tentativa de disfarçar, tanto quanto possível, o que buscava. Cada vez que passava pelas prateleiras do fundo tentava checar as capas e os títulos, mas mal conseguia identificá-los, a menos que parasse para olhar mais de perto. Resolveu esperar até que a mulher saísse da loja e se certificou de que os dois homens ainda estavam ocupados. Pegou dois *blockbusters* no corredor de ação e andou até a parede do fundo, pegando rapidamente o filme que pareceu mais próximo de seus dedos, depois o colocou entre os dois primeiros e foi para o caixa.

Tiago notou Dora esperando e continuou falando ao telefone um bando de intimidades com algum amigo, "só um segundinho...". Ele falou para ela, tapando o bocal do telefone.

Dora começou a suar. Não conseguia evitar a sensação de constrangimento. Tiago finalmente desligou e começou a conferir os filmes, justo quando o senhor chegou, logo atrás de Dora, também pronto para pagar. Ele parecia checar, por cima do ombro de Dora, quais filmes ela estava alugando.

"Eita. Olha ela. Não sabia que você era dessas", Tiago falou.

Não sabia que eu era como? O que me torna diferente de qualquer outra pessoa? Gênero? Idade? Dora se sentiu afrontada, e, sobretudo, desconcertada. Ouviu o riso do senhor ao fundo, pegou as fitas e saiu da loja com vontade de enfiar a cabeça num buraco.

Ao chegar na quadra da Pereira, ficou feliz em ver a celebração para o aniversário de Léo quase tão cheia quanto o baile do Natal. Curtiu a festa noite adentro e fumou mil baseados enquanto dançava pequeno.

Às cinco da manhã, tudo o que sobrara foram os meninos do movimento e uns clientes pancados. Dora pensou que iriam direto para cama, mas Léo começou a andar com ela para o alto da favela.

"Vem comigo" ele levou Dora pela mão.

A cidade começava a acordar. Dezenas de veleiros assistiam o sol despontando no horizonte, refletido nos prédios altos da praia de Botafogo. Dora volta e meia se surpreendia com o romantismo de Léo. O mesmo cara que era conhecido como "Samurai", o homem sinistro e destemido, o implacável e cruel gerente do morro, era, com ela, um cara doce e suave — falava sempre baixo e sem pressa, segurava sua mão com cuidado, acariciava seu rosto e olhava em seus olhos enquanto dizia o quanto se importava com ela.

Quando chegaram no mirante, Dora botou a mão dentro da bolsa, "aposto que você achou que eu tinha esquecido seu presente".

"Você é o meu melhor presente."

Dora lhe entregou um livro grosso — *Comando Vermelho*, de Carlos Amorim. "Sei que você não é de ler, mas achei que você podia curtir esse livro. É sobre como o Comando Vermelho começou durante os anos setenta na prisão de Ilha Grande, conhecida como Caldeirão, onde os presos políticos foram colocados nas mesmas celas dos criminosos mais perigosos e, a partir dessa interação improvável e da troca de conhecimentos na intenção de formar um grupo revolucionário contra a ditadura, acabou nascendo a facção criminosa que virou e o que se deu a partir daí. É bem interessante."

"Nunca ganhei um livro de presente."

"Agora ganhou."

"Você é bem diferente das meninas que eu conheço."

"É, né... tenho que confessar... Eu tava andando no Centro, voltando do dentista, e vi uma espada de samurai com cabo de mármore na vitrine de uma loja. Fiquei olhando, pensando no seu olhinho brilhando se visse a lindeza dela, mas depois pensei em como você usaria ela e não consegui me convencer a te fazer feliz nesse quesito."

Uma pausa abateu a troca.

"Qual era a cor do cabo?"

"Preto e branco."

"Onde fica a loja?"

Dora não conseguiu responder, apenas abaixou a cabeça tentando disfarçar o desconforto.

"Quer saber, deixa para lá. Esse livro é o presente certo."

Ele tirou uma caneta Bic do bolso e escreveu em azul "Samurai e Princesa" na primeira página do livro. Ela pegou a caneta de sua mão e desenhou um coração ao redor dos nomes. Eles riram e se abraçaram.

"Tenho mais um presente."

"Ah, para vai."

"Nada demais, mas achei que você podia gostar."

"Você não precisa ficar me comprando presente."

"Não foi uma compra, mais um aluguel mesmo." Dora puxou os VHS da bolsa.

"Filme, é..."

"Olha a fita que tá no meio."

"*Gays Parade*? Qual foi?"

"Quê????" Dora pegou a fita da mão dele e leu o título em vermelho, "ah, não!".

"Tá me estranhando?" Léo abriu seu riso debochado.

"Eu fiquei tímida na hora, não consegui checar o título."

Caíram em gargalhada.

"Não tô acreditando que arruinei não só seu presente, mas também meu primeiro pornô com meu namorado."

"Tu é muito figura." Ele a beijou. "Da próxima vez vale dar um confere antes de alugar." Léo pegou uma mutuca no bolso. "Tô com um bagulho sinistro que o Dioín me deu de aniversário. Reservei para fumar contigo."

"Esse sabe dar presente!"

Os dois riram.

"Curtiu tua festa?"

"Foi meu primeiro aniversário contigo do meu lado... bem diferente. Fiquei ligado na presepagem da cachorrada serelepe de olho nos muleque do movimento; os viciado gastando que nem um bando de otário; os muleque ostentando as peças, e você lá, sendo você, toda cocota linda que nem você é. Só minha." Léo deu um beijo suave no ombro de Dora.

"Ficou só na observação, né..."

"Tu sabe que não sou de pó, nunca nem experimentei, isso facilita minha vida aqui em cima. E te falar que tá contigo me fez mudar o jeito que eu lido com a rapaziada, um bando de sanguessuga seco por poder e droga."

Os dois olharam para o horizonte.

"Léo..."

"Fala tu, minha princesa."

"Você se vê fazendo isso pro resto da vida?"

"Mais até a morte..." Léo lambeu a seda, fechando o baseado. "A gente tá ligado na real quando entra nessa. É cadeia ou vala. Nunca achei que passo dos vinte e quatro." Ele acendeu o beck, deu uma tragada e soltou círculos perfeitos de fumaça.

"Mais três anos..."

"Melhor do que uma vida na miséria."

Dora não sabia o que pensar.

"Eu lembro direitinho do dia que resolvi entrar pro tráfico."

Dora encarou o horizonte, considerando a possibilidade de Léo morrer abruptamente. Acariciou seus dedos enquanto tentava distrair a desolação que abateu seu peito — queria poder protegê-lo.

"Eu não aguentava mais ver minha família na derrota. Meu pai todo dia trabalhando que nem bucha e mesmo assim a gente não tinha o que comer direito. Tava cansado de andar com roupa rasgada, de ver minha mãe contando moeda. Aí, tu sabe, rolou a parada com a minha irmã, ali eu decidi que era minha hora de chegar junto."

"Você tinha doze anos..."

"É, mas eu já era homem." Léo deu mais um tapa e passou o baseado. "A primeira vez que eu peguei numa arma eu soube na hora que fui feito para essa vida, que nem jogador de futebol quando toca numa bola." Ele olhou para lua já desaparecendo na claridade da manhã. "Eu sou bem diferente do muleque que eu era... é maneiro ser respeitado e tal, mas, mais que tudo, agora eu posso dá moral para minha família e isso é o que tá valendo mermo. Eu me prometi que a gente nunca mais ia perder uma refeição." Ele pausou por um tempo. "Eu tô no lugar certo, Princesa, e eu tô de boa com tudo que vem com isso."

Dora hesitou. "Você tá de boa em matar?"

Léo deu um tapa forte no beck e se recostou numa pedra enorme. "Faz parte."

"Essa não foi minha pergunta."

"Aqui em cima é a lei da selva..."

Dora olhou para o chão. "Às vezes é difícil, para mim, aceitar o que você faz."

"É que nem qualquer outro trabalho."

"Não é, não. Você sabe disso."

"Eu não espero que tu entenda."

Ela considerou por um tempo, "você sente alguma culpa depois?".

"Não." Léo respondeu sem titubear.

Sério? Dora ainda pensou mais um pouco. "Sei lá, não tem nada dentro de você que te diz que isso não tá certo? Algo que te perturba depois que você tortura uma pessoa?"

"Eu nunca fiz maldade com quem não merece."

"Mas quem é você para decidir o destino de alguém? Você é um enviado direto de Deus, Ogum, sei lá... é você quem decide como a vida da pessoa acaba?"

Léo a encarou sem expressão.

"Foi mal, não tô falando de religião, mas eu fico achando que lá no fundo da gente existe um senso de certo e errado que vem quando a gente nasce e que, de alguma forma, a gente vai esquecendo."

Léo continuou olhando para Dora, sem responder.

"O seu senso te diz que você tá certo de torturar e matar alguém?"

"É fácil para você falar."

"É tudo, menos fácil."

"Tu nunca vai entender."

"Porque você não tenta me explicar."

"Aqui o buraco é mais embaixo. Não tem hospital, escola, banco, juiz, tribunal, que nem vocês têm no asfalto, não. A regra quem faz é a gente. Vacilou, dançou. E aqui, nesse morro, quem sabe sou eu."

"Eu sei disso, Léo. Mesmo assim, eu não consigo deixar de pensar no que você sente quando tá torturando alguém. Tem alguma coisa dentro de você que te faz se sentir mal?"

"Nunca parei para ficar pensando nessas parada filosófica, não, Princesa."

"Tá, mas você quer terminar logo? Te passa algum mal-estar? Você tem prazer? Como você se sente?"

Ele pensou por um tempo, "eu rio".

Dora sentiu um arrepio subir sua espinha. Todo seu corpo se comprimiu. Ela respirou fundo, "você curte...".

"Colocando assim..."

"Tem outro jeito de colocar?"

"Princesa, a favela é lugar de homem, muito mais do que no asfalto. Bandido é bom mas não é bombom. Não é fácil ganhar respeito aqui, não. Tem que ter culhão." Ele deu um tapa no baseado e prendeu por um tempo, antes de soltar a fumaça. "Pra gente, matar é evento. Não sou eu e o cabrito sozinho na mata numa despedida triste. São uns dez, quinze maluco sedento, maioria drogado, querendo vingança. Pode parecer estranho pra você, mas a gente fica mais unido com essas paradas."

Uma parte dela entendia o que Léo dizia, a outra foi educada para pensar o contrário. Outra cultura, outro mundo, mesmo estando bem ali no final da rua de asfalto. Fechou os olhos e sonhou em se jogar na maciez de sua cama, mergulhar seus sonhos ruins em algodão-doce. Aos poucos foi abrindo os olhos, buscando forças para se reconectar, e foi quando viu um homem todo de preto, colete à prova de balas, máscara ninja cobrindo o rosto, escondido atrás de um poste na parte baixa da favela. Dora olhou para Léo e apontou o homem com o queixo. Os dois foram notando dezenas de homens fortemente armados, vestidos do mesmo jeito, se movendo sorrateiros pelas vielas do morro — era o BOPE, a mais temida divisão da polícia carioca. Tinham sede de sangue de bandido e eram os homens mais bem treinados da corporação. Estavam ali para matar, não para prender, e Samurai era o principal alvo. Chegaram de manhã cedo, depois do baile, cientes de que os soldados da boca estariam dormindo ou de ressaca da noite anterior. Esse era o melhor momento para invadir um morro, e eles sabiam disso.

Dora começou a tremer, considerando para onde correr. Os homens se aproximavam por todos os lados como predadores. Olhou para Léo em completo desespero.

Ele a abraçou firme. "Fica de boa. Vai na minha."

Dora assentiu.

Léo se apoiou no joelho direito como se estivesse amarrando os sapatos e, com cuidado, colocou a mutuca e o baseado dentro de um pequeno arbusto. Tirou a corrente de ouro, relógio, anel e a pistola da cintura e jogou um mato por cima. Depois se levantou devagar, beijando o corpo de Dora, e a abraçou por trás, como se estivessem admirando a vista. A essa altura, já havia quatro policiais a poucos metros de distância. Ela sentia o coração pronto para explodir.

"Ô, vagabundo." Um policial mascarado deu um tapa na cabeça de Léo. "Tô falando contigo, seu merda!"

Léo aceitou o tapa quieto, abaixou a cabeça e evitou olhar para os policiais.

Dois policiais seguiram o caminho e dois ficaram com Léo e Dora.

O policial prensou Léo contra a parede, "tão fazendo o que aqui essa hora?".

"Vendo o dia nascer antes de eu ir trabalhar."

"Ah é, e você trabalha onde, pombinho?"

"Sou auxiliar de serviços gerais."

“Identidade, cadê?” O policial manteve o pescoço de Léo prensado contra a parede de pedra.

O outro policial mediu Dora de cima a baixo, “uma patricinha dessa não sai com trabalhador, não…”.

“O amor é cego.” Dora deixou escapar, sem acreditar na própria audácia.

Léo puxou a carteirinha do centro comunitário junto com o RG, os dois falsos, os policiais passaram os documentos um para o outro.

“Se liga, garota, sai dessa, tá me escutando? Cola num playboy se não quiser acabar comendo mosca numa vala.”

Os policiais foram se afastando, seguindo o resto da equipe que começava a bater na porta de alguns barracos. Dora abraçou Léo com força.

O policial voltou, “aí, tu sabe onde o Samurai tá malocado?”.

Dora escondeu o rosto no peito de Léo, com medo da própria expressão.

“Não, senhor. Eu sou trabalhador.”

“Olha que tem recompensa.”

“Sei não, senhor. Fico longe dessa vida.”

“Fica, né…” O policial ainda deu mais uma olhada em Léo de cima a baixo, depois correu para alcançar os outros.

Léo se manteve abraçado com Dora, beijando suavemente seu pescoço, enquanto assistia de soslaio à movimentação da polícia até ter certeza de que eles já tinham seguido caminho.

Dora desejou acordar daquele pesadelo.

6.

Brincando com Fogo

Em meio a toda loucura que a vida de Dora havia se tornado, Alan parecia o retrato novo de um mundo antigo. Ambos se faziam de difíceis, no entanto, haviam escolhido os mesmos grupos de estudo e acabavam passando um bom tempo juntos. Dora tentava chocá-lo com suas histórias sobre o morro, desfilando sua rebeldia, seu jeito destemido, enquanto escondia os medos debaixo do tapete. Ele, por outro lado, a provocava sobre as decisões autodestrutivas dela enquanto descrevia os lugares incríveis (e seguros) que frequentava. De vez em quando, ele trazia fotos das viagens de fim de semana só para instigar — Dora fingia não se importar. Alan era inteligente, bonito e bem-educado, o genro ideal para apresentar aos pais. Não que ele fosse santo, estava longe de ser um menino que Dora pudesse manipular, o que só a fazia desejá-lo mais ainda. Alan era benquisto e arisco ao mesmo tempo — um *golden boy* cheio de brilho.

Tarde de quarta-feira, o tempo começava a dar os sinais do inverno por vir. Dora decidiu voltar para casa a pé, em vez de esperar pelos irmãos. Avistou Alan em frente à rampa da escola tentando pegar carona para casa.

"Deixa eu adivinhar, perdeu a carona de novo?"

"Aham."

"Que leseira, hein."

"Você que é lesa."

Os dois abriram um sorriso.

"Tá indo pra casa?"

"Tava, mas com essa tempestade que tá para cair, tô achando que vou esperar na casa de um amigo."

"Que amigo?"

"A curiosidade matou o gato..."

"Sei..." Dora tentou disfarçar a pitada de ciúme que sentiu.

"Do Daniel, boba."

"Irmão da Luana?"

"É, a gente joga futebol toda terça. Gente boa."

"A Luana é uma das minhas melhores amigas. Conheço os dois desde pequena, quando eles mudaram pra casa do lado da minha."

"Sério?"

"Aham."

"Que coincidência..."

"Não existem coincidências, Alan."

"Ah, é?"

"Tô me perguntando se você já não sabia que eles são meus vizinhos..."

"Você se acha, né?"

"Depende do dia." Dora riu.

"E que dia é hoje?"

"Me fala você..."

Os dois riram, Alan não disse mais nada.

"Bom, vou indo", Dora provocou para ver se ele ia junto.

"Posso andar contigo?"

Dora sorriu.

Andaram lado a lado debaixo de garoa, os braços se roçando a cada passo que davam. Rajadas de eletricidade atravessavam o toque. Dora tentava, sem sucesso, achar algum assunto aleatório, mas estava tomada pelo medo do próprio desejo. Pensou em Samurai descobrindo algo que nem tinha acontecido. Pensou no Preto Velho. Lembrou do diabo vermelho que viu na primeira vez que o beijou. Considerou se ele seria mesmo capaz de matá-la — não sobrou muita dúvida. Seu romantismo a fazia querer acreditar que o amor dele era maior do que qualquer orgulho ou necessidade de vingança, mas era mais provável que fosse exatamente o contrário. Imagens dos possíveis cenários de seu assassinato foram substituídas pela do corpo nu de Alan sobre o seu. Cogitou jogar para o alto o amanhã e pular para trás de uma árvore com ele — entregar o resto da tarde para picardias eróticas. Um bando de tara foi passando por sua cabeça enquanto tentava cuidar para que sua expressão não revelasse o que sentia. Até que o primeiro pingo grosso caiu, e os dois correram para um ponto de ônibus que tinha uma pequena cobertura.

"Chove chuva." Dora tentou descontrair.

"Ufa..."

"Ufa?"

"Nosso silêncio tava ensurdecedor."

"Ué, por que você não puxou assunto?"

"Tava com a mente cheia."

"De quê?"

"Mil coisas."

"Hum..."

O silêncio assentou entre os dois mais uma vez.

"Cê tá tremendo."

"Pois é..." Ela não sabia dizer se era de frio.

"Quer meu casaco?"

"Opa! Quero sim."

"Putz, não achava que você fosse aceitar." Alan sorriu e foi tirando o casaco.

Uma parte de seu abdômen se revelou, Dora tentou desviar o olhar. A ideia da textura da pele dele a excitando cada vez mais, *sai de mim, demo...*

"Todo seu!" Ele lhe entregou o casaco.

Quem dera. Ela vestiu o casaco e os dois evitaram se olhar. Toda vez que Alan virava o rosto, Dora observava de rabo de olho seus detalhes. Tentou achar assunto mais uma vez, mas sua cabeça estava tomada por segredos. Alan também não balbuciou uma palavra sequer. Os minutos esticavam o silêncio, ela aproveitando cada segundo teso da companhia de Alan.

A chuva tropical logo parou e eles voltaram a caminhar. Dora não conseguia identificar se ele era apenas gentil ou se também tinha segundas intenções. Desejava ser desejada tanto quanto o desejava. Gostava de imaginar a possibilidade (que lhe parecia bastante remota) de um dia ser sua namorada, de como seria pertencer ao seu mundo por inteiro, tão diferente do mundo em que vinha vivendo.

"Tá com fome?" Dora tentou jogar a pergunta fora, como quem não quer nada.

"Sempre."

Opa! "A Maria cozinha para caramba."

"Imagino, mas já que a chuva parou, acho melhor eu ir logo para casa. Tenho umas paradas para resolver. Mas valeu o convite! Quem sabe da próxima vez."

"Quem disse que eu te convidei?" *Devia ter ficado na minha...*

"Eu curto sua companhia, mesmo você sendo assim."

Dora sorriu e virou rápido para casa, disfarçando o quanto enrubesceu com o elogio. Ao atravessar o portão se tocou que ainda estava com o casaco dele. Considerou voltar para devolver, logo mudou de ideia. Levantou o casaco até o rosto e afundou o nariz em seu cheiro. *Issey Miyake, sabia.*

Acordou confusa sobre seu paradeiro. Já não sabia mais em qual realidade despertava. O amarelo-claro das paredes a fez lembrar da noite anterior. Havia sido a festa de aniversário de quarenta e três anos de sua mãe. Os adultos tinham terminado a noite embriagados, e o canto de Vera ainda ressoava em sua mente. Era sempre a mesma história: um jantar para umas quinze, vinte pessoas, comidas maravilhosas regadas a muito vinho, e logo a cantoria começava. Primeiro sua avó — também conhecida como Zuzu — cantava alguma música de Ary Barroso, Dalva de Oliveira, Carmen Miranda e por aí vai. Naquela noite, Zuzu escolheu um vestido preto estampado de flores cor-de-rosa e, atrás da orelha, uma flor de hibisco de um vermelho vívido, a medalha de ouro de São Bento brilhando em seu pescoço. Era a típica matriarca italiana; quadril largo e peitos fartos. Dora a considerava a melhor massagista de pés da cidade e fazia questão de confirmar toda vez que ela os visitava. Adorava ouvir a avó cantar, todos adoravam. Zuzu tinha voz de contralto. Irreverente, costumava terminar suas performances com uma hula sexy que colocava muita dançarina profissional no chinelo. Todos curtiam sua ousadia, já Dora imergia no constrangimento típico dos adolescentes.

Fechou os olhos para esperar a cena passar, mas foi interrompida pela voz grave de Vera cantando as primeiras notas da versão de Edith Piaf de "La Foule". Vera era intensa, magnética, se movia com elegância e desenvoltura de bailarina. Seus olhos grandes transbordavam vitalidade, do sorriso generoso saía luz. Vera era a mãe que Dora temia ter. Acreditava que teria sido muito mais fácil se tivesse tido como mãe uma senhorinha sem maiores apelos sexuais, uma perfeita dona de casa, atarefada com amenidades, cega para a rebeldia de Dora enquanto tricotava casaquinhos para a prima que ela nunca teve. Lembrava então que nem seria rebelde, não fosse a mãe que tinha — o que também seria um desperdício.

Stephan estava trabalhando na Europa, Vera voaria ao seu encontro no dia seguinte, mas, naquele momento, lá estava ela dançando seu aniversário noite adentro com Vicente, exibindo a química latente do duo para quem quisesse ver. Eram melhores amigos, iam ao teatro, exposições, bares, *gargalhando alto pela cidade, dançando pelas noites... só eu tô sentindo o clima?* Sentada no largo sofá de camurça, Dora assistia aos passos sincronizados do casal pela sala de tábua corrida, os amigos observavam prontos para aplaudir. A demonstração escancarada de afeto de sua mãe com o melhor amigo a deixava enjoada.

Quando a dança terminou, Dora estava desolada com o que a família parecia prestes a se tornar. Sabia que era a próxima na fila da cantoria, mas, distraída, esqueceu de fugir.

"Filhota, sua vez."

"Nem vem, mãe. Não tô no clima."

“Ah, não. Sua voz não pode faltar!”

“O aniversário é seu.”

“É, e minha filha faz parte de mim.”

“Ah, faço?”

Bernardo deu uma cutucada na costela de Dora com a ponta do cotovelo, deixando claro que não era hora para uma desavença com a mãe. Os convidados começaram a bater palma, incitando Dora à cantar. Intimidada, indignou-se por ter que demonstrar afeto quando estava tomada pela raiva. *Como eles conseguem sorrir assistindo o trem descarrilhar?* Sabia que não tinha saída, quanto mais rápido começasse, mais cedo se livraria da encenação.

“O que você quer que eu cante?”

“Adoro quando você canta Elis Regina!”, Vera sugeriu.

“Billie Holiday”, gritou Zuzu.

“Vou cantar ‘I Put a Spell on You’.”

Dora se levantou e foi até o centro da sala. As luzes viraram holofotes, os convidados, plateia. Dora afastou do peito a mão direita em sintonia com a primeira nota que saiu de seus lábios. Sua voz, profunda e rouca se deslocou pelo ar vibrando no espaço. Cantou sobre o domínio que desejava poder ter sobre as escolhas da mãe. Cantou com o coração, como se não houvesse ninguém ali. Deixou a última nota escapar como se fosse sua última palavra.

Silêncio.

Os aplausos a despertaram do transe. Percebeu o rosto molhado e notou a mãe e a avó também marejadas. Alguns convidados enxugavam os olhos. Por uma fração de segundo sentiu-se parte da família de novo. *O que acabou de rolar?* Vera a abraçou forte, Dora, imóvel, tentava entender a emoção avassaladora que a havia tomado. Uma espécie de ternura esmigalhava sua raiva e ela se odiou por perdoar, mesmo que por um breve momento, justo a pessoa que parecia estar a caminho de destruir seus sonhos de pertencimento.

“Te amo, filha. Nunca esqueça disso”, Vera sussurrou, sem soltar do abraço.

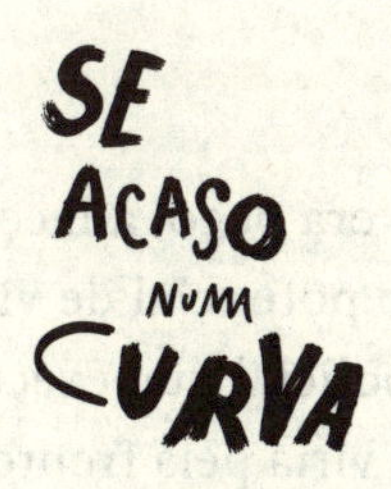

7.

Ave-Maria

O crime organizado crescia exponencialmente no Rio. O tráfico se fortalecia dia após dia. As drogas eram a maior parte da economia informal, e o mercado ilegal não parava de lucrar. A classe média ficava à vontade para subir o morro e comprar uma mutuca ou um papelote sem se preocupar muito com a polícia. O governo estava ciente do problema, mas com as drogas vinha dinheiro, poder e corrupção, todo mundo queria um pedaço. A política e o tráfico andavam de mãos dadas, formavam juntos uma bomba-relógio, e quem tinha poder para resolver ou estava envolvido ou se fazia de cego. A mesma polícia que invadia em uma semana vendia armamento para o tráfico na semana seguinte. Era um sistema intrincado com um bando de bebe-água morrendo na guerra, e a turma de intocáveis que estava acima (e por trás) de todo esse poder era quem lucrava impunemente.

Os moradores já estavam acostumados a ver a polícia invadir o morro em busca de traficantes. Vez ou outra eles pegavam um, davam umas porradas, tocavam um certo terror, chamavam a imprensa, e o levavam para a delegacia, só para ele ser solto logo depois com suborno. Prendiam para lucrar. O preço era determinado pela posição hierárquica do soldado. Em geral, umas correntes de ouro e uma quantia de dinheiro resolviam. Quando alguém era pego, a facção era abatida pelo mesmo medo: qualquer um tinha o potencial de virar X-9 a depender das circunstâncias, e só de ver o policial que executava a prisão, já dava para saber que tipo de problema viria pela frente.

Havia meia dúzia de policiais considerados não corruptíveis na 9ª DP — delegacia responsável pelo bairro de Laranjeiras e entorno. A meta deles era tirar bandido do morro e botar na cadeia. Fora o BOPE, era deles que os meninos tinham medo.

A maioria dos moradores dava cobertura para os meninos quando a polícia invadia, alguns os entocavam por dias em suas casas se necessário, mas sempre tinha um ou outro que, por alguma razão pessoal, preferia não cooperar. Muitas vezes eram da igreja ou parentes de meninos que morreram na guerra às drogas. Na favela que Samurai comandava, ao contrário da maioria das favelas do CV, os que não cooperavam não eram expulsos, contanto que mantivessem a boca fechada quando a polícia invadisse. Samurai sabia que num momento de sufoco até eles acabariam pedindo ajuda. Era como costumava acontecer.

Muitas vezes os policiais prendiam um trabalhador e diziam para a imprensa que se tratava de um soldado do tráfico. Eles sabiam que pegava mal voltar de uma invasão sem nenhum preso e escolhiam qualquer um que pudesse se parecer com um traficante. Era o jeito mais fácil de fazer a comunidade se unir contra a polícia. As famílias dos injustamente incriminados se manifestavam, e muitas vezes passavam a apoiar o tráfico e a falsa segurança que ele trazia.

O dia estava quente, sem uma nuvem no céu. Dora levou Clara com ela para a favela — estudavam na mesma turma e Clara era sua amiga desde o maternal. Dora havia tirado fotos do último churrasco da galera e queria mostrar para os meninos, mas só dois deles estavam na boca.

Mentex sorriu, manejando a pistola como se fosse um objeto qualquer, "fala, Saceprin! Quê que cê manda?".

"E aí, Mentex..." Dora sorriu. "Se importa de virar esse ferro pra lá, se não for incomodar?"

"Goiabei, foi mal."

"Tá tranquilo. Viu o resto da galera?"

"O Samurai tá numa missão, e o Quase Nada tá na caverna do Batman com o Cabeça e mais uns muleques."

"Ah, beleza, vou lá então."

"Papo reto, não é uma boa..."

"Relaxa, tô ligada no caminho."

A caverna do Batman ficava a uns dez minutos de caminhada pelo meio do morro e depois mais uns dez pela mata. Quando chegaram, Clara e Dora suavam. O barraco parecia deserto. Uma brisa quente pairava no ar, as árvores tocavam uma sinfonia estranha com o vento. O sol mal atravessava as sombras que cobriam o barraco. Dora ouviu uma voz feminina vindo de dentro do esconderijo. A mulher falava calmamente com um homem. Dora não reconhecia as vozes. Falavam baixo com pausas longas entre as frases. A Ave-Maria começou a tocar no rádio, anunciando as seis da tarde.

Era a segunda vez de Clara no morro, e seu medo transparecia. Dora sentiu o aperto no peito e decidiu que era melhor descerem. Foi quando Quase Nada saiu do barraco.

"Princesa, tá fazendo o que aqui?" Ele deu dois beijinhos em cada uma. Seu rosto revelava tensão.

"Trouxe as fotos do churrasco." Dora ficou tímida de uma hora para outra.

"A chapa tá quente. Melhor tu esperar lá embaixo."

"Ah, beleza."

Ele as foi encaminhando para a entrada da trilha, "tá ligada na Jaqueline que o Cabeça tava pegando?".

"De Ipanema?"

"Ela merma. X-9, acredita? Entregou os parceiros. Foi direto pros samango contar as parada. Por isso que o BOPE subiu aquele dia, por causa dessa chincheira vacilona do caralho. Agora sabe como é: ação, reação. Tamo só esperando a Ave-Maria acabar. Foi o último pedido da filha da puta."

Dora deu um passo para trás e olhou para as folhas secas no chão. Eram vermelhas e amarelas. Encarou-as até que foram se tornando de um vermelho-sangue, formando uma poça em torno de seus pés. Dora expulsou a alucinação da mente e respirou fundo. "Você tá certo, a gente não devia tá aqui." Deu a mão para Clara, que parecia um fantasma de tão lívida, e desceram com pressa o caminho de lama seca. Continuaram em silêncio até chegarem ao topo da Pedreira.

As duas ficaram olhando para o mar de Botafogo enquanto Dora enrolava um baseado.

"Acho que já vou descendo", Clara falou.

"Tá bem."

"Cê vai ficar?"

"Vou esperar o sol se pôr. Leva esse beck pra você."

"Tô legal. Só fica de olho na minha descida. Se eu cair, me levanta."

"Sempre."

Dora assistiu à Clara descendo a Pedreira, depois a escadaria até a rua de cimento e sumindo dentre as árvores da rua de asfalto. Ela estava salva — e sã, parecia. As estrelas se revelavam aos poucos no gradual do azul. Dora fumou devagar até que o último fio do dia desaparecesse. Ave-Maria ecoando em sua mente.

Do lado de fora da cerca, as três amigas assistiam ao futebol do recreio, que pegava fogo.

"Não tô acreditando que o Pedro perdeu esse gol. Tá parecendo que o jogo tá precisando de uma ajudinha feminina." Luana olhou para Dora, que tinha o olhar perdido no nada.

"Foi uma indireta pra você, Dora", Clara cutucou.

"Foi mal. Quê que foi?"

"Em que planeta você tá?" Luana deu uma bufada.

"Tô aqui, bem aqui com vocês. Do que a gente tá falando?"

"Tô falando, Luana..." Clara levantou as sobrancelhas.

"Ih... é assim que nasce uma conspiração...", Dora riu.

"Tá mais pra uma intervenção." Clara abriu um sorriso amarelo de volta.

"Até tu, Brutus?" Dora botou o braço sobre o ombro de Clara, tentando transmitir um despojamento que não correspondia ao que sentia.

"Meu irmão tava falando que a viagem pra casa do Alan foi muito irada", Luana falou.

Dora se fez de desentendida.

"Eles tão indo direto pra lá...", Clara acrescentou.

"E...?" Dora olhou para as amigas, inquisitiva.

"Só falando, ué... e eu sei que você vai dizer 'não' de primeira e vai descartar todo o sofrimento que envolve ficar nas ilhas ensolaradas de Angra, mergulhando no mar transparente debaixo do céu azul, tendo que afundar os pés na areia branca... Eu sei que você não tá nem aí pra churrasco ou pra uma sinuquinha noite adentro. Tô sabendo disso tudo, por isso que a gente jamais consideraria te convidar..."

"Sinuca foi golpe baixo."

"Tem isso...", Clara jogou fora.

"De qualquer jeito, não é como se eu tivesse sido convidada."

"E se tivesse?" Luana sorriu.

"E quem exatamente estaria me convidando?", Dora tentava disfarçar o interesse.

"O Alan tava falando que seria maneiro a gente passar um final de semana lá."

"A gente quem?"

"A gente! Eu, você, Clara, Daniel, Alan... a gente."

"Ah, é?"

"É!"

"Ele me especificou nessa lista, por acaso?" A excitação foi invadindo o seu peito.

"Hum, que pergunta interessante...", Clara riu.

"Ridícula." Dora empurrou a amiga.

"Sim, senhora. Ele falou de você especificamente", Luana apertou a cintura de Dora fazendo cosquinha, "e todo mundo que eu falei".

"E você tava por dentro disso, Clá?" Dora já não escondia o sorriso.

"Cómo no..."

As amigas caíram na risada.

"Algo mais que eu seja a última a saber?"

"A gente não achava que você fosse topar", Clara falou.

Dora mudou de semblante, considerando os vários aspectos do problema, "é, não sei se dá para eu ir...".

"Tá vendo." Luana levantou a sobrancelha.

"Não, é só que..."

"É tão complicado assim, Dora?" Luana olhou nos olhos da amiga.

"Então, é que..."

"Deixa para lá, relaxa, a gente entende. Seu namorado assassino pode ficar com ciúmes e só Deus sabe o que ele pode fazer se isso acontecer, não é mesmo?" Luana voltou a olhar para o jogo.

"Cala a boca... sua pilhenta." Dora riu, disfarçando o quanto fazia sentido.

"Ninguém aqui quer que você seja esquartejada por passar um simples final de semana com seus amigos de infância, cruz credo."

"O Alan não é exatamente meu amigo de infância."

"Foi só essa parte da frase que te chamou atenção?" Luana olhou nos olhos de Dora.

Dora olhou para baixo.

"Nós somos suas amigas de infância!" Clara abraçou Dora, que se manteve em silêncio por um tempo.

"Eu sei..."

"A gente só tá preocupada, e também sentindo mó saudades de curtir contigo que nem antigamente."

Dora ainda ficou pensando um tempo, "e quando seria esse final de semana mágico?".

"Esse agora. Os pais do Alan vão tá fora, a gente não tem prova semana que vem, tá tudo alinhado."

"Ai, Zeus meu..."

"É bom se consultar com Zeus mesmo!" Luana a abraçou.

Dora considerou se não seria melhor se consultar com Ogum.

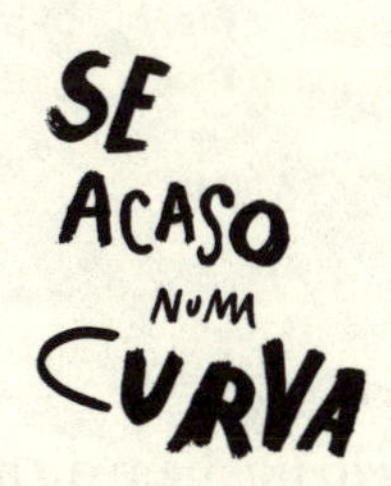

8.

Ação, Reação

Noite de quinta-feira. Dioín estava na área, checando os negócios e curtindo numa *nice* a companhia dos meninos do movimento. Todos sentados na Pedreira, fumando baseado atrás de baseado, botando pilha um no outro — um típico encontro em família. O clima era leve, Dora debruçada nos braços de Léo, Carol flertando com Dioín, todo mundo se divertindo.

Léo e Dioín se conheciam desde pequenos. Cresceram juntos, jogando futebol na Fallet, assistindo à evolução no tráfico um do outro, suas mães eram comadres há mais de vinte anos.

“Quer dizer que cês vão pro Baixo Gávea colar com os playba?”, Dioín falou.

“A Dora que combinou com a amiga lá. Por mim, eu ficava.”

“Aham, tô só vendo. De uma hora para outra você não quer mais ir, né, Carol...”

“Não, a gente vai, ué. Já tava combinado...” Carol levantou a sobrancelha para Dora para que ela parasse de botar pilha. Dioín riu.

“Eu que me arraso, vou ficar sem minha princesa pelo resto da noite...” Léo apertou Dora em seus braços.

“Oh, meu amor, cê sabe que eu já tinha combinado com a Clarinha.”

"Juízo, hein."

"Bobo..."

"Bobo nada. Tô de olho em você."

"Você que tem que ter juízo no meio do bando de pistoleira que vive atrás de vocês."

"Elas não têm nenhuma chance."

"Sei..."

"Já tô com saudades."

Dora beijou Léo.

"Também vou morrer de saudades, Carol!" Dioín embarcou na onda, Carol sorriu largo.

O Baixo Gávea consistia em uma praça rodeada de restaurantes e bares num dos bairros de classe média alta da Zona Sul do Rio. Era uma pré ou pós balada, onde a burguesia carioca se reunia para descobrir qual era a boa. Um cenário bem diferente do da favela. Bandos de todas as idades jogavam conversa fora e paqueravam enquanto bebiam e fumavam o que bem entendessem sem que a polícia chegasse dando tiro.

Era uma noite fria, garoava de leve, e uma tempestade se anunciava. Dora tinha combinado de encontrar Clara perto da van de cachorro-quente que ficava estacionada na praça, mais afastada dos bares do entorno. Carol pediu uma cerveja e logo elas viram Clara chegando.

"Tô sentindo que vai chover pingo grosso." Clara deu dois beijinhos em cada uma.

"Já tava chovendo no Cosme Velho." Carol pediu uma cerveja.

"Sempre chove no Cosme Velho." Dora riu.

"Verdade."

"Gente, de onde tá vindo esse funk?"

"Olha para trás." Dora apontou.

Um Escort verde com vidros fumê e um adesivo enorme de um pitbull no vidro traseiro tinha acabado de estacionar em cima da calçada ao lado da van do cachorro-quente. Dois bombadões com camiseta de jiu-jítsu pediram uma cerveja e aumentaram o volume, que explodia dos oito alto-falantes enormes no porta-malas escancarado. Justo quando

Dora ia falar com as amigas para mudarem de destino, os bombados chegaram nelas.

Um baixinho de cabeça raspada foi direto em cima de Clara, "fala você, gata. Qual teu nome?".

"Clara."

"Ah é, e o meu é escuro." O baixinho riu para o amigo. "Ainda bem que minha mãe não era mais uma dessas hippies doidonas."

"Ei. Não precisa ser grosseiro", falou Dora.

"Ih, a lá..." O baixinho a olhou enviesado.

A chuva começou a cair e os bombados se apertaram debaixo do pequeno toldo da van junto às meninas. Uma água marrom passou a pingar do plástico, o baixinho abriu a boca embaixo da goteira, bebendo a água.

"Eca. Essa água tá podre." Carol fez uma cara de nojo.

"Tu não sabe o que é podre, garota. Eu sou PQD, já comi até barata no Exército, tá me entendendo? Já passei semana debaixo de tempestade bebendo água de chuva. Isso aqui não é nada."

"Você não tá mais no Exército."

"Vocês são um bando de patricinha. Tão precisando de um acorda--maluco." O baixinho foi ficando mais agressivo.

"Você nem conhece a gente, não tem necessidade disso." Dora falou sem paciência.

"Se liga, Jaime, ela é a abusadinha das três. Cheia de marra." O baixinho riu para o amigo, uma garrafa de 600 ml em uma mão e o copo cheio de cerveja na outra. "Tá se achando..."

Dora chegou no ouvido de Carol, "bora sair daqui, esses caras são muito sem noção".

Carol respondeu baixo, "Tô até dando risada, amiga, bora esperar a chuv...".

Não deu tempo de Carol terminar a frase, o baixinho jogou a cerveja do copo em Dora, que tentou se esquivar, mas acabou com a camiseta toda molhada.

"Que isso? Tá maluco?" Dora afastou a camiseta ensopada do corpo.

"Tu falou que tá rindo da minha cara?" O baixinho falou para Dora.

"Não."

"Falou sim que eu ouvi."

"Eu não falei."

"Tá pensando que eu sou otário, sua filha da puta?"

"Não me chama de filha da puta."

"Tá achando que tá falando com quem?"

"Melhor você se acalmar..."

"ME ACALMAR? TÁ MALUCA? EU OUVI MUITO BEM O QUE VOCÊ DISSE, SUA PIRANHA."

"Piranha?"

"PIRANHA, MERMO!"

Dora não se aguentou e soltou a frase com frieza, "quer saber, eu não falei que tava rindo da tua cara, não, mas já que você tá insistindo tanto, vocês são que nem o Beavis e Butt-Head, tão ridículos que fica até engraçado". Dora encarou.

Num movimento abrupto, o baixinho soltou o copo, deu uma bofetada na cara de Dora, espatifou a garrafa de cerveja no meio-fio e aproximou o gargalo quebrado do rosto dela. As três amigas paralisadas em choque.

"SUA VAGABUNDA! SABE COM QUEM VOCÊ TÁ FALANDO? Você não sabe com quem tá mexendo, sua piranha. Vocês já ouviram falar em CV??? Vocês sabem o que Comando Vermelho quer dizer? Me escuta com atenção, suas patricinhas de merda: o dia que vocês souberem quem é Dioín, o dia que vocês descobrirem quem é Samurai e mencionarem meu nome, Guimba, vocês vão entender o tipo de bandido com quem cês tão mexendo. Eu podia dar um tiro na tua cara agora."

Dora não conseguia acreditar que ele a havia estapeado, menos ainda que tinha mencionado justo Dioín e Samurai. Paralisada, processava os acontecimentos enquanto Carol correu para algum lugar fora de vista, o baixinho continuou gritando, seu amigo o segurava. Clara foi puxando Dora para longe da van, levando-a em direção à área dos bares. Lágrimas escorriam pelo rosto de Dora e se misturavam à chuva. O inchaço na bochecha que tinha levado o tapa latejava.

"O que acabou de rolar?" Clara abraçou Dora, que não conseguia responder. "Que doideira... a coisa virou do avesso num estalo."

Dora manteve o silêncio.

"O mais doido foi ele mencionar o Samurai..."

"Quero lavar meu rosto, Clá." Dora tentava secar as lágrimas, que não paravam de rolar.

"Bora no banheiro do Hipódromo."

Carol veio correndo na direção das amigas, "Tava no orelhão ligando pros meninos."

"Como é que é?"

"Porra, o pela saco bateu na tua cara e ainda falou o nome do Samurai e do Dioín, como é que pode?"

"Você não fez isso..."

"Tô falando. Os meninos tão vindo de bonde atrás dele."

"Quê??? Caralho, caralho, caralho." O choro secou, Dora sentiu o corpo se retesar.

"Ainda falaram que nunca ouviram falar de Guimba nenhum."

"Carol, tem noção do que significa você ter ligado pros meninos?"

"Deu ruim pra ele."

"Deu ruim? Você não entende o quê que isso vai desencadear?"

"Que ele desencadeou, né! Agora quero ver ele bater na cara de uma mulher de novo."

"Ele não vai sair dessa vivo para bater em ninguém. Você acha que torturar e matar um babaca com ego inflado é justiça? Era isso que você queria quando ligou para eles?"

"Eles não vão matar ele, Dora. Só dar um susto."

"Jura que você é tão ingênua assim, Carol?" A noite só tendia a piorar. "Por favor, Zeus, Deus, Ogum... não deixa eles acharem esse cara." Dora começou a andar de um lado para o outro.

Clara não conseguia esconder o medo. Carol ficou quieta.

"A gente tem que sair daqui." Dora foi indo para o ponto de táxi.

"Quer ir pra casa?", Clara seguiu seus passos.

"Eu não posso chegar em casa assim."

"Para onde a gente vai?"

"Não sei, só preciso sair daqui."

"Bora pra Farani encontrar a galera", Carol falou, não tão segura quanto antes.

Puta merda... Dora entrou no primeiro táxi da fila, sufocada pelo terror do que podia vir a acontecer. Apesar de revoltada por ter levado um tapa na cara e de achar que o tal Guimba merecia algum tipo de punição da divindade destino, com certeza não queria que ele sofresse nenhum tipo de violência conectada a ela. Não passava de mais um menino do asfalto com marra de bandido, sem sagacidade nenhuma, apenas ostentando suas inseguranças — podia até ser um babaca arrogante, mas, com certeza, não merecia morrer por isso.

A grande maioria da gangue do asfalto de Dora era menor de idade. Eram meninos de classe média, alguns com mais, outros com menos, mas todos providos da estrutura básica para não precisar cometer nenhum tipo de crime. Passavam o tempo livre pedalando pela cidade, roubando CDs em lojas atacadistas à tarde, pixando muros à noite, indo a festas, se fazendo de bandidos (a moda na época era ser da rua, exalar um ar de perigoso) e muita praia, bagulho, futebol, água de coco e paquera. Desfilavam seu privilégio enquanto tentavam fingir que não tinham nenhum — eram o retrato de uma geração de adolescentes cariocas dos anos noventa.

O táxi parou na bomba de gasolina. Dora avistou uns quinze meninos da sua galera de Laranjeiras e Cosme Velho na murada da loja de conveniência e, do outro lado do posto, os meninos do Flamengo. As duas gangues viviam em relativa harmonia, alguns eram até amigos, mas, sobretudo, sabiam não pisar no calo uns dos outros.

Carol saltou do táxi primeiro. Dora secou os olhos inchados e foi atrás, seguida por Clara.

Tobé foi o primeiro a notar a cara das meninas, já dando um pulo em direção a Dora, "qual foi? Que cara é essa? O quê que rolou?".

"Um cara deu um tapa na cara da Dora no BG", Carol falou agitada.

Os meninos se juntaram rapidamente em torno de Dora.

"Como é que é?", André encheu o peito, indignado.

Dora fuzilou Carol com o olhar, ensurdecida com o falatório entre os meninos. Clara foi se sentar na murada, quieta.

"É isso aí que vocês ouviram. Um tal de Guimba, disse que ele que era do CV." Adrenalina entornando dos olhos de Carol.

"Guimba? Porra, será que é o mesmo da galera do Flamengo?" Rodrigo olhou para a gangue rival a fim de checar se o sujeito estava em meio ao grupo.

Dora se sentou na mureta ao lado de Clara, sua cabeça rodando, enquanto Carol descrevia a dupla que causou a confusão, o carro, o papo — todos chegaram à conclusão de que só podia ser o mesmo Guimba. Tobé ainda tentou extrair algum detalhe de Dora, mas ela desconversou. A gangue tramava algo que ela preferia não saber. Não demorou para a galera do Flamengo ficar por dentro não só do tapa, mas de que quem o tinha levado era justo a "Princesa" do Samurai. A consciência coletiva das possíveis consequências do ocorrido se abateu sobre os dois grupos de uma tacada só.

"O que o pela saco não sabia era que esse tapa vai custar a vida dele, parceiro", Walter destilou.

A obscuridade do perverso já se propagando como erva daninha.

Dora levantou a cabeça, "isso tá crescendo fora de proporção, galera."

"Fora de proporção? O cara te deu um tapa na cara, Dora." Rodrigo fez coro com Walter.

Seus amigos se tornaram uma matilha. Qualquer coisinha podia ser motivo para brigar, mas esse motivo superava a maioria. Dora tentava dissipar o furacão interno, mas o turbilhão só crescia.

Os dois grupos discutiam o evento, quando o Escort verde com o adesivo de pitbull apareceu cantando pneu.

O ar do posto se suspendeu. Dora assistiu à cena acontecer em câmera lenta.

Guimba estacionou em frente à galera do Flamengo e saiu do carro de peito inflado, andou em direção aos amigos claramente alheio à crescente tensão já instaurada.

"Fala, rapaziada!! Se liga, acabei de esculachar uma patchoca no BG, dei logo três tapão na cara da otária, foi só, pah, pah, pah", ele imitou o gesto dos tapas com a mão. "A piranha chorou, parceiro. Nem se mexeu, ficou só no snif snif. Bucha do caralho."

"Tem certeza que foram três?" Rodrigo, agora misturado ao grupo do Flamengo, encarou Guimba.

A tensão estava à beira de explodir.

"Qual foi? Tu tava lá pra saber, cumpadi?" Guimba perdeu a chance de recalcular a rota.

"Foi nela ali que tu bateu?" Um de seus amigos apontou para Dora.

"Tá de sacanagem. Que coincidência..." Guimba deu um tchauzinho, sorrindo para Dora. "Será que ela tá querendo mais?"

Dora assistia à cena sem saber como reagir.

"Melhor tu segurar esse gogó que a chapa esquentou pra tu." Walter se aproximou.

Guimba olhou em volta buscando apoio nos amigos, até que começou a notar a tensão estampada na feição das duas galeras.

"Abaixa a bola aí que deu ruim pra tu..." Um dos meninos do Flamengo deu um passo para trás, já se desassociando de Guimba.

"Qual foi, parceiro? Para de caô..."

"Não tem caô, não. Tu tá aí soltando o gogó, só que aquela ali que tu deu UM tapa é a Princesa. A Princesa do Samurai", Rodrigo falou já fechando o tempo.

Guimba congelou. Seu semblante foi se enrugando como um caroço ressecado de fruta podre. Parecia estar à beira de vomitar. Dora nunca tinha visto uma mudança tão drástica se dar em um rosto em tamanha velocidade. A expressão de Guimba foi da marra ao terror em uma fração de segundos.

O plano da gangue era que quando Guimba se aproximasse para implorar por perdão, Dora começasse a discussão já dando um tapa na cara dele, essa seria a deixa para a galera juntar ele. A gangue do Flamengo não ia interferir — era melhor ele pagar pelo que fez sendo espancado no asfalto do que assassinado na favela. Dora, em pânico, tentava, sem sucesso, manter a tremedeira sob controle. Não se considerava capaz de dar um tapa na cara de ninguém — nem mesmo quando sonhava conseguia consumar qualquer tipo de violência, ela perdia a força quando se aproximava do alvo. Queria voltar no tempo, desfazer o que havia acontecido, queria ter mantido o que acontecera em segredo, queria desaparecer. Ficou aliviada por Guimba ter saído do BG, rota do bonde, mas também não precisava ter corrido direto ao encontro dela de novo. A matilha uivava. Ela tinha que dar início a alguma ação. Se levantou e começou a andar em direção a Guimba, ainda sem saber o que faria, mas tentando encontrá-lo o mais longe possível de seu grupo. Ele, por sua vez, foi se aproximando com os olhos esbugalhados, seu futuro parecia passar como um filme em sua cabeça. As duas gangues observavam a cena eletrizadas. O ar estagnado prenunciava mais uma tempestade.

No meio do posto, Dora e Guimba ficaram a um metro de distância um do outro. Ele lhe parecia, de repente, uma criança desesperada.

"Por favor, pelo amor de deus, me perdoa. Eu não tinha ideia que tu era a Princesa do Samurai."

Dora ainda não sabia o que fazer.

"Eu te imploro, pelo amor de Deus. Me perdoa." Guimba começou a se ajoelhar em frente à Dora.

Ela o levantou pelo braço, forjando marra e falou alto como podia, "não importa quem eu namoro, de quem eu sou filha, irmã...". Tentou transparecer altivez enquanto gesticulava perto do rosto dele, buscando forças para dar o golpe combinado.

Guimba esticava o pescoço, como que se oferecendo para o tapa como prêmio de consolação.

"... A única coisa que importa é que você me bateu!" Dora queria conseguir dar o tapa, tentar resolver ali mesmo a questão, mas a verdade é que não tinha coragem nem de matar barata.

"Foi mal, foi mal pra caralho! Eu sou um merda! Pelo amor de Deus, me perdoa, eu imploro, faço o que você quiser, qualquer coisa que você quiser. Me diz como eu posso te compensar. Me dá quantos tapas na cara você quiser."

Dora olhou para os amigos e viu a ferocidade em seus olhares, todos ansiosos para o circo pegar fogo. Tinha certeza de que, se eles botassem as mãos em Guimba, o negócio ia ficar feio. Se aproximou do rosto de Guimba e sussurrou, "entra no teu carro e vaza".

Guimba olhou para Dora confuso.

Ela ainda repetiu a frase só com os lábios antes de voltar a falar alto, "você tem que aprender a não bater na cara dos outros!".

Guimba não pensou muito, correu o mais rápido que pôde, entrou no carro e saiu cantando pneu.

Silêncio completo. As duas gangues assistiram ao desfecho sem entender nada.

"Qual foi, Dora?" Tobé chegou em cima.

"É O QUE É!", Dora gritou para todo mundo ouvir. "Já deu! Aconteceu comigo, quem resolve sou eu."

Seus amigos deram um passo para trás, desacostumados a ver Dora agir de modo imperativo, enquanto a gangue do Flamengo olhava de longe — todos intrigados.

"Tu só pode tá de sacanagem, né? O cara te esculachou, mencionou o Samurai, ainda soltou o verbo dizendo que tinha te dado três tapas... porra, só do cara ter batido na tua cara... A gente já entrou numa por muito menos." Rodrigo balançava a cabeça, desacreditado.

"Pode ter certeza que eu tô ligada em tudo que aconteceu, Rodrigo, e também no que podia ter acontecido. E falando bem sério, não quero ninguém indo atrás dele, cês tão me entendendo? Para mim o susto já valeu a lição. Se alguém tem que tá querendo vingança aqui, esse alguém sou eu, e eu não quero vingança nenhuma, ficou claro? Foi ele que vacilou, não fui eu e não vai ser a gente." Ela pausou. "Essa história morreu aqui."

"Para de caô! Ele tem que pagar pelo que te fez", Rodrigo falou.

"Eu vou falar mais uma vez: já deu. Foi!" Dora encarou os amigos.

"Não é assim que a banda toca, Dora." Walter se aproximou.

"Quem disse?"

"Regras são regras", ele falou manso, transbordando prazer com a situação.

"A gente não tá no morro, não, Walter."

"Tenho certeza que o Samurai concorda comigo."

"Com ele lido eu."

"Tu acha mermo que ele vai deixar isso morrer aqui?"

"Para sua informação, ele já tá sabendo."

"Então podem ir preparando o caixão fechado porque não vai sobrar corpo para contar história."

"Por que você não baixa sua bola e deixa que eu resolvo minhas paradas?"

"Com quem tu pensa que tá falando, garota?" Walter encarou Dora.

A gangue se levantou, olhando feio para Walter.

Dora não acreditou que estava ouvindo aquela frase duas vezes na mesma noite. "Ué, agora eu fiquei confusa, não era você que tava dizendo agora que quem entrar numa comigo acaba morto?", Dora falou bem calma.

"Eu entendo porque o Guimba te bateu", Walter soltou.

Tobé deu um empurrão no peito de Walter, os meninos se juntaram atrás de Tobé deixando claro de que lado estavam. Walter se aprumou, o olhar cheio de ódio.

"Galera, pelo amor de deus, bora parar com isso. A gente vai brigar entre a gente agora?" Dora não aguentava mais tanta tensão, para piorar, sabia que Walter tinha sua dose de razão — seja onde Léo estivesse, ele estaria tramando a punição de Guimba. Precisava pará-lo antes que o pior acontecesse.

Era quase meia-noite quando Dora pegou um táxi sozinha, direto para o último dos lugares onde queria estar naquele momento.

A tempestade tinha passado, sobrou a garoa. Samurai dormia com uma vela acesa ao lado da cama. Dora lhe deu um beijo suave no rosto e ele deu um pulo assustado, já puxando a pistola debaixo do travesseiro. Ela tentou amenizar a situação com um sorriso meia-boca, ele botou a arma no chão, segurou o queixo de Dora e checou se havia alguma marca deixada pela violência que Carol contou. Constatando que não, a puxou para junto dele. Ela entrou debaixo do lençol e se enganchou nele.

"Onde tu tava?"

"Na Farani com a galera."

"Eu fui te procurar."

"Fiquei com medo disso."

"O quê que rolou no BG?"

"Nada nem perto dos boatos."

"Não mente pra mim, Dora."

"Nossa, acho que você nunca me chamou pelo nome."

"A parada é séria, não muda de assunto, não."

"Tô falando. Não foi nada demais."

"Ele bateu mermo na tua cara?"

"Léo, por favor, me ouve. Já deu. Eu não quero você metido nessa história."

"Eu quero ouvir da tua boca o que rolou."

"Não importa. Já foi. A gente não vai mais se esbarrar."

"Disso eu tenho certeza."

"Não fala isso, por favor. Tô falando sério. Essa parada morreu. Eu fico em pânico só de pensar que essa história ainda pode piorar."

"Ele não podia ter tocado em você, ainda mais batido na tua cara..."

"Léo, eu tô te falando, não foi grave assim, ele tava doidão, foi parada de muleque, foi tão ridículo que pagou de comédia."

Léo se manteve em silêncio — sua costumeira expressão de jogador de pôquer deixava brecha para mil interpretações.

"Falando sério, se você machucar ele por minha causa eu não vou conseguir te perdoar."

"Você tá defendendo o cara?"

"Você não entende!"

"Não, você que não entende. A parada é séria pra caralho. Não é assim que a banda toca, não."

Dora sentiu a noite rodando em *loop*. "Léo, me escuta, por favor. A sua banda pode tocar do jeito que você quiser, eu nunca interferi em nada que passa na tua vida aqui em cima, mesmo discordando de várias paradas. Agora, lá embaixo, a minha toca de outro. Essa parada aconteceu comigo, no meu mundo. Eu sei que vocês têm as regras de vocês aqui em cima, eu não questiono, mas lá embaixo são outras regras e eu quero que você respeite. Eu tenho outro jeito de resolver as coisas. Ninguém tem o direito de matar ninguém, e eu, com certeza, não quero ser o motivo disso."

"Mexeu contigo, mexeu comigo."

"Eu agradeço o zelo, mas eu tô te falando que para mim essa parada já foi longe demais."

"O pela saco ainda teve a audácia de mencionar meu nome..."

"Ah, então é mais porque ele mexeu com teu ego do que comigo..."

"Não é ego, é honra."

"Honra..." Dora não conseguiu conter o choro.

Léo sentou e colocou ela no colo. "Ô, minha princesa, o filho da puta bateu mermo na tua cara?"

"Caraca, você não tá me ouvindo!" Dora enfiou a cabeça nas mãos, enquanto chorava de soluçar.

"Não chora, amor. Deixa eu te olhar", Léo levantou o rosto dela, ela parecia um passarinho ferido. "Aquele filho da puta!"

Dora ficou ainda mais desesperada, "me promete que você não vai se vingar. Eu não vou conseguir te perdoar, Léo. Eu te imploro".

"Não chora, amor."

"Eu tô falando sério. Me promete. Tô te implorando."

"Tá bom."

"Fala para mim."

"Fala o quê?"

"Que promete."

"Eu prometo. Para de chorar, por favor."

"Você só tá falando por falar."

"Tô falando. Não vou fazer nada com ele."

Os dois se abraçaram.

Léo beijou o ombro de Dora, "ninguém nunca mais vai encostar um dedo em você. Te prometo isso".

"Eu não quero que essa situação piore ainda mais."

"Eu vou cuidar de você, tá me ouvindo?"

Dora se encolheu no abraço, se sentindo impotente. Considerou a possibilidade de estar longe daquilo tudo no dia seguinte. Em algumas horas, poderia fechar por um tempo aquela gaveta e viajar com os amigos para um final de semana em outra realidade.

"Léo..."

"Fala, minha passarinha."

"Acho que eu vou pra casa de praia com a minha família esse finde."

"Achei que vocês não tavam se entendendo."

"Não estamos, mas tô achando que pode ser uma boa ideia dar uma espairecida." Dora saiu dos braços de Léo e limpou as lágrimas.

"É, pode ser. Tu volta quando?"

"Segunda." Dora foi abatida pela dúvida sobre o que a distância o habilitaria fazer.

"Tá de boa. Acho que eu aguento."

O cheiro de terra molhada invadiu as narinas de Dora. Os dois se olharam bem de perto por um tempo.

Léo afastou uma mecha do rosto de Dora, "nada de mal vai acontecer contigo, minha princesa. Confia em mim".

A que preço? Dora respirou fundo e fechou os olhos. A noite não tinha volta.

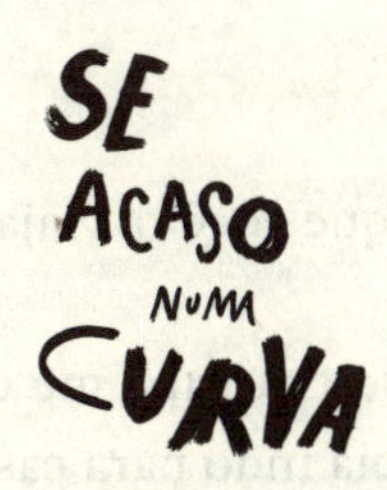

9.

Buraco de Alice

A floresta em movimento pela janela do carro desanuviava a cabeça de Dora. Clara, sentada no carona, conversava animada com Daniel, que dirigia sem pressa pelas curvas sinuosas da estrada Rio-Santos. A eletricidade de Dora se entrelaçava com a de Alan em meio ao silêncio que mantinham no banco traseiro. Fazia o possível para empurrar a memória do que havia acontecido na noite anterior, tentava focar no prospecto do final de semana ensolarado acompanhada de seu rolo proibido, o que voltava seu pensamento para o acontecido já que, no mundo paralelo em que vivia, qualquer passo em falso trazia a possibilidade do risco de morte. *Tá tudo bem, não vai rolar nada. Clara e Daniel jamais vão ficar, se conhecem há anos e nunca rolou. A gente é só um bando de amigo curtindo um final de semana na praia, exatamente como era minha vida antes do Léo...*

"Ainda não tô crendo que você desceu a ladeira para passar um final de semana com a gente." Daniel limpou os óculos escuros enquanto dirigia com os joelhos.

"Engraçadinho... confesso que não podia ter caído num momento melhor."

"O que você falou pro gerente do morro?"

"Que ia viajar com a minha família."

"Então ele não tá ligado que você tá viajando com o que poderia ser considerado dois casais?"

"Para você ver, a diaba da tua irmã me convidou alegando que seriam meus amigos de infância indo para casa do Alan para um final de semana idílico. Agora a gente tá aqui sem Luana nenhuma e parecendo dois casais..."

"Ela planejou isso desde o princípio." Daniel a fitou pelo retrovisor.

Dora retornou o olhar com uma careta debochada.

"Não me envolvam nas pilhas de vocês, não!" Alan sorriu.

"O Daniel não vale nada, não foi nada disso... Alguém tinha que cuidar do Joca e acabou sobrando para ela", Clara falou.

"O final de semana pode ser idílico mesmo sem a Luana." Alan sorriu para Dora.

"E vai." Clara deu uma olhadinha para Dora que fingiu que não era com ela.

"Mas me conta, você tá animada com o casal que vocês formam?"

"Isso faz de você e da Clara um casal também", Dora falou.

"Me inclui fora disso." Clara riu.

"Ô, Daniel, deixa a Princesa em paz", Alan provocou.

"Ah, vai botar pilha também, né... depois não reclama quando eu te provocar." Dora olhou para Alan sorrateira.

"Promessas..."

Dora sorriu por dentro. Mal tinha começado a viagem e já estava valendo a pena.

Depois de três horas de estrada e uma parada para fazer xixi, chegaram ao portão gigante de metal.

Alan apertou o interfone, "Fala, Seu Antônio, sou eu".

O portão se abriu e lá estava a mansão de dois andares em estilo espanhol com uma praia particular logo em frente. Saíram do carro e o caseiro e a cozinheira vieram recebê-los.

"Alanzinho, tava com saudades. A gente achou que você vinha final de semana passado." A cozinheira deu um abraço em Alan.

"Caraca, esqueci de avisar vocês. Foi mal, Dona Lurdes. Foi aniversário de um amigo e acabamos ficando no Rio."

"Imagina, meu filho."

"A lancha tá pronta com o que você pediu, Seu Alan", Seu Antônio falou enquanto pegava as malas. "Consegui os camarões no mercado de Angra. Tô com tudo para fazer churrasco se vocês quiserem."

"Opa! Com certeza a gente vai querer." Daniel cumprimentou Seu Antônio.

"Também fiz os pasteizinhos de forno que você gosta pro caminho."

"Vocês são demais. Brigadão. Meia horinha e a gente parte."

A casa era moderna e despojada — sofás de linho pela sala de estar, tapetes de palha sobre o chão de cimento queimado branco, quadros coloridos pelas paredes, arranjos de flores nativas nas mesas, nenhum vestígio de cafonice. As fotos da família reproduziam um comercial de margarina: todos loiros, dourados, sorrindo os dentes brancos em cenários paradisíacos.

Alan foi guiando o grupo para o segundo andar e indicou o quarto das meninas, "eu pedi para prepararem o quarto ao lado também, se vocês quiserem dormir separadas...".

Dora e Clara se olharam.

"A gente prefere dormir juntinhas mesmo." Clara sorriu.

"Clube da Luluzinha!" Dora deu um pulinho sacana.

Alan sorriu e seguiu para o fim do corredor com Daniel.

"Será que ele tava preparando o terreno para vocês dormirem juntos?"

"Você vai botar essa pilha também agora, Clá?"

Clara entrou no quarto rindo, Dora, logo atrás, duelava com o desejo de embarcar na realidade por trás das pilhas.

Já com roupa de praia, parou no meio da escada, hipnotizada pela visão de Alan de bermuda, sem camisa, conversando com Seu Antônio: o corpo torneado, a pele macia, o cabelo molhado do mergulho no mar.

Clara empurrou o ombro de Dora para que ela continuasse descendo os degraus, "perdeu alguma coisa?".

"Não dá para negar que ele é gostoso para cacete."

"Acho que seu namorado teria algumas reservas sobre essa sua constatação."

Dora desinflou o tesão crescente, "será que rola de fazer um trato da gente não mencionar mais ele esse finde".

"Foi mal, amiga. Você tem razão."

As duas atravessaram a porta de vidro para a área externa. Alan terminava de botar as coisas na lancha.

"Navegar é preciso..." Dora passou o dedo na linha lateral da lancha.

"Foi o jeito que meu pai encontrou para que eu passasse mais tempo aqui depois que eu fui abatido pela adolescência."

"Não imagino meus pais me dando um presente desses."

"Nunca se sabe..."

"Eles jamais recompensariam minha adolescência."

"Entendo eles." Alan sorriu, segurou a mão de Dora e a ajudou a subir na lancha.

Alan pilotou a lancha por um tempo enquanto Seu Antônio distribuía as bebidas. As pequenas ilhas tomadas pelo verde, o mar esmeralda, o céu azul, a lancha cortando o vento — fazia tempo que Dora não se sentia tão tranquila.

Chegaram à praia Lopes Mendes e os meninos se jogaram no mar com as pranchas. Era o melhor pico de surfe da área, justo na ilha onde Dora costumava acampar com os amigos antes de ter enveredado por outras bandas — a mesma Ilha Grande em que ficava o Caldeirão, a tal prisão onde o Comando Vermelho surgiu.

As meninas nadaram até a areia com as mãos para o alto para não molhar as cangas. Clara passou protetor e deitou para pegar sol. Dora decidiu andar pela vegetação árida atrás da praia — adorava a frutinha que dava nos cactos: rosa por fora, aguada e doce por dentro como um kiwi, só que em vez de verde era branca. Voltou para praia com umas cinco nas mãos. Comeu-as sem pressa na beira d'água, as pequenas ondas dançando entre seus pés.

Alan e Daniel chegaram todos felizes do surfe.

"Acho que é uma boa hora pra aquele churrasquinho de camarão e quem sabe um *wakeboard* no caminho de volta, dependendo das condições. O que vocês acham?"

"Tô dentro", Clara falou.

"Eu nunca nego churrasco." Dora sorriu.

A volta foi ainda melhor do que a ida, o camarão dos deuses e o clima agradável de um dia de primavera.

Dora se sentou na lateral da lancha já de colete salva-vidas, meias grossas até os joelhos e a bota de *wakeboard*, anexou-a à prancha e se jogou no mar. Submersa, contemplou o silêncio do mundo marinho. A lancha começou a se mover. Dora emergiu, segurando firme na corda amarrada na lancha. Lembrou das tantas vezes que sentiu aquela sensação. Travou os joelhos dobrados no ângulo ideal e deixou a lancha fazer o resto: na medida em que a corda esticava, seu corpo ia ficando ereto, o mar corria sob seus pés — lá estava ela deslizando sobre o oceano. *What a feeling* — ouvia a música de *Flashdance* tocando em sua mente. A correnteza forte batia contra a prancha, os músculos das pernas pressionavam as pequenas montanhas de água, os joelhos viravam-na para os lados em sincronia, e, de repente, o corpo a compeliu a saltar. Cruzou a primeira onda no ar e atingiu a água com um *splash,* virando a prancha em um ângulo diagonal ao barco só para espirrar de propósito a água em Alan. Ele deu uma risada. Dora estava em seu elemento. Havia esquecido de que era constituída de tantos outros lados além dos que andava exercendo nos últimos tempos.

Voltaram para casa com o sol já baixo no céu e pularam juntos na piscina. Seu Antônio trouxe um balde de gelo com champanhe.

"Que tal um brinde?" Alan estourou o lacre.

"Quem nega champanhe?" Daniel saiu da piscina.

"Toma um golinho, Dora." Clara ofereceu a taça para amiga.

"Tomo para brindar."

Dora se pegou achando tudo um pouco surreal — oscilava entre a sensação de pertencer e, ao mesmo tempo, se sentir estrangeira a tudo aquilo. Não que ela não gostasse de estar ali, mas volta e meia olhava de fora e tudo parecia um filme do qual era espectadora. Sentia-se uma impostora onde quer que estivesse.

Brindaram à amizade e decidiram jogar uma partida de sinuca. Alan e Dora escolheram as bolas listradas, Daniel e Clara as lisas. Alan revelou-se um jogador habilidoso, mas tudo o que queriam mesmo era se divertir. O jogo era mais uma piada do que uma competição. Dora viu Alan se espreguiçar sobre a mesa, procurando a posição certa para alcançar uma bola difícil — observou com atenção suas panturrilhas retesadas, o corpo se esticando, os braços rijos; o champanhe estava batendo.

Dora caminhou até a beira da piscina, rezando para não enveredar pelo terreno dos desejos.

"Desistiu do jogo?"

Dora não viu Alan se aproximando, "desistir jamais".

"Em que você tanto pensa?"

"Uma mistura de um bando de coisa."

"Tão vaga quanto misteriosa..."

Ficaram olhando para os barcos estacionados no mar, dançando devagar com a maré.

"É tão lindo aqui."

"Que bom que você tá curtindo."

"Muito."

"Você é sempre bem-vinda." Alan abriu um sorrisão.

"Valeu..." Dora olhou para ele enternecida e se voltou para a vista do mar. "É bem diferente do que eu venho vivendo."

"Imagino."

Dora pareceu se perder na escuridão da água.

"Onde você quer chegar?"

"Como assim? Cê tá falando de eu ter vindo para cá?"

"Não, do outro mundo que você vem vivendo."

Ela pensou por um momento. "Eu acho que é uma fuga..."

"Do quê?"

"De tudo talvez..." Dora pensou mais um pouco, "o pior é que agora já tô achando que eu tô fugindo das duas realidades que eu vivo. Nenhuma parece certa".

"Entra no buraco de Alice e cria uma nova."

"Qual a garantia de eu não querer fugir dessa também?"

"Nada tem garantia."

"Não, né?"

"Viver é puro risco."

Dora sorriu, "não esperava ser apresentada à sua sabedoria assim, tão despretensiosamente".

"Você nunca me deu uma chance."

"Tava ocupada fugindo."

"Você deve tá cansada."

Dora olhou para baixo, "exausta...".

Os dois ficaram ali, imóveis. Dora suspirou e Alan colocou a mão em seu ombro, oferecendo consolo. Ela apoiou a cabeça no ombro desnudo dele e pôde sentir a textura de sua pele.

"Você tá quente", disse ela.

"Você também."

Arrepio.

Alan puxou Dora pela cintura com delicadeza, virando-a para encará-lo. Eles se olharam por um tempo e se abraçaram forte num encaixe perfeito. Dora inspirou fundo o cheiro do sal misturado ao odor masculino dele — seu ventre começou a ferver. Com a bochecha apoiada em seu peito, ouviu a batida do coração acelerando. Queria poder se jogar por inteiro, se entregar sem freio, não ter medo do depois. Alan começou a acariciar seus cabelos, orelhas, bochechas, e por fim tocou seus lábios com a ponta do indicador. Dora derreteu, não conseguia mais se conter. Olhou nos olhos de Alan, seus lábios ansiando pelos dele, até que um barulho ao fundo os distraiu.

"É isso mesmo que eu tô vendo?" Dora olhou inquisitiva para dentro da sala de jogos.

Clara e Daniel tinham caído no sofá aos beijos.

Alan começou a rir, "vocês deviam ter vergonha, seus pervertidos. Depois desses anos todos, é quase incesto".

"Um brinde ao champanhe." Clara levantou a taça já vazia.

"A culpa é do álcool!" Daniel brindou.

Dora saiu dos braços de Alan e voltou para a sala de jogos, aliviada por poder se afastar da vontade avassaladora que tinha a atingido. *Salva pelo gongo...* Sua expressão não conseguia mascarar o quanto havia sido desestabilizada. Alan, desconcertado com a quebra, foi encher as taças. Clara notou a cena e se levantou, puxando Dora de volta para a área da piscina enquanto Alan foi conversar com Daniel.

"E aí?"

"E aí nada, garota..."

"Sei muito bem o que tá passando aí dentro."

"Ah, é... e o que tá passando aí na sua mente incestuosa ficando com seu 'irmãozinho' de infância."

"Dá para acreditar nisso?"

"Ainda tô tentando."

As duas riram.

"Mas foi bom?"

"Bem bom."

"Adoro!"

"Aposto que o Alan também tem algo bem bom pra te dar."

"Para, demônia."

"Para nada! Continua."

"Depois eu que sou a diaba."

"Acho um desperdício de potencial..."

"Eu tenho que admitir, Clá, tá puxado para mim. Ele é tão meu número que chega a doer."

"Você devia ter aceitado isso desde o início."

"Tarde demais."

"Nunca é tarde..."

"Negócio é complicado, amiga, você sabe."

"É, não dá para negar."

"Que surreal tá arriscando minha vida se eu chifrar meu namorado assassino. Será que eu pirei de vez?"

"Ó, você que tá puxando o assunto."

"Eu sei. Tô o tempo todo tentando esquecer, mas quanto mais feliz eu fico aqui, mais eu lembro do outro lado da moeda."

"Eu fico feliz que você esteja pensando nisso tudo. Mas agora, como você bem disse, é tarde para chorar o leite derramado."

"Eu queria outro leite derramando..."

"Sua pervertida, safada!!"

As duas caíram na gargalhada e voltaram para sala de jogos. O jogo não tinha acabado.

• • •

Quando despertou no domingo de manhã, não se lembrava do final da noite, nem como tinha chegado à cama.

"Maldito champanhe, Batman."

"Que ressaca maligna."

"Como é que a noite acabou?"

"A única coisa que eu sei é que vocês não ficaram."

Dora sentiu um certo desapontamento, "e você e o Daniel?".

"A gente ficou... e muito."

"E...?"

"E foi bom demais."

"Chegaram aos finalmentes?"

"Não... estamos indo devagar, mas acho que vai rolar."

"Não tô creeeendo nesse casal!"

"Cala boca, garota! Não quero que os meninos ouçam."

"E você acha que eles tão falando de alguma outra coisa?"

"Tu gosta, né?

"Quem gostou mesmo foi você!"

"Já vi que vai ser pilha o dia todo."

"Beijo bom?"

"Muito."

"Língua fina ou grossa?"

"Grossa e deliciosa. Nem muito nem pouco. O beijo fluiu."

"Rolou peitinho?"

"Opa! Muito."

Elas caíram na risada. Os meninos bateram na porta e já foram entrando.

"Pela barulheira vocês tão se divertindo muito sem a gente." Daniel pulou na cama de Clara já dando um estalinho nela.

Alan sentou na beira da cama de Dora e mexeu rapidamente no pé dela. Ela escondeu a cara debaixo do lençol.

"Concordo que você deve escovar os dentes o quanto antes." Alan sorriu.

"Bobo!" Dora empurrou Alan com o pé.

• • •

O dia passou com Dora se esquivando de qualquer maior proximidade com Alan. Brincava em grupo, curtindo as amenidades, mas sempre evitando criar situações mais íntimas com ele. Sabia que tinha chegado perto demais do fogo, uma fagulha qualquer seria lenha o bastante para uma fogueira que já queimava mesmo de longe. Se viver era arriscado, morrer era um preço alto demais para correr qualquer risco.

Recostou-se no banco traseiro, observando a estrada ficando para trás. A lua parecia seguir o carro. O duelo interno só aumentava em seu peito. Observou Alan dormindo com a cabeça encostada na janela e teve vontade de abraçá-lo com força. De repente, Léo, os meninos, o morro e suas histórias, tudo parecia tão longe.

Chegou em casa mais cedo do que o esperado e pensou em contar para mãe o que havia vivido em Angra — o mundo de Alan era um assunto mais fácil de partilhar com Vera do que o mundo de Léo. Já fazia muito tempo que não tinham conversas íntimas, sentia falta das trocas esclarecedoras que costumavam ter. Vera sempre foi hábil com os atravessamentos. Os últimos eventos, desde o tapa na cara até o prazer do final de semana em Angra, tinham levantado novos questionamentos para os quais Dora não estava preparada.

Deixou as malas na frente da casa grande e atravessou o jardim pela beira da piscina já organizando na mente o que contaria e o que manteria na gaveta dos segredos. Uma música alta vinha da casa dos adultos. Abriu a porta sem bater e viu Vera e Vicente dançando tango com uma proximidade tão íntima que fechou a porta rapidamente antes de ser notada. Sentiu uma tontura, quase uma vontade de vomitar. Correu para a casa das crianças, bateu a porta do quarto, largou a bagagem e pensou em fugir mais uma vez.

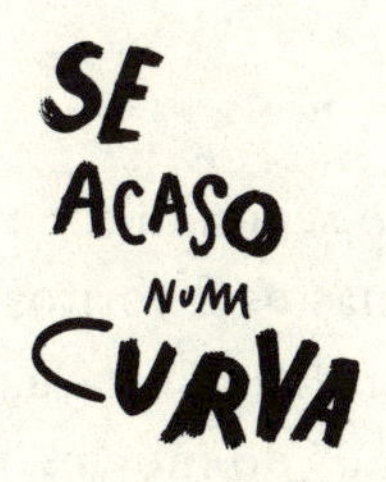

10.

Barro e Sangue

A festa estava marcada para as sete da noite na laje da maior casa da Pereira — Seu Ricardo era dono de uma oficina no Centro que acabou virando uma rede de franquias. Mesmo depois que o dinheiro começou a entrar, ele manteve a decisão de viver, e morrer, em sua comunidade. Era um dos moradores mais antigos da Pereira, padrinho de Léo e sempre animado para abrir seu espaço para celebrações.

Quando Dora subiu as escadas com Clara e Carol, se deparou com os amigos do asfalto e toda a galera do morro com quem convivia. Sentiu-se especial.

Léo foi até ela e a abraçou forte, levantando-a do chão.

"Feliz aniversário, minha princesa. Você tá tão linda!"

"A festa que tá linda demais, nem acredito que você organizou tudo."

"Agradece as minhas irmãs. Elas que encheram os balões, fizeram o bolo e chamaram todo mundo que eu esqueci."

As irmãs de Léo correram para abraçar Dora. Ela sentiu o amor que existia ali. Era um de seus aniversários mais felizes desde que tinha entrado na adolescência, o gosto de algo rachado havia azedado suas últimas festas. Chegou a convidar os irmãos e as respectivas namoradas, mas sabia que eles não estariam dispostos a subir o morro para uma celebração que envolvia o tráfico.

Samurai tinha deixado o segundo time vigiando as bocas sob a supervisão de Quase Nada, mas os favoritos estavam todos lá, as armas encostadas na parede e os instrumentos nas mãos. O grupo de pagode, formado por quatro meninos do movimento e Samurai no vocal, tocava a todo vapor.

"... Paz, Justiça e Liberdade é o lema do Vermelho! Somos Comando Vermelho, e todos nós somos irmãos..."

O grupo costumava tocar aos domingos no Bar do Seu Silva, e algumas vezes em churrascos e comemorações de outras favelas do CV, mas aquela noite era uma ocasião especial.

Enfim, Regina, mãe de Léo, trouxe o bolo em formato de campo de futebol com dezesseis velinhas acesas. Todos começaram a cantar os parabéns ao redor de Dora, que se emocionou com o carinho. Fechou os olhos, tentando pensar rápido no melhor desejo que podia pedir, até que resolveu pedir para ter uma vida longa e feliz. Quando abriu os olhos, viu Bernardo subindo a escadinha para a laje com a namorada. Não podia acreditar na visão. Os irmãos se olharam e sorriram.

Dora havia falado de Léo para Bernardo depois do primeiro mês de namoro, mas apenas o suficiente para que o irmão gostasse dele. Bernardo a protegera durante toda infância, de algum modo, ela achava que nunca deixaria de ser assim. Era um menino de decisões lineares: nunca repetiu de ano, nunca sofreu nenhum acidente, nunca levou ponto, nunca se rebelou, nunca desapontou — o oposto de como Dora se via. O envolvimento da irmã com o tráfico caiu como um raio, mas a conhecendo, sabia que bater de frente não era o caminho. A deixava confortável para contar o que fosse, justo para poder se manter por dentro dos perigos que ela corria. Bernardo era doce e carinhoso, assim como Flávio. Os três brigavam, mas tinham a intimidade de quem se dava a mão caso o bicho pegasse. Dora sabia que ver a irmã como primeira-dama do tráfico não devia ser fácil, e apesar de ter pedido segredo, sabia também que Bernardo tinha cumplicidade com Vera, só aguentaria omitir o suficiente para não desesperar ainda mais a mãe. Mesmo assustado, estava ali.

"Nem acredito que você veio", Dora falou.

"Aniversário da minha caçula, né, não podia perder..." Bernardo olhou em seus olhos com um sorriso que não conseguia disfarçar o incômodo.

"Obrigada por ter vindo, Bê."

"Isso não quer dizer que eu esteja de boa com tudo isso."

"Eu sei que você não tá."

"Porra, Dora..."

"Não vai nem me dar parabéns antes de passar sermão?"

"Tá certa. Feliz aniversário, maninha."

"Te amo, irmão."

Os dois se abraçaram. Dora foi dar dois beijinhos em Mara, tentando distrair a tensão. Léo se aproximou do grupo.

"Léo, esse é o meu irmão, Bernardo."

"Fala, Bernardo, prazerzão. A Dora sempre fala de você." Léo apertou a mão de Bernardo, feliz em conhecê-lo.

Bernardo sorriu, dissimulando o desconforto em saber que o cara era gerente do tráfico. "Prazer. Essa é a Mara, minha namorada."

"Cês querem bolo?" Léo perguntou.

"Eu aceito", Mara respondeu.

Léo foi com Mara até a mesa do bolo.

Bernardo puxou Dora para um canto.

"Tô preocupado contigo."

"Lá vamos nós."

"É sério, Dora. Olha a extensão do armamento de guerra recostado na murada."

"Bê, isso não define eles. Se você conseguisse ultrapassar esse detalhe perceberia que eles não se resumem a isso. Todo mundo aqui é humano que nem a gente. E te falar que é bem mais simples do que o dia a dia lá em casa. Quando eu tô aqui não tem drama."

"Ah, não? Os fuzis ali são uma evidência clara de que vivem em guerra."

"Eu não faço parte dessa guerra. Você não entende. Tô ligada que é bem diferente do nosso mundo, mas eu tô vivendo de peito aberto e vendo o que eu aprendo. É só isso."

"Ah, só isso?"

"É, é só isso."

"Dora, você tá envolvida até o pescoço nisso tudo, só você que ainda não percebeu. Toda escolha tem consequência, uma hora a conta chega. Você não tem controle nenhum de onde essa história pode acabar."

Mentex se aproximou e ofereceu dois copos de cerveja.

"Brigadão, Mentex." Dora não aceitou o copo, "esse aqui é o meu irmão, Bernardo".

"Fala, parceiro. Tua irmã é foda."

"Não é? Prazer em te conhecer, Mentex. Eu aceito a cerveja."

Mentex se foi e Bernardo encarou Dora com cara de que tinha mais a dizer, Dora foi mais rápida.

"Bernardo, eu amo você para cacete. Sinto mó saudade de quando a gente era pequeno e tudo era mais fácil, e pode ter certeza que eu sei do que você tá falando, mas agora esse é o lugar que eu escolhi para passar meu aniversário e é o que é. Então eu acho que, por ora, a gente devia esquecer do resto e tentar se divertir um pouco."

"A vida é sua, maninha, eu só posso assistir." Bernardo passou a mão na cabeça de Dora.

Mara voltou com um pedaço de bolo, o clima amenizado pelo sorriso doce. Bernardo deu um embrulho retangular para Dora, que rasgou o papel: o livro *A Trilogia de Nova York*, de Paul Auster, e o CD *Amtrak Blues*, de Alberta Hunter.

Dora sorriu. *Sabia que ele ia me dar um livro e um CD — e que iam ser bons.* "Bê, às vezes você é mágico. Vem cá, me dá um abraço. Te amo, pai."

"Boba. Te amo também, maninha. Se eu pudesse te desejar alguma coisa, seria que você fizesse boas escolhas nesse ano por vir."

"Deixa comigo!" Dora fez um joinha debochado.

Os dois se abraçaram.

"Você tá feliz?"

"Tô." Dora tentou imprimir certeza na resposta.

"Arco-íris na barriga?"

"Borboletas com certeza, arco-íris tô buscando ainda."

"Sabe que não tem pote de ouro no fim do arco-íris..."

"Eu tô feliz, Bê. Muito maneiro eles terem organizado essa festa."

"Não dá para negar..."

Um breve silêncio se instaurou entre os dois. Dora não sabia muito bem como fazer o irmão se divertir, ficou buscando algum assunto, mas não conseguiu achar nenhum. No olhar incômodo de Bernardo, Dora assistiu à própria festa através da lente dele. As armas emparelhadas contrastavam com toda a diversão.

"Maninha, acho que a gente vai indo. Só vim te dar um abraço."

"Brigadão por ter vindo."

Bernardo mexeu no cabelo de Dora e sorriu com tristeza nos olhos.

"Tá tudo bem, Bernardo."

Bernardo a abraçou com força, como se pudesse protegê-la ao menos por aquele breve momento.

"Se cuida, por favor." Bernardo olhou no fundo dos olhos de Dora.

"Deixa comigo." Ela sorriu como pôde, contaminada pelo desalento do irmão.

Depois de muita música, dança e bate-papo, a festa foi chegando ao fim. Sobraram alguns poucos casais bebendo, três ou quatro gatos pingados dançando um pagode. Léo e Dora sentaram na mureta da laje e olharam para cidade.

"Ainda não tô acreditando que meu irmão veio."

"Ele parece ser sangue bom."

"Ele é. Tem bom coração. Não machuca uma mosca."

Léo encarou Dora e ela se tocou do que disse.

"Foi mal."

Os dois riram pequeno.

"Queria que minha mãe visse o quanto eu sou querida aqui."

"Já tentou falar para ela?"

"Não rola. Impossível. Viver é uma coisa, mas não dá para explicar pra quem não conhece. Meu outro mundo acha que eu pirei de vez."

"Pirou?"

"Pirei?"

"Que pirou o quê, tá doida? Olha seu aniversário, tua galera, seu mundo. A gente te ama, Princesa."

"É, eu sei..." Dora sentiu um vazio.

Ficaram em silêncio por um tempo.

“Tenho uma coisinha para você.” Léo botou a mão no bolso.
“Lá vai ele...”
“Vou começar por cima.”
“Como assim?”
“Fecha os olhos.”
Dora sentiu o colar pousando em seu pescoço.
“Pode abrir!”
Dora olhou para baixo e viu a medalha pendendo da corrente grossa de ouro, “para!! É a medalha de São Bento que eu tinha falado!”.
“É parecida com a da sua vó?”
“É igual. Não tô acreditando.”
“Tem mais.”
“Não precisa de mais nada.”
“Por último...” Léo botou a mão no outro bolso. “Pode ficar de olhos abertos dessa vez.”
Lá estava uma aliança de platina, grossa e sólida. Ele a encaixou no anelar de Dora, que, dessa vez, não conseguiu reagir.
“Gostou?”
“É linda.” Ela sorriu, tomada por dúvidas. Um flash do olhar triste do irmão passou por sua cabeça; a feição preocupada da mãe perguntando o que seu namorado fazia; o abraço apertado de Alan como o porto mais seguro do mundo... E o anel ali, acentuando a profundidade do buraco.
“Te amo, Princesa.”
“Eu também te amo, Léo.”
Armadilhas do amor.

Quando chegaram no barraco, pétalas vermelhas os direcionavam até a cama.
“Ah, para! Tem mais surpresa?”
“Você merece todas.”
“O que eu faço contigo?”
“Casa comigo.”
Dora achou graça.
“Tô falando sério.”
“Uma aliança já tá bom, vai.”

"Eu não acho."
"Você sabe que não é tão simples."
"Claro que é. Vem morar aqui comigo."
Dora olhou para ele assustada, "que isso, tá doido?".
"Tô falando."
"Eu fiz dezesseis anos hoje, Léo."
"E?"
"Eu ainda tô no segundo grau."
"E daí?"
"Como assim e daí?"
"Morar aqui não te tira da escola."
"Eu tenho família."
"Não tô falando para tu abandonar eles."
"Eu venho aqui, eu te amo, mas eu tenho meu mundo."
"Aqui também é seu mundo."
"Léo, minha família jamais, nem que um raio caísse na cabeça deles, deixaria eu morar no morro com meu namorado traficante."
"E o que você acha que você vem fazendo?"
"Eu tô vivendo."
"Ah, é isso?"
"Você sabe melhor do que ninguém que eu nunca pensei que a gente fosse namorar."
"Só melhora..."
"Não, sério, peraí. Não é você que diz, sem pensar duas vezes, que vai morrer antes dos vinte e quatro?"
"Sim, mas..."
"Tá vendo."
Léo puxou uma cadeira e se sentou em frente à Dora.
"E se eu largasse essa vida?"
"Até parece..."
"Tô falando sério."
"Quão sério, Léo? Do que você ia viver? Como você ia cuidar da tua família?"
"Eu posso tocar pagode profissional."

Dora percebeu que ele havia considerado a fundo o assunto enquanto ela não conseguia nem imaginar essa possibilidade. *E agora?* Precisava ser cuidadosa. Aproximou-se de Léo e segurou seu rosto com as duas mãos. Sentiu o cheiro doce de sua pele, pensou na noite que ele havia preparado, a festa, as flores, o tanto ele se importava. Ele a puxou para seu colo e a abraçou. Ficaram ali, quietos.

"Posso te pedir pra gente deixar as coisas rolarem sem pressa?"

"É isso que você quer?"

Ela assentiu com a cabeça.

Ele suspirou e beijou seu ombro, "tudo que você quiser, minha rainha".

"Princesa já tá de bom tamanho."

Despertou cedo com Léo avisando que esperaria por ela na casa da mãe, logo em frente ao barraco em que haviam dormido. Àquela altura, Léo havia comprado mais um barraco para que pudessem revezar o pernoite, já eram cinco ao todo. Pensou em dormir mais um pouco, mas ouviu o estômago roncando e decidiu levantar. Escovou os dentes, vestiu o macaquinho jeans ainda sonolenta, atravessou a viela pavimentada e bateu no portão de Regina.

"Entra, minha filha. Tô esquentando o pão. Léo foi comprar leite." Regina deu dois beijinhos em Dora, suada por causa das tarefas de casa.

Mal Dora sentou no sofá, ouviu um estampido do lado de fora do portão. As crianças correram até a laje para averiguar.

"Josué", ecoou o grito longínquo de uma voz masculina. Fogos de artifício reiteraram a invasão da polícia.

Monique, uma das irmãs de Léo, voltou correndo, "mãe, a polícia acabou de invadir o barraco novo do Léo".

A casa que eu estava dormindo há cinco minutos... Dora engoliu seco.

"SAI DA LAJE, AGORA!!", Regina gritou, "NÃO VOU FALAR DUAS VEZES!"

As crianças correram para dentro.

"Tem pelo menos uns seis na casa dele", Monique falou.

Dora se afundou em desespero. Não conseguia acreditar que agora estaria sendo ameaçada pela polícia, chorando pela própria vida e, se tivesse sorte, ligando para os pais para pedir ajuda. Pensou nas paredes amarelas de seu quarto e nas mãos quentes de sua mãe. Se distraiu com um barulho alto que se aproximava da casa de Regina. Da janela, viu um helicóptero preto a metros da laje da casa. Um homem com uma máscara ninja se dependurava da lateral, em seu antebraço, a tatuagem de uma faca atravessando uma caveira no meio e dois revólveres cruzados: a insígnia do BOPE. O policial olhou dentro de seus olhos, Dora virou pedra.

Regina a puxou abruptamente da janela. "Tá maluca?" Regina suava muito.

Rajadas de tiros estouravam pela favela.

No altar de candomblé na cozinha havia estátuas de santos, velas coloridas, colares de pontos. Regina sentou no chão, acendeu as velas enquanto sussurrava orações, seu corpo movendo levemente para frente e para trás. Os filhos de Monique choravam no chão da sala assustados, enquanto ela e Aline se perguntavam se o irmão tinha conseguido fugir para a mata ou se ainda estava pelo morro. O helicóptero era o maior agente de estresse para os meninos. Eles podiam ser facilmente vistos de cima, até mesmo na floresta. Pela quantidade de policiais, parecia que eles ficariam por um tempo no morro, provavelmente batendo de porta em porta. Dora estava apavorada — se resignou a ficar quieta em um canto da sala. De tempo em tempo, ouviam alguma gritaria ao longe e as irmãs de Léo panicavam com a possibilidade de ter acontecido alguma coisa com ele. Regina mandava que ficassem todos quietos, "se algo acontecer com o Leonardo eu vou ser a primeira a saber".

Horas se passaram com tiros intermitentes. De repente, gritos não tão longe ecoaram da floresta. Um deles, parecido com a voz de Léo, foi seguido por uma rajada de tiros. As irmãs se agitaram em polvorosa e Regina, sentada, começou a balançar o corpo para frente e para trás com mais ferocidade, o tom de sua voz ficou grave, diferente do normal.

"Mentex tá tentando me dizer alguma coisa."

Dora não conseguia acreditar no que presenciava.

"Tá sozinho num buraco na floresta. Sangrando... levou dois tiros de Uzi... Um na costela e um no braço direito... ainda tá vivo... tá fraco, mas tá vivo. A gente tem que salvar ele."

"Não, mãe, você não vai!" Monique chorava, "A polícia tá pela favela toda".

"E o Léo?", Aline perguntou.

"Léo tá inteiro." Num estalo, Regina saiu do transe e falou séria, com a voz de sempre, "a gente tem que ir buscar o Mentex. Dona Neusa num vai aguentar. É o único filho dela, Ogum. Cuida dessa alma, meu pai. Dá uma segunda chance pro garoto".

Dora estava com dificuldade em embarcar na certeza de Regina. Sabia que ela era uma mãe de santo poderosa, muito respeitada, e também temida na favela, mas era difícil para Dora acreditar no sobrenatural com tanta literalidade, não conseguia parar de pensar se Léo estava de fato bem.

Regina ainda tentou ir atrás de Mentex, mas, ao abrir o portão alto de casa, viu a extensa movimentação da polícia e compreendeu que não era o momento.

Depois de umas três horas, o BOPE finalmente saiu do morro. Não havia sinal de Léo, nem de nenhum dos meninos. Quando Monique voltou para casa depois de uma caminhada para tentar descobrir algo, contou que tinha ouvido um dos policiais rindo alto, dizendo: "Deixamo pros abutres; quero ver encontrarem o filho da puta...".

Dora resolveu esperar por Léo no barraco rosa. No caminho, olhou rapidamente para o estado em que tinha ficado o barraco em que havia dormido: porta arrombada, móveis revirados, copos quebrados. Lembrou que do lado da cama estava o livro *Comando Vermelho*, com o nome do casal e o coração na primeira página. Sabia que o livro não estaria mais ali.

Chegou ao barraco rosa e sentou no degrau da porta da frente, pensando em Léo. Moradores iam e voltavam, alguns paravam para perguntar por notícias dos meninos, outros contavam suas versões do que viram. Tudo o que Dora conseguia era puxar ar o suficiente para continuar respirando.

Depois de uma hora, reconheceu de longe Léo virando a curva coberto em barro e sangue. Pela primeira vez Dora viu fragilidade em seus olhos. Se levantou assustada, ele fez um gesto para que ela se sentasse de novo. Léo se movia devagar. Sentou-se ao seu lado, respirando com dificuldade. Dora fixada no sangue em sua roupa.

"Não é meu." Léo murmurou.

Os dois ficaram em silêncio.

"Mentex já era."

Os olhos de Dora encheram de lágrimas.

"Dois tiros de Uzi, um na costela, outro no braço direito. Morreu no meu colo."

Dora não conseguia acreditar na precisão de Regina.

Ficaram estáticos por um tempo, até que Dora pegou a mão de Léo e o levou para dentro do barraco, tirou a roupa ensanguentada e o colocou debaixo do chuveiro. Ele ficou quieto enquanto Dora lavava seu corpo. Uma sopa vermelha de lama e sangue escorria pelo ralo. Dora o enxaguou devagar, inspecionando os detalhes de sua extensão em busca de machucados. Por fora, ele estava inteiro. Nos olhos de Léo, a expressão mais triste. Abraçou-o apertado o abraço que ela desejava receber.

11.

Preto Velho

Chegou da escola e viu uma mala na porta da casa dos adultos. Vera se arrumava em frente ao espelho da sala da edícula.

"Oi."

"Filha, tava pensando em você."

Dora se recostou na porta e observou a mãe. "Tá usando maquiagem ultimamente..."

"Só quando o Stephan tá viajando. Ele não curte maquiagem."

"Também não sou muito fã."

Vera sorriu, "entra aqui".

"Só vim dar um oi."

"E aí? Como foi seu aniversário lá no Léo?"

"Maneiro."

"Foi como você queria?"

"Aham."

"Me conta um pouco. Quero saber de você."

"A mãe dele fez um bolo de futebol para mim."

"Ah, que amor. A família dele é amorosa contigo?"

"É..." Além de não querer entrar no assunto dos pormenores do seu aniversário, Dora havia passado a sentir um desconforto constante quando próxima à mãe, "você vai viajar?".

Vera olhou para a cara de "poucas ideias" de Dora, entrou no closet e falou de lá, "vou pro congresso em Brasília que eu tinha falado para vocês. Esse final de semana é do seu pai, de qualquer forma".

"Acho que esqueci."

"Que ia ficar no seu pai?"

"Da viagem para Brasília."

"Eu volto domingo à noite."

"E o Stephan?"

"Tá em LA, volta só semana que vem."

"Tá indo sozinha?"

"Tô."

Dora observou a mãe saindo do closet toda linda. Pressentiu que havia algo além nos planos de Vera. Não aguentou pensar no que podia ser. Virou-se rapidamente e cruzou o jardim correndo.

Logo Vera entrou no quarto de Dora.

"O que tá rolando, filha?"

"Nada! Eu só quero ficar sozinha!" Dora escondeu a cabeça debaixo do travesseiro.

"Fala comigo."

"Não!"

"Conversar ajuda."

"Nem sempre."

Vera botou a mão nas costas de Dora, que moveu o corpo, rechaçando o carinho.

"Eu saio em uma hora. Se você resolver que vale conversar..."

"Já resolvi que não."

Dora ouviu a porta do quarto se fechando e segurou a medalha de São Bento como um alicerce de algo perdido. Seu olhar tropeçou no espelho — em seu reflexo, uma figura com fragmentos desconjuntados. Fechou os olhos por um tempo, tentando dissipar a angústia. Ao abri-los, notou a fantasia pendurada no closet — havia esquecido da festa à fantasia da escola que aconteceria mais tarde.

• • •

Localizada no alto de Santa Teresa, a escola de Dora era, em meio ao bairro antigo, uma construção peculiar — era a réplica de um castelo francês encomendada nos anos quarenta por um banqueiro para ser sua residência, depois colocada à venda e adaptada para abrigar a escola. Os dois andares do prédio principal eram de pedra com uma torre agraciada pela vista deslumbrante da Floresta da Tijuca, do Corcovado e da Baía de Guanabara. Um cenário perfeito para a gama eclética de fantasias que enchia o vasto salão principal com seu chão de mármore e vitrais europeus — bastou uma *disco-ball* e uma mesa de DJ para transformá-lo em uma pista de dança. A escola inteira estava lá.

Dora escolhera uma fantasia de cortesã: vestido balonê de seda lilás com detalhes em renda branca, seios apertados pelo corpete e bijuterias exageradas que brilhavam intensamente. O cabelo com uma presilha preta e as luvas combinando traziam uma delicadeza. Clara usava uma fantasia de bruxinha: vestido preto, chapéu de feltro pontudo e uma vassourinha cenográfica. Luana estava de Madonna, Pedro, de boxeador, Rafael, de Freddy Krueger, com facas de cozinhas amarradas às pontas dos dedos, Daniel, de jogador de futebol e Alan, estranhamente, de terno e gravata.

"Cadê a Whitney?" Dora sorriu para Alan.

"Que Whitney, o quê! Não tô de guarda-costas, não. Tô de homem de negócios!"

"Faltou ideia, foi?"

"Apenas prevendo meu futuro, cara e linda dama."

"Para, vai."

"Falando sério, ó singelo rouxinol."

Dora empurrou Alan pelo ombro, rindo, "caríssimo sr. Motta, posso lhe garantir que contrataria seus serviços de segurança privada *any day*".

"Pois saiba que se você cantar 'I Will Always Love You' eu abandono o empresariado para ser seu guarda-costas *right away*".

Dora inspecionou Alan, seduzida pela brincadeira.

"Quê que foi?"

"Nada..."

"Cê me olhou de um jeito engraçado."

"Tá viajando, tava só reparando no terno."

"Sei... Eu reparei no seu vestido também..."

"Ah, foi?"

"Lilás te cai bem."

Dora sorriu, tímida, não sabia muito receber elogios, menos ainda disfarçar a excitação que sentia ao lado dele.

"Posso te oferecer uma bebida, cara dama?"

"Champanhe, por favor."

"Opa! Bendito champanhe..."

"Tô zoando, era só para combinar com meu *look*... Cê sabe que eu não sou de beber."

"Já bebeu comigo."

"Pois é, justamente, um perigo."

"Teve perigo, foi?" Alan abriu um sorriso maroto.

Dora enrubesceu.

"Me acompanha?"

"Com prazer."

Os dois se dirigiram para o bar.

"Seria apropriado utilizar sua credibilidade arduamente construída para furar essa fila?"

Dora sorriu, "me proponho ao desafio!".

Dora foi se encaminhando para a bancada, Alan, em um ato abrupto, segurou a mão dela, que levou um susto e hesitou por um segundo até se render — caminharam de mãos dadas.

"E aí, pombinhos? Vão beber o quê?" Daniel falou, já passando o dinheiro para o caixa.

Dora soltou a mão de Alan. Não tinha visto o amigo na frente da fila.

"Uma cerveja e uma... o que você vai beber, afinal?" Alan perguntou para Dora.

"Água, por favor, Dan."

Daniel entregou as bebidas com um sorriso de canto de boca e seguiu para o salão. Dora e Alan andaram em direção quadra.

"Quer dizer que tá solteiro hoje?"

"Nunca deixei de estar."

"É, né..."

"É."

"Porque quer..."

"Você que tá dizendo."

"Com toda sua popularidade, fico surpresa."

"Seu namorado é bem mais popular do que eu."

Dora franziu o rosto — o *frisson* do momento foi rachado pela alusão ao seu outro mundo, brevemente esquecido.

"Foi mal."

Dora olhou para baixo, "eu prefiro não falar dele".

"Melhor mesmo."

Os dois ficaram em silêncio por um tempo.

"Você é doida."

Dora fechou a cara, "eu não espero que você entenda".

"Por que você não tenta me explicar?" Alan tentou se reaproximar.

"Não tenho que explicar nada, além do mais..."

"Além do mais, você tá sempre na defensiva. É impossível te ver baixando a guarda."

Dora olhou para Alan, surpresa com a fala direta dele — fixaram o olhar um no outro. Nos alto-falantes, começou a tocar "À Francesa", de Marina Lima, levantando a empolgação da festa. Alan quebrou o gelo com charme, balançando o ombro no ritmo da música, Dora sorriu e acompanhou o movimento — cantaram juntos a letra um para o outro: "Meu amor, se você for embora, sabe lá o que será de mim...". Ele deu a mão para ela e seguiram juntos para a pista. Dançaram frente a frente, cantando alto, felizes, até o suor escorrer pelo rosto; rodaram pelo salão rindo, abraçando amigos, até que, em um impulso, Alan puxou Dora para fora da pista. Subiram as escadas para a torre às gargalhadas e se surpreenderam ao se depararem com a área vazia, o Corcovado de braços abertos para o céu estrelado. Dora se recostou na mureta do pequeno pátio aberto e virou de frente para Alan. Ali, na varanda da torre, se beijaram pela primeira vez — um mergulho em águas quentes. No abraço, um encaixe tão perfeito que, de relance, parecia um só corpo.

“Tava querendo te beijar há um tempão.”

“Eu sabia que tava ferrada desde aquele primeiro dia em que você chegou atrasado na aula.”

“Até parece, eu fui atrás de você no recreio só para levar um fora.”

“Não era para ser um fora. Eu forcei a marra para tentar disfarçar meu tesão.”

“Ah, era tesão?”

“Era.”

“Essa marra que sempre me deixou confuso.”

“Até parece. Eu disfarçava muito mal. Você sempre soube, vai...”

“Você sempre teve namorado.”

Dora parou de sorrir e se virou para vista, resignada.

“Foi mal de novo, eu sei que você não quer falar disso...”

“Eu sei que é difícil esquecer.”

O balão da magia murchando a cada frase.

“Até quando você vai levar essa vida dupla?”

Dora não sabia o que responder.

“Onde você quer chegar com essa história toda?”

“Tá falando que nem meu irmão.”

“Tô falando que nem alguém que se importa contigo.”

“Eu não sei. Eu realmente não tenho ideia de onde isso tudo vai dar.”

“Você pensa nisso, pelo menos?”

“Bem mais do que você imagina...”

“E?”

“E é complicado.”

“Tudo é complicado.”

“É mesmo.”

“Como é que você entrou nessa, em primeiro lugar?”

“Impressão minha ou tá rolando um questionário?”

“É curiosidade real.”

“É uma longa história.”

“Tem a ver com fugir, né...”

“Você sabe.”

“Porque você tem medo de ficar e encarar o problema.”

Dora olhou para Alan, desconfortável com o rumo da conversa, "essa é sua conclusão?".

"Aí é que tá, não tem conclusão. Mas me parece que você tá se rebelando contra sua família por achar que, por algum motivo, eles merecem, e ficar se colocando em risco é um jeito clássico de chamar atenção."

"Uau, você realmente me decifrou, não é mesmo?" Dora balançou a cabeça, irritada. "É muito fácil dizer que a minha rebeldia, e aparente infantilidade, me trouxe até aqui. O problema foi que eu me apaixonei. Eu vi nele e no mundo dele algo que eu não tinha no meu e me permiti tentar descobrir o que era. Quando eu vi, já era tarde." Dora suspirou, "e se você acha que eu não me preocupo com o andar da carruagem, você não entendeu nada".

"Então você é apaixonada por ele?"

"O quê?"

"Você falou que se apaixonou."

Dora abaixou a cabeça.

"É, não é?"

"Devo ser... Só que não se aplica ao meu mundo. É como se eu fosse parte da vida dele naquele mundo paralelo, mas ele não fosse parte da minha vida real, se é que isso faz sentido..." Dora pausou por um segundo, "Sinceramente, eu não tenho ideia de como lidar com essa situação há um tempo já. Tá difícil para mim."

"Não o bastante para você se afastar dele de vez."

"Eu não sei nem como fazer isso."

"Então por que você me deixou te beijar?" Alan a encarou.

Dora olhou para baixo.

"Me diz o porquê, eu tenho o direito de saber."

"Porque eu queria muito isso."

"Ah, e isso não complica mais ainda o que já tá complicado?"

Dora fez que "sim" com a cabeça.

"E?"

"E que eu tô a fim de você há um tempão."

"Não, peraí. Deixa eu tentar te entender. A gente não estava falando agora do seu namorado, aquele por quem você é apaixonada?"

"Escuta seletiva. Eu disse que gosto dele no mundo dele. Bem limitado, não?"

"O fato é que você está namorando ele, e ele não é qualquer um. O cara pode te matar e me matar também."

"Pode ter certeza de que ele nunca vai saber que a gente se beijou."

"Deus queira."

"Tá com medo?"

"Tá zoando? Quem tem cu tem medo!"

O balão estourou. Dora sentiu Alan voando para longe dali. Ela queria abraçá-lo e esquecer o drama paralelo, mas o que lhes era até então alheio, já virava uma só coisa.

Dora tentou pegar na mão de Alan, mas ele se esquivou.

"Acho melhor a gente parar por aqui." Alan olhou para baixo. "É complicação demais para mim."

Ele ainda ficou olhando para ela, parecia esperar por alguma resposta, mas Dora não conseguia encontrar as palavras para aliviar a confusão que tinha criado. Não queria deixá-lo ir. Queria poder prometer que logo terminaria com Léo, que ficaria livre para estar com ele e só com ele, que não haveria drama. Mas ela não sabia se isso era possível. Acabou sem conseguir dizer nada. Alan balançou a cabeça, desacreditado, se virou e desceu a escada.

Já era tarde.

Quando Dora abriu a porta do barraco rosa encontrou a casa toda apagada, a única luz vinha de uma vela vermelha acesa em frente à estátua de Ogum. Léo estava sentado em silêncio.

"Oi, tô interrompendo?"

Léo não respondeu, apenas olhou para Dora com uma expressão que ela não conhecia.

"Tá tudo bem?"

"Com quem tu tava ontem à noite?"

"Nossa, bom te ver também." Dora estranhou a pergunta certeira, mas tentou não dar pinta.

"Com quem você tava?"

"Caraca, o quê que houve?" Sua voz saiu firme apesar de, por dentro, sentir o oposto.

"Responde."

"Eu tava na festa da minha escola, como tinha te falado." *Ele sabe de alguma coisa? Não pode ser. Não tem como. A torre tava vazia... Não, não tem ninguém do* CEAT *que conheça ele. Tô ficando paranoica.*

Léo continuava a encará-la.

E se ele souber? "Talvez seja melhor eu ir para casa. Tô muito cansada para lidar com doideira." Dora queria sair correndo.

"Doideira?"

"Ué, gente, eu não tô entendendo esse clima."

"Eu te fiz uma pergunta."

"E eu respondi."

"Quem era o cara que tu tava ontem?"

"Que cara?"

"O cara que você tava ontem."

"Não tem cara nenhum. De onde veio isso?" Dora segurou o ar.

"Preto Velho."

"Como é que é?"

"Isso aí que tu ouviu."

"Como assim?"

"Ontem foi dia de centro."

"Não, peraí. A gente tá falando mesmo de uma entidade que tua mãe recebeu?"

"Não tem ninguém brincando aqui."

"Desculpa, Léo, mas calma aí."

"A parada é séria."

A situação tá piorando a cada segundo. "Quer saber, Léo, eu venho aqui para te ver e você me recebe com ciúmes paranormal?"

Léo continuou sem expressão.

"Beleza. Deixa eu entender bem..." Dora buscou o mais rápido possível as palavras certas, "depois de comemorar meu aniversário de dezesseis anos aqui no morro contigo e com a sua família em vez de celebrar com a minha; depois de estar destruindo minha relação com minha mãe e jogando pro alto todas minhas atividades extracurriculares para ficar todo meu tempo livre aqui, é só eu ir numa festa da escola para, do nada, aparecer essa história de que eu venho mentindo, uma vez que o espírito de um Preto Velho falou que eu tava com um cara? Fala sério!".

"Fala sério tu. O papo aqui é reto."

"A resposta é simples, Léo: eu tava com meus amigos, tem vários 'caras' entre eles, eu tenho amigos homens, eu tenho irmãos homens, eu jogo futebol com meninos, minha vida é repleta de amigos e amigas. Não sabia que eu só podia falar com mulher. E já que a gente tá nessa, vou jogar um papo bem reto para tu também: desde quando você só fala com homem?"

Léo a encarou com a expressão nula que ela tanto conhecia e nunca conseguia decifrar.

"Depois dessa não tem mais clima para eu ficar aqui. Fui."

Dora pegou a bolsa e virou-se em direção à porta. Léo segurou seu braço.

"Léo..."

"Dora..."

"Me deixa sair."

Ele ficou em silêncio por um tempo. Dora preocupada com a possibilidade de algo violento acontecer.

"Não vai embora assim."

Dora não sabia se era um pedido ou uma ordem.

"Olha para mim." Léo segurou seu queixo.

"Não."

"Olha para mim."

"Eu tô cansada, Léo."

"Não posso nem imaginar você com outro..."

"Do que você tá falando?"

"Eu juro que eu mato..."

"Para com isso!" Doeu ouvir em alto e bom som aquilo que sempre temeu em silêncio. O medo à espreita.

Léo olhou para Dora e a abraçou. Ela deixou escapar, num misto de alívio e tristeza, um suspiro. Por um breve momento, acreditou estar prestes a conseguir sair daquilo tudo, fosse viva ou morta.

• • •

Dora foi para escola ansiosa para ver Alan. Para sua decepção, ele faltou. Durante o recreio, ficou na sala de aula sozinha comendo uma maçã sem graça, quando Mara passou pela porta.

"O que você tá aprontando, Dorita?"

"Nada."

Mara estranhou, "Tudo bem por aí?".

"Tá..." Dora parecia abatida. "E você e Bernardo, em que pé tão?"

"Cê sabe que ele terminou comigo..."

"Foda."

"Fazer o quê..."

As duas ficaram quietas. Mara entrou na sala.

"Sabe que eu pensei em você esses dias?"

"Foi?"

"Encontrei sua mãe na Ilha Grande esse finde."

"Minha mãe?"

"Sua mãe, Vera, lembra dela?" Mara sorriu. "Encontrei ela e o Vicente lá no sábado."

Dora olhou para Mara sem conseguir responder. Mara cerrou os olhos, tentando entender a reação de Dora, até que seus olhos arregalaram.

"Eita ferro..." Mara falou, sem graça.

Dora ainda tentou fingir para si que não ouvira o que Mara havia dito. Não conseguiu. Levantou e botou seu material na mochila. Mara tentou a segurar pela mão, mas Dora soltou.

"Foi supermal."

"Não precisa se desculpar, você não fez nada de errado."

Dora correu para casa alimentando seu ódio. Entrou na edícula de supetão, assustando Vera, que se arrumava para o trabalho.

"Opa, chega devagar, senhorita!"

"Brasília, né?"

"Perdão?"

"Você achava mesmo que a Mara não ia contar? Ela nem precisava, eu já sabia há muito tempo, mãe." Dora sentiu o rosto vermelho de nervoso, "melhores amigos...".

Vera sentou na cama.

"Eu tô ligada desde o início, sempre soube... e você não teve nem a dignidade de falar com a gente. Não consigo nem olhar para você."

"Dora, eu sei que você tá chateada, mas não é bem assim. Eu venho tentando dar conta disso tudo há um tempão..."

"Quer saber, mãe, eu não consigo nem ouvir sua voz. Eu tô com nojo." Dora começou a chorar, "só mais uma coisa, é melhor você contar para todo mundo logo. Eu não vou segurar essa, não. A gente é uma família, se você não sabe. Ou pelo menos costumava ser".

Dora saiu e bateu a porta.

Chegou ao treino de natação sem conseguir prestar atenção nos comandos do técnico. Tudo o que queria era perfurar a água e esquecer o mundo acima da superfície líquida. A cada braçada, tentava se afastar de tudo o que estava acontecendo, sua cabeça atormentada por raios e trovões. Queria esvaziar a mente. As lágrimas se misturavam ao cloro, enquanto seu sonho de familinha feliz se dissipava em bolhas de ar e ela se afundava no torpor de seus dilemas. Estava tomada por raiva da mãe. Estar em casa assistindo ao circo pegar fogo aumentava sua ira, ao mesmo tempo, se percebia mais e mais encurralada pela violência do mundo de Léo e agora, além de tudo, dividida pelo que sentia por Alan. Não cabia em nenhum de seus mundos. Não havia como fugir de si.

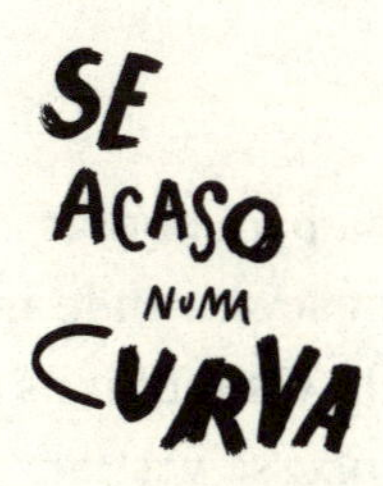

12.

Chapa Quente

Subiu a ladeira pensando em quantas vezes já havia feito aquela jornada. Olhando o morro de baixo, Dora se sentia minúscula. Ao chegar no barraco rosa, percebeu que havia esquecido a chave em casa. Ouviu movimento lá dentro, bateu na porta, nenhuma resposta. Bradou “Léo” algumas vezes, o barulho parou. *Ué...* Decidiu dar a volta até os fundos e escalar o muro da vizinha até a janela do quarto em que dormiam. Dona Marlene, a vizinha de baixo, estava acostumada com Dora subindo pela parede quando esquecia a chave. Derrapou em um tijolo solto e, depois de certo esforço, conseguiu pular a janela. A casa estava vazia. Estranhou o barulho que tinha ouvido lá dentro. Deixou a mochila na cadeira e saiu.

Chegando na boca, ouviu as gargalhadas dos meninos que contavam alguma história. Walter falava alto com a pistola na mão. Walter, o mesmo menino de classe média que a tinha apresentado à Pereira em uma tarde de verão, tornara-se oficialmente bandido. Havia tido uma carreira de destaque no batalhão de paraquedistas do Exército. Agora ele era mais um dos meninos do movimento, só que com treinamento de guerra. Muitos dos amigos playboys de Dora seguiram esse caminho. No início, subiam o morro para consumir, mas também pela emoção do risco, para ter história boa para contar, daí começavam a ir aos bailes com mais frequência, iam se sentindo mais e mais à vontade — era difícil não fazer amizades ali. Os meninos do movimento eram como os garotos populares da escola: se vestiam com marcas de playboy, tinham acesso às drogas, um bando de popozuda caía em cima, acumulavam muita aventura no currículo. Era um atrativo para os meninos do asfalto. Quando ficavam confortáveis, os meninos da boca deixavam que um playboy tocasse em alguma arma, com sorte, deixavam até que desse um tiro pro alto, vendesse mutuca para algum viciado só de zoação. Do dia para a noite, mais um garoto do asfalto se tornava traficante. Na maioria das vezes, não tinha volta.

Dora foi caminhando até os meninos, que começaram a falar mais baixo. Quando finalmente chegou à boca, eles ficaram mudos.

"Interrompi alguma coisa?"

"Fala, Princesa", Cabeça falou meio sem graça.

"A chapa tá quente." Walter pesou ainda mais o clima.

"Eita. Melhor eu descer?" Dora pensou na mochila que tinha deixado no barraco rosa.

"Não, tá de boa. Uma parada responsa aí que rolou ontem... coisa nossa", Cabeça despistou e desceu uns degraus para atender um cliente no meio da escadaria.

"Ahm..." Dora tentou desconversar.

"Um traíra que a gente teve que passar o cerol." Walter foi direto ao assunto.

Ah, não, pelo amor de Deus não vem me contar violência.

"E o Samurai..." Magriça deixou em aberto.

"Fala, Magro! Começou agora termina", Walter incitou.

"Deixa para lá." Magriça acendeu um baseado.

O papo estava estranho. Dora ficou na dúvida se queria saber do que se tratava, ao mesmo tempo, estava curiosa do motivo para o tom acusatório.

"Na moral, mó situação." Banguela balançou a cabeça, "justo ele querendo passar pano na parada...".

"Também não entendi", Walter provocou.

Dora tentou não embarcar na conversa, mas já estava rendida.

"Pô, as brincadeirinhas que a gente curte, nossas maldadezinhas... Ele falou pra gente segurar a onda, fazer o serviço seco", Magriça completou.

Dora mudou a expressão para uma certa curiosidade.

"É, falou que era só para pá com um tiro e tchum", Banguela falou.

"Ele sempre deu exemplo... Agora tá parecendo que tá amolecendo o coração", Walter alimentou a pilha.

"Pode crer. Era quem mais se divertia, com aquele jeitão sinistro dele, só no facão." Banguela sorriu com a lembrança.

"Morro não é lugar para romantismo, não, tá ligado...", Walter jogou para Dora.

Dora ficou quieta. Magriça passou o baseado para ela, que fez um "não" com a cabeça.

"Me vê cinco de preto." Dora tirou uma nota de cinco reais do bolso.

"Que isso, Princesa? Aqui você não paga, não." Cabeça, que voltava da venda, negou o dinheiro.

"Quero apertar um."

"Aqui é tudo *free* para tu, que nem aquele cigarro de playboy." Banguela zoou.

"Uma questão de bom senso", Magriça completou o bordão do anúncio do cigarro com a voz impostada.

Todos caíram em gargalhadas.

"Para de onda, Princesa. Tu é do contexto."

"Só aceita", Dora falou firme, o braço esticado com a nota de cinco reais para Cabeça.

Os meninos se olharam, estranhando a situação. Desde o início do namoro com Léo, Dora nunca tinha comprado maconha, até porque sempre tinha um baseado rolando na roda. Léo tinha dado ordens expressas para fornecerem o bagulho que ela quisesse, mas estava claro que ela não estava aberta à negociação. Cabeça entregou a mutuca e uma seda. Hesitando, pegou a nota da mão de Dora. Dora desbelotou o beck sem pressa, olhando a vista da cidade. Seus pensamentos foram interrompidos pela memória de um dia que não conseguia esquecer: uma tarde em que havia encontrado os meninos na quadra, animados, falando dos acontecimentos da noite anterior. Estava rolando um churrasco, mas Léo ainda não tinha chegado. Dora se recostou no paredão da quadra, conversando com Carol, quando sua escuta foi chamada pela conversa alheia.

Mentex era o mais animado, "... Cumpadi, o Samurai levou até a espada favorita dele, a do cabo branco".

"O muquirana tinha tomado uns cinco tiro e parecia novo, pronto pra mais." Pouca Coisa deu um trago no beck.

Os meninos riam enquanto fumavam baseados e bebiam cerveja, o churrasco rolando na churrasqueira improvisada de tijolo no canto da quadra. Uma conversa comum em uma tarde qualquer.

"Cê tinha que ter visto a cara do cabrito, Walter. Aquela marra toda virou tudo lagriminha." Banguela fingiu enxugar lágrimas, rindo. "Um mimimi do caralho."

Walter tinha acabado de entrar para o movimento.

"O Samurai cortou o nariz dele primeiro, uma lapada só e vrau." Magriça fez o gesto do corte rápido com a mão.

"Ainda soltou um 'quero ver tu cheirar o pó que tu roubou agora, filho da puta!'" Mentex não parava de rir.

"Caralho, foi muito engraçado", Banguela falou.

"Depois foi cortando as orelha devagar. O otário esganiçava que nem porco morrendo." Cabeça botou um pedaço de fraldinha numa tábua e foi cortando em filetes.

"O mais doido é que o cara ainda ouvia a gente, parceiro." Magriça passou a bandeja com a carne fatiada pela roda.

"Queimamo uma orelha depois a outra ali na cara dele pra ele já ir sentindo o que vinha na sequência." Cabeça rodou o espeto de coração de galinha na grelha.

"Não demorou o Samurai meteu a ponta da espada devagarzinho no olho esquerdo dele, o sangue esguichando na cara do Samurai e ele rindo, todo vermelho, com aquele olhar de capiroto que ele fica. Ainda mandou um 'vou deixar o outro só para tu poder assistir o que vem pela frente'." Os olhos de Magriça brilhavam com a lembrança.

"Ficamo quase a noite toda brincando com o cabrito", Pouca Coisa falou.

"Mereceu, o filho da puta. Tinha que morrer lento mermo." Banguela cuidava meticulosamente da churrasqueira.

Dora assistia a todos devorando a carne malpassada, sangue pingando pelas mãos e bocas. Quase Nada era o único que, com um baseado em punho, ouvia a conversa sem soltar uma palavra.

"A gente cortou as perna e os braço e o cara ainda falando." Mentex ria, "aquele ossão da perna é difícil pra caralho de cortar".

"Foi aí que o Samurai trouxe a motosserra." Magriça sorriu.

"Magriça andando pra lá e pra cá com as mãos do cabrito no bolso, figura do caralho!" Banguela gesticulava imitando a cena, os meninos todos às gargalhadas.

"Eu não vou dizer quem foi, mas alguém que eu não sei quem é, disse que viu o Samurai enchendo um copo com o sangue do presunto para tomar numa gira lá da Tia Regina. Parece que ele bebe para fortalecer o pacto dele com o santo, tá ligado", Magriça falou displicente.

"Olha o gogó, aí, muleque. Tá falando pra caralho." Quase Nada fechou a expressão.

"Pô, foi mal, aí. Tô só falando, não sei, mas também não duvido não, é só ver a felicidade dele com o que ele faz com os cabrito..." Magriça tentou amenizar.

"Que nem a parada do leão lá do Dona Marta. O VP pegou quando ainda era filhote, foi dando carninha de um, carninha de outro, agora o bicho cresceu e ficou viciado em papá alemão." Banguela deu uma risada sádica.

"VP não dá mole para mané, não", Mentex falou.

"Caralho, cês são um bando de fifi do caralho. Cuidado pro gato não comer tua língua", Cabeça falou com um tom de "fica a dica".

"Ou o Samurai cortar", Quase Nada soltou sem sorrir.

Magriça deu uma pigarreada em seco, Banguela parou de rir também.

Dora foi resgatada de volta ao presente por Cabeça, "Tá muito quieta...".

"Pode crer..." Dora ainda estava presa na lembrança do que escutou, e visualizou, durante o fatídico churrasco. As imagens narradas pelos meninos gravaram um filme em sua mente.

"Qual foi?" Cabeça sentou numa pedra, tirou a AR-15 do ombro e botou no colo.

"Tava viajando aqui...", Dora falou.

"Viajando pra onde?"

"Tava pensando na vida do crime."

"Lá vem..." Walter revirou os olhos.

Dora fingiu que não notou a hostilidade de Walter e seguiu, "Até que idade vocês acham que vão viver?".

"Eu até uns vinte", Banguela respondeu sem pensar.

"Vinte e cinco", Cabeça passou o baseado para Magriça.

"Eu vou até uns trinta, é só não pagar de comédia." Magriça deu um trago na bagana.

"Caralho, tá achando que vai chegar na terceira idade ele." Banguela deu uma risada de deboche.

"E tu já que paga de comédia todo dia, mané." Magriça empurrou o ombro de Banguela, que abriu um sorrisão.

"Segura essa comédia aqui." Banguela segurou o pau com a mão.

"Melhor não porque depois você se apaixona", Magriça falou, fingindo ternura.

"Qual foi, Magro? Tu segura gostoso num pau?", Walter provocou.

"Ih, a lá. Tua mulé que segura gostoso no meu." Magriça soltou uma risada debochada.

"Tu me respeita!" Walter engrossou, olhando feio para Magriça.

As risadas cessaram num estalo. Cabeça, o mais alto no ranking do pequeno grupo, só observava.

"Qualé, shock, nem mulé tu tem...", Banguela brincou.

"Tu que tá dizendo. Eu faço minhas paradas na encolha, não fico explanando que nem tu, não. Quem sabe sou eu." Walter manteve a cara fechada.

"Qual foi, Walter? Tá sensível? Num sabe brincar não desce pro play..." Cabeça interveio pela primeira vez na brincadeira, seu tom sério deixou claro o recado.

Walter bufou, resignado.

Dora assistiu a tudo calada, lambeu a seda e terminou de fechar um baseado perfeitamente apertado.

Pouca Coisa chegou na boca já botando pilha, "caralho, olha o baseado boladão da Princesa. Tirou onda no *style*!".

"Cês deviam esperar mais de mim." Dora sorriu pela primeira vez.

"Aí, PC, aproveita e pega a visão com a Princesa porque tu só aperta calça-frouxa, parceiro", Banguela botou pilha.

"Pior que pego mermo. Cês tão de bobeira! Nossa primeira-dama é sinistra." Pouca Coisa abriu um sorrisão.

"Para de caô, PC... Não sou primeira-dama de nada, não." Dora riu.

"Você pode não querer o título, mas é teu", Cabeça falou suave, mas sério.

Dora acendeu o baseado, desconfortável com o conceito de "primeira-dama".

"Qual foi desse papo aí de idade?" Walter trouxe o assunto de volta mantendo a marra.

Dora soltou a fumaça do beck sem pressa, "Tava viajando nisso só..."

"Viajando como?" Walter a olhava inquisitivo.

"Nessa parada de matar ou morrer..."

"Vixe...", Walter soltou.

"É a tal da lei da selva, Saceprin", Pouca Coisa falou.

Cabeça pegou a deixa, "É foda, Princesa, a gente cresce no mó perrengue aqui em cima, vendo a família correndo atrás sem fechar as contas, e a ostentação do movimento é esfregada na nossa cara todo dia no caminho de casa".

"Eu não duvido que eu fosse pelo mesmo caminho, só fiquei viajando no que vocês seriam se não trabalhassem nisso."

"Ia ser um bando de fudido, massacrado pelo sistema", Walter falou.

Dora olhou para Walter surpresa com a animosidade de tudo que saía dele.

"Eu queria ser bombeiro. Que nem meu pai era antes de morrer queimado num incêndio", Banguela falou.

"Porra, parceiro, cuidado com o que você deseja porque morrer queimado aqui é fácil", Pouca Coisa debochou.

"Eu acho que ia ser maneiro ser advogado, ia defender geral da galera." Cabeça abriu um sorriso.

"Já podia ir direto no Cocada que tá lá cheio de zica, morrendo na cadeia", Pouca Coisa falou.

"Jogador de futebol, certo! Imagina fazer um gol com o Maraca cheio, final de campeonato..." Magriça sonhou acordado.

"Quer sonhar? Sonha logo com uma final da Copa nas Europa, porra." Banguela riu.

"Vai vendo... não falta jogador de futebol que se deu bem", adicionou Pouca Coisa.

Dora continuou, "e tem médico, professor, advogado, engenheiro, que vieram do morro também".

"Contra tudo e contra todos..." Pouca Coisa tinha um jeito terno de embarcar nas conversas.

"Tarde demais para sonhar, princesa. Virou bandido não tem volta." Walter rodou a pistola no indicador.

"Falou o novato...", Dora debochou.

"Novato? Tu não lembra quem te trouxe aqui, não?"

"Lembro, sim... Assim como eu lembro de onde você veio." Dora encarou Walter.

Walter engoliu em seco a raiva. Os meninos assistiam atentamente a todos os movimentos dele.

"Enfim, tava viajando aqui nessa parada de profissão."

"Mas pra tu é fácil falar, né, Princesa..." Pouca Coisa falou manso, "tem que ver a gente descendo o morro todo engomadinho para pedir emprego, terno emprestado, e a real bate na nossa cara na primeira senhorinha que atravessa a rua achando que vai ser roubada".

"Parece que elas sentem o cheiro de pobre", Banguela falou.

"Com esse Azarro falsificado aí que tu usa também, né?" Magriça zoou.

Todos riram.

"Eu tô ligada. E não tô falando que é fácil, tô só levantando a bola de que tem um outro mundo lá embaixo em que matar não faz parte do serviço."

"Ó o tal do romantismo aí..." Walter soltou o veneno.

Dora olhou para Walter, entendendo melhor o conteúdo do papo que havia interrompido quando chegou, mas o barulho calmo da batida sincopada do chinelo contra o cimento anunciou a chegada de Léo, distraindo-a.

"Minha princesa..." Léo veio por trás e deu um beijo no pescoço de Dora.

"Oi, amor. Te procurei na descida, mas não te encontrei."

"Tava numa missão."

"E eu jogando papo fora aqui com os meninos..."

"Você nunca joga papo fora, só se não souberem pegar tua letra." Léo sorriu.

"Princesa tava mandando uma letra filosófica aqui para gente", Walter disse.

Samurai sorriu, "é nessa hora que a gente aperta um baseado".

Todos riram.

"Bora, Princesa, os meninos já te curtiram demais. E vocês, fica ligado aí que a chapa tá quente. Exu tá na área. Não quero ver ninguém dando mole na boca."

Os meninos consentiram, escaldados.

Para Dora, o Exu que Léo sentia era referente ao clima pesado que pairava na boca quando ela interrompeu a conversa dos meninos. Mas preferiu não alimentar mais essa caraminhola, ainda pensava no barulho estranho que tinha ouvido na ida ao barraco rosa.

"Você tava no barraco rosa mais cedo?" Dora perguntou enquanto subiam a escadaria.

Léo continuou subindo sem olhar para trás.

"Hein?"

"Quê que foi?"

"Perguntei se você tava no barraco rosa mais cedo."

"Tava não."

"Estranho. Ouvi barulho lá dentro e quando bati na porta ficou quieto."

"Ah, foi?"

"Foi."

"Deve ser rato."

"Rato? Nunca vi rato lá."

"Tem rato em tudo que é canto."

"Jura? Quase nunca vejo, só na caçamba da quadra."

"Sorte sua."

Dora sentiu uma estranheza com o modo que ele estava agindo, "nossa, eu devia ficar mais ligada então, para não pisar em um".

"Vai vendo..." Léo desconversou.

O nó no peito apertou, mas Dora preferiu considerar que estava viajando. Andaram por mais um tempo.

"Ouvi dizer que você vem mudando."

"Ouviu dizer?"

"É..."

"Mudando o quê?"

"Querendo fazer o serviço rápido."

"Ah..." Léo deu uma tossida e parou para pegar fôlego, apesar de não terem subido nem cem metros.

"Essa tosse de novo?"

"Eu tenho pensado nas paradas que a gente conversa."

"Tem?"

Léo voltou a subir os degraus devagar.

"Fiquei feliz em saber que você não quis participar."

"É, né..."

"É! Você pode fazer o que tem que fazer sem se render à psicopatia."

"Psicopatia?"

"Foi mal, amor, mas cê sabe que é bem difícil imaginar meu namorado cortando alguém com uma espada e, em paralelo, querendo que eu considere casar com ele. Você pode ter se acostumado, mas não tem como negar que é sinistro pra caralho."

"Tu sempre soube como as paradas funcionam aqui em cima." Léo parou de novo em um dos degraus, puxando ar com dificuldade.

"Por isso mesmo que eu nunca quis te namorar."

Léo encarou Dora.

"Cê acha que eu fico de boa imaginando você cortar um ser humano ao meio? Sem ficar com vontade de vomitar?"

Léo se sentou em um degrau, ainda com dificuldade de respirar.

"Amor, você tá bem? Você tá pálido."

"Não sei... Tenho sentido um cansaço fudido, falta de ar... Estranho pra caralho."

"Será que você tá com alguma coisa?"

"Deve ser alguma virose. Dói aqui quando respiro." Léo apontou para o peito.

Dora botou a mão na testa de Léo, "você não tá com febre nem nada. Você tem que ir num médico, Léo. Isso não é normal".

"Cê sabe que eu não posso descer do morro sem bonde."

"Ah, é, ótima ideia chegar no médico com um bonde armado."

Os dois riram.

"Tá de boa. Só preciso ficar devagar uns dias."

"Quem sabe fumando menos bagulhinho..." Dora sorriu.

"Porra, aí sim é minha sentença de morte", Léo riu. "Falando nisso..." Puxou um isqueiro Zippo do bolso e acendeu um baseadão.

"Boa! Melhor ir se matando em doses homeopáticas."

"Olha quem fala. Que eu saiba tu fuma todo dia."

"Mas não sou eu que tô parando a cada dez passos para pegar ar."

"Espera até chegar na minha idade."

"Verdade, os vinte são o novo setenta."

Os dois riram, se levantaram e continuaram subindo enquanto passavam o beck de um para o outro.

"Eu tava pensando em almoçar contigo e depois ir para casa do meu pai", Dora falou.

"Tão cedo?"

"É, hoje eu tenho que dormir na casa dele."

"Acho que é a boa mesmo. Daqui a pouco tem endolação, te falei, né."

"Se falou eu não lembro e prefiro não saber também."

"Então, mas se a gente for almoçar na minha mãe, a endolação vai rolar no barraco embaixo do dela."

"Hum... Tô sentindo que já tem muita coisa rolando aqui hoje, acho que eu vou almoçar em casa."

"Ah, não. Almoça comigo."

"Melhor eu almoçar em casa, vai. Eu ligo pro orelhão do bar para avisar que cheguei."

"Mas já vai assim?"

"O almoço é daqui a meia hora lá em casa."

Léo pegou a mão de Dora e colocou o Zippo em sua palma, "para você não me esquecer".

"Você e seus presentes..." Ela sorriu.

"Você me ama?"

"Amo."

"Quanto?"

"Muito."

"Promete?"

"Prometo." *Como se desse para responder qualquer outra coisa...*

A noite despejava sua escuridão sobre a floresta. O flamejar amarelo do fogo nos pneus irrompia o silêncio jogando luz nas expressões sombrias que Dora nunca havia visto antes naqueles rostos: Walter, Dioín, Magriça e Banguela formavam uma roda em torno dela como em um ritual macabro. Seus pulsos estavam amarrados ao galho grosso de uma árvore; seu corpo pendurado balançava sobre um buraco cavado no chão. Não demorou a entender que a fogueira de pneus era para ela. Léo se materializou em meio ao escuro da mata. Dora o olhou com desespero e súplica. Ele se aproximou, a encarou com aparente ternura e acariciou o rosto dela com a mão. Dora foi se acalmando. Ele a beijou e as línguas se misturaram, Dora relaxava mais e mais. De repente, sentiu Léo cravando os dentes com toda a força em sua língua, arrancando a ponta fora — tomado pelo pânico, seu corpo convulsionou de dor. Léo a encarava, o pedaço da língua tremulando entre os dentes cerrados, o olhar em chamas. O terror se espalhou pela corrente sanguínea de Dora. Ela tentou gritar, mas, em sua boca, tudo o que restava era o gosto de sangue. Léo abriu um sorriso macabro e sua imagem foi se transformando em um Exu, todo vermelho, sangue escorria pelas escamas de cobra em que a pele dele havia se transformado. Ele cuspiu a língua no buraco do chão e, com dois golpes secos da espada de cabo de mármore preto e branco, cortou fora as pernas de Dora. Um misto de crueldade e prazer tomava conta da expressão de Léo — ali estava, bem em frente aos seus olhos, o Samurai que nem mesmo em pensamento ela havia visto. A próxima espadada cortou seu braço esquerdo, ela agora pendurada apenas pelo braço direito, o corpo entorpecido quase até a inconsciência, o abismo sob seus pés rodava em espiral como um buraco negro. Os meninos dançavam e riam. Léo a olhou no fundo dos olhos, deu uma risada estridente e levantou a espada para o golpe final. Dora sentiu o nó que a apertava há tempos constringir ainda mais seu tecido. Sua vida ia chegando ao fim, a morte escorria lenta entre suas veias, sua pele fendida pelo terremoto interno que irrompia seu corpo. De repente, a corda que prendia seu braço à árvore foi cortada e seu corpo caiu sem peso no abismo. Quando o último suspiro escapou dos pulmões, Dora acordou abruptamente, encharcada de suor.

Reconheceu o quarto na casa do pai. Eram cinco da manhã. Dora se sentou, recuperando o fôlego, e olhou para a parede branca, não tinha chance alguma de conseguir voltar a dormir. Ainda ofegante, foi até a cozinha para tomar um copo d'água, andou um pouco pela sala e acabou decidindo expurgar o pesadelo com um banho quente.

Quando saiu do banheiro, viu a luz do quarto do pai acesa.

"Tá tudo bem por aí, filha?"

"Tive um pesadelo."

"Ainda tem uma hora até sua aula, vem ler jornal comigo."

No espelho do corredor, Dora conferiu a língua intacta. Ainda conseguia sentir o gosto de sangue na boca, mas seus braços e pernas estavam ali. Sua integridade, parcialmente ilesa.

Entrou no quarto do pai, pegou o Caderno B do *Jornal do Brasil* espalhado pelo chão e se deitou com suas costas coladas às dele. João esfregou os pés nos dela, como fazia desde quando ela era criança. Dora lembrou da época em que a única mão que gostava de segurar era a do pai. Fechou os olhos e desejou poder pular para um futuro em que não tivesse tanto medo de uma morte trágica.

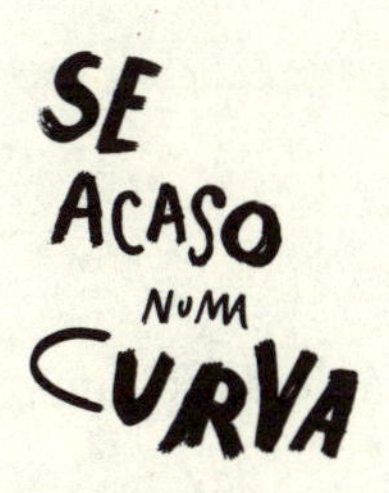

13.

Lenha na Fogueira

Chegou na aula e viu Alan todo animado no fundo da sala com os meninos. Uma foto rodava entre o grupo. Ao se aproximar, Dora viu que um deles fez um sinal com a cabeça para Alan, que logo pegou a foto de volta.

"Tudo bem por aí?"

"Tudo indo...", Alan destilou uma certa marra.

Dora olhou para a foto na mão de Alan, "qual o nome dela?". Forjou simpatia.

Os meninos se olharam e foram para suas cadeiras.

"Quê que foi?"

"A foto na sua mão."

"Quê que tem?"

"É de uma menina, né?"

"Você que tá dizendo."

"Eu conheço?"

"Não."

Então tem uma garota.

"Mas você ia achar ela maneira." Alan sorriu de canto de boca.

"Não tenho dúvida." Dora tirou o caderno da mochila e o estojo tentando esquecer o assunto, mas não conseguiu deixar passar. "Qual escola?"

"Ela não tá na escola."

"Ah, é?"

"Ela é modelo."

"Uau." Dora fez uma cara de deboche.

"Lá do Sul."

"Ah, pode crer, Oktoberfest, né?"

"Foi foda. Ano que vem vou de novo, certo."

Idiota. Dora segurou a expressão.

"E seu namorado, como anda?" Alan falou, sem olhar para Dora enquanto rabiscava em seu caderno.

Dora sorriu amarelo e foi se sentar na frente da sala. Queria despencar na mesa.

Mal conseguia parar na casa da mãe desde a última conversa que tiveram. Os dias se dividiam entre a escola, o morro e a casa do pai — passava na mansão só para pegar roupas e material escolar. João não fazia ideia da gravidade da briga de Dora com Vera, presumia que a presença mais constante da filha na casa dele se devia a uma mudança nas fases de seu desenvolvimento. Quando Dora não estava lá, João acreditava que estaria na mansão ou em atividades extracurriculares. Mal sabia ele.

O verão já se anunciava. Duas da tarde e o suor pingava da testa. Dora levou Clara até o bar do Seu José para beberem uma água de coco. Mal tinham feito o pedido quando notaram uma mulher aos berros no orelhão em frente ao bar, gritando gíria atrás de palavrão. Dora tinha a sensação de que a conhecia de algum lugar. Observou-a por um breve momento, até que reparou que a mulher a encarava ferozmente. Um *flashback* de uma foto da ex-mulher de Léo atravessou a mente de Dora. Com certeza era ela e, aparentemente, estava tomada pelo ódio.

Priscila era uma nordestina retada que cresceu na parte alta do morro, e era conhecida por sua agressividade. Dora tinha ouvido bastante sobre ela, mas nunca a havia visto. As más-línguas diziam que as brigas do antigo casal costumavam ser explosivas — uma vez Priscila jogou um tijolo na cabeça de Léo. Supostamente, os dois quase se mataram em diversas ocasiões. Corria também o boato de que ela ainda vivia atrás dele, tentando arruinar os novos namoros sempre que possível. Dora se surpreendia por não tê-la encontrado até então.

No orelhão, Priscila parecia cada vez mais fora de controle. Dora sentiu que a qualquer momento a situação podia estourar.

Clara buscou os olhos de Dora — não tinha como se distraírem do fato de que algo sinistro estava prestes a acontecer. As duas se viraram de frente para a bancada do bar.

"Acho melhor você ir embora", Dora sussurrou.

"Quem é?" Clara seguiu o tom.

"Ex-mulher do Léo."

Clara arregalou os olhos. Os gritos ao telefone foram ficando mais e mais altos, agora Priscila claramente falava sobre Dora.

"Vai nessa. Te ligo mais tarde."

"Amiga, o negócio não tá bom, não."

"Eu sei, mas não dá pra eu correr, Clá."

"Eu fico contigo."

"Nem pensar. Esse problema não é teu."

"Nem teu."

"De tabela, é."

Dora abraçou Clara, a direcionando para a escadaria que dava no asfalto. As duas se olharam, Dora se manteve firme. Clara entendeu o recado e começou a descer devagar, olhando para trás. Dora sinalizou que estava tudo bem e voltou para o balcão, tentando disfarçar a tremedeira em seu corpo. Não era uma boa ideia segurar objetos pequenos, por sorte dava para botar o coco na conta sem precisar lidar com as moedinhas nas mãos trêmulas.

Dora ouviu passos descendo a escadaria em direção ao bar. Priscila anunciava estar perto de terminar a ligação e partir para cima de Dora. Pouca Coisa virou a curva, AR-15 sobre os ombros, sorriu ao ver Dora e começou a dançar, indo cumprimentá-la. Priscila deu um salto em cima dele.

"Me dá a AR agora, PC. Eu vou matar essa piranha." Priscila tentava saltar alto sem ter nenhuma chance contra o metro e noventa de Pouca Coisa.

"Ei! Qual foi? Tá loca? Que papo é esse?" Pouca Coisa manteve os braços esticados para cima, arma para o alto.

"Essa é a vagabunda do Léo. Abusada do caralho. Me dá a porra dessa AR."

"Se liga, maluca! Segura a onda! Tá perdendo a linha aí."

Priscila quicava enquanto PC a escorava para longe de Dora.

Dora sugou o mais devagar possível as últimas gotas da água de coco pelo canudo amarelo, tentando transparecer plenitude enquanto pensava no próximo passo. Estava se cagando de medo — na melhor das hipóteses, Priscila quebraria ela ao meio. Quando não tinha mais o que sugar, se despediu de Pouca Coisa com um movimento de cabeça e andou calmamente em direção à escada que levava à casa de Regina, como se o que estivesse acontecendo não fosse relacionado a ela. Assim que ficou fora de vista, começou a correr em velocidade olímpica, mas não demorou para ouvir ao fundo o estalar do salto acrílico de Priscila contra o cimento. Não olhou para trás. Correu pela própria vida.

Chegou à casa de Regina, suando, ofegante, e bateu incessantemente no portão de metal até Regina abrir a porta.

Dora estava pálida, "cadê o Léo?".

"Quê que tá rolando?" Regina perguntou sem abrir a porta.

"Cadê o Léo, Regina?"

"Garota, eu não vou te dizer onde tá meu filho até você falar o que tá pegando."

"Priscila tá vindo atrás de mim, disse que vai me matar. Tá chegando aqui a qualquer momento."

Regina deixou o portão aberto e bateu na porta da casinha de endolação, do lado de dentro do terreno. Uns dez meninos preparavam a droga para venda numa mesa. Léo na cabeceira.

"Léo, aí ó, tua princesa tá para enfartar. Disse que a Priscila tá correndo aqui para matar ela."

Léo pulou da cadeira e cruzou Dora sem a olhar. Priscila atravessou o portão em um salto — Dora ouviu o barulho do soco que Léo deu em sua ex. Antes que Dora pudesse dizer algo, Léo puxou Priscila para fora do terreno pelo pescoço e bateu o portão com toda força. Tudo que Dora conseguia ouvir eram os berros se distanciando. *Puta que pariu. Mais essa agora.*

De repente, os gritos cessaram.

Um estampido seco de um tiro quebrou o silêncio.

Dora congelou.

Pelas próximas duas horas, assistiu calada a programas de TV no sofá de Regina sem conseguir parar de pensar na possibilidade de Priscila ter sido ferida, ou pior, morta. *O que mais precisa acontecer?*

Depois de um tempo, Léo entrou em casa, nitidamente perturbado e com falta de ar, chamou Dora com um movimento da cabeça.

Os dois andaram até o barraco rosa sem falar uma palavra. Léo parecia tenso. Dora não sabia o que pensar. Ele abriu a porta ainda com dificuldade de respirar, ela entrou primeiro, ele andou até o quarto e sentou na cama. Dora se manteve em pé, encostada na parede.

Léo passou um tempo tossindo. "Tu ameaçou ela?" Ele falou sem olhar para Dora.

"Como é que é?"

"Ela falou que tu ameaçou ela."

"Você me conhece melhor do que isso, Léo." *Só faltava essa...*

Ele apoiou as mãos nos joelhos e abaixou a cabeça, tentando puxar ar.

"Você tá bem?"

"Você tentou ou não tentou?"

"Tentei o quê, Léo?"

"Partir para cima ela?"

"Cê só pode tá de sacanagem."

Léo levantou o rosto e encarou Dora, "responde".

"Eu não tô acreditando que você possa considerar eu fazendo uma parada dessas. Você me imagina mesmo querendo dar porrada em alguém?"

"Eu tenho que perguntar, Princesa. Tu sabe que eu tenho."

"Não, Léo, você não deveria ter que me perguntar para saber. Para sua informação, eu tava bebendo um coco com a Clara no Seu José, sem nem saber que ela era a maldita da tua ex. Quando ela entrou numa de partir para cima de mim, fiz o que pude para não dar pano pra manga, e ela lá, tentando arrancar a AR-15 da mão do PC, gritando que ia me matar. Então, não, não ameacei ela. E te falar que o que mais me revolta é você questionar minha índole. Agora, se você tem mesmo alguma dúvida, pergunta pro PC se eu tô mentindo."

"Eu tô ligado, Princesa. Ela me perturba a cabeça."

"Você machucou ela?"

"Só dei um tiro perto da perna para assustar."

"Perto?"

"Não acertou, foi só para assustar."

"É verdade?"

"Tô falando."

Dora suspirou aliviada, enquanto sua cabeça derivou para até onde aquela primeira subida no morro com Walter a levaria.

A pilha de vestidos em cima da cama do quarto na casa da mãe a encarava sem dizer muito. Nenhum caiu como queria. Era a festa de aniversário de Luana naquela noite e, mais do que nunca, Dora ansiava por respirar a brisa suave de Alan.

O telefone da sala tocou.

"Alô."

"Dora?"

"Sim."

"Tudo bem? É o Vicente. Sua mãe tá aí?"

Dora ficou em silêncio.

"Alô?"

Pensou em gritar.

"Dora?"

"Você não tem vergonha, não?"

"Perdão?"

Dora queria vomitar toda sua raiva em desaforos, em vez disso, desligou.

Ao chegar na casa de Luana, foi recebida por trinta e poucos amigos, todos já turbinados. Subiu as escadas até a sala de jogos no segundo andar, onde sabia que Daniel estaria com os meninos. Luana apareceu e a puxou por trás, se abraçaram forte. Andava sentindo falta desses outros abraços. Logo notou Alan conversando com um grupo de meninos. *Bonito pra caramba.* A lembrança da garota da foto ainda estava viva. Sentou ao lado de Daniel que fumava um baseado no sofá, tentando ignorar a presença avassaladora de Alan do outro lado da sala.

"Fala, Princesa! Como anda a vida no gueto?" Daniel botou o braço em volta do ombro de Dora.

"Já vai começar?"

"Tem assunto mais interessante?"

Dora riu.

"Conta aí!"

"Vai indo..."

"Sempre vaga." Daniel passou a ponta do baseado para ela.

Dora negou a bagana com a mão.

"Pode crer, esqueci que você não fuma ponta."

"Nem fino."

Os dois caíram na risada.

"Porra, normal que a gente fique curioso, Dorinha." Daniel deu um trago forte na bagana e colocou a cabeça entre os joelhos, "amigo se importa".

"Cabeção do caceta." Ela riu do truque de maconheiro do amigo.

Daniel levantou a cabeça com os olhos vermelhos, ainda segurando o final da fumaça.

"O que exatamente você quer saber, diabo?"

"Porra, sei lá, tudo." Daniel soltou a última fumacinha da tragada segurando a bagana quase inexistente na ponta dos dedos.

"Para de ser cabeção, vai queimar a boca." Alan tirou a bagana da mão de Daniel e apagou no cinzeiro.

O coração de Dora acelerou.

"Oi." Ele se aproximou.

Ela se levantou e deu dois beijinhos na bochecha de Alan, meio rápido, meio sem graça, "Oi".

Os dois se olharam rapidamente.

Sem saber direito o que fazer, Dora tirou da bolsa uma mutuca grande de um bagulho solto, "vou apertar um beck para gente".

"Agora sim, isso que é beck de patrão, ou patroa, no caso." Daniel abriu um sorriso sacana.

Dora balançou a cabeça, acostumada com as pilhas do amigo. Evitava olhar para Alan, justo por querer se jogar nos braços dele.

"Mas fala vocês, como anda essa vida glamourosa?" Dora começou a desbelotar o beck na palma da mão em uma época que nunca se tinha ouvido falar em desbelotador.

"O *wake* mandou dizer que tá com saudades de você." Daniel sorriu.

"É, né? Foi logo no meu ponto fraco." Dora olhou para Alan a tempo de vê-lo levantar as sobrancelhas para Daniel, indicando a deixa para algo premeditado.

"Bora com a gente final de semana que vem", Daniel soltou como quem não quer nada.

Alan segurou a expressão de uma suposta espontaneidade no convite. Dora gostou.

"Né, não, Alan?" Daniel falou.

"Com certeza." Alan abriu um sorriso tímido.

"Quem vai?" Dora passou a ponta da língua na seda olhando nos olhos de Alan.

"A gente", Alan respondeu.

"A gente quem, cara pálida?" *A menina da foto?*

"Vou pegar uma cerveja, alguém quer?" Daniel se levantou rindo da lenha na fogueira.

"Eu aceito", Alan falou.

"Tem mate?"

"Tem. Deixa comigo."

Alan se sentou ao lado de Dora, "a modelo não vai".

"Quem?" Dora manteve o corpo virado para frente, se fazendo de sonsa.

Alan sorriu.

A tensão sexual ensurdeceu o silêncio.

"Por que você tá me convidando?" Dora tocou no Zippo no bolso, sem querer.

"Porque você faz parte do meu grupo de amigos."

"Ah..." Não era o que ela queria ouvir.

"E porque eu gosto da sua companhia."

"Pensei que você tivesse medo de estar comigo."

"Eu tenho."

Dora o olhou e sentiu uma vontade enorme de se jogar em seus braços. Desejou poder apagar sua outra vida e recomeçar a partir dali. O Zippo em seu bolso, trazendo o morro da palma da mão para a mente, botou rédea no ímpeto.

"Anima?"

Dora despertou com a pergunta. "O quê, exatamente?"

"Ir para Angra com a gente, ué?"

"Ah..." *Animo tudo contigo.*

"Ih... pela demora na resposta, já vi que não."

"Peraí... Primeiro final de semana de dezembro... Deixa eu ver..." Dora provocou.

Alan ficou a observando.

"Beleza!"

Alan sorriu. Dora tentou segurar o riso, enquanto era tomada pela excitação do prospecto.

Daniel voltou para a roda trazendo Clara, Luana e as bebidas, "E aí, ela vai ou não vai?"

"Ela vai!" Alan levantou a cerveja para um brinde.

Os amigos celebraram animados.

"Bora dar partida nesse verão!" Daniel deu um beijão de arrasar quarteirão em Clara.

Dora pensou no final de semana, que estava perto, e começou a imaginar cenas românticas com Alan por Angra — foi quando bateu a *bad*: *peraí, sexta-feira dia três, tem alguma coisa... não, é no dia quatro... o que era mesmo? Ah, não... não... puta que pariu!*

"Gente, fudeu, não posso. Esqueci..."

"O quê???" Daniel fez performance de escândalo.

Dora ainda em transe, quieta, confirmava consigo as datas.

"O que você esqueceu, Dora?" Alan inquiriu de forma seca.

"Nada, foi mal, nada relevante. Eu só lembrei que não posso."

"Não, agora você vai ter que falar qual é a tão nobre ocasião?" Daniel insistiu.

Dora olhou para Clara e abaixou a cabeça.

"O que é tão irrelevante que você não pode nem contar para a gente?", Daniel provocou.

"Deixa ela, Dani, para de pilha." Clara apertou a mão de Daniel.

Dora suspirou, "é o aniversário de vinte e um do Dioín, lá na Fallet".

"Dioín, você quer dizer o chefão das favelas da Zona Sul?" Daniel perguntou em choque.

Clara botou a mão no ombro de Daniel, "galera, vamos mudar de assunto".

A expressão de Dora transparecia uma mistura de tristeza e constrangimento.

Luana segurou sua mão, "com certeza a gente vai mudar de assunto, mesmo porque é meu aniversário e meu pedido imediato é que a gente fume esse baseadaço para comemorar. Uhu!".

Dora entregou para Luana o baseado enorme que tinha apertado e tentou distrair o desalento que a abateu. Seu outro mundo a sugando para longe deste. Notou Alan a observando e virou o corpo para o outro lado, tentando esconder o que sentia. Escaneou a sala de jogos cheia de amigos, as risadas displicentes, o tom de tranquilidade que pairava no ar, bem diferente da constante tensão que permeava até os momentos mais felizes no morro. Ouviu seus amigos, ao fundo, falando das tantas coisas que ela costumava participar antes de namorar Léo. Sentia falta de poder terminar de contar as histórias junto, de saber do que eles estavam falando. Pensou que cada vez menos fazia parte das memórias que seus amigos vinham fazendo juntos. Sentiu saudades de quando pertencia. Respirou fundo e foi ao banheiro.

A privada fechada e ela sentada em cima da tampa. *Onde é que eu vou parar?* Se olhou no espelho e se sentiu patética. Levantou e jogou água no rosto, tentando lavar o desconsolo. Não funcionou. Num suspiro fundo, se forçou a voltar para a festa. Alan estava recostado em frente ao banheiro quando Dora abriu a porta.

Os dois ficaram se olhando.

Alan pegou sua mão, Dora aceitou. Foram para a varanda dos fundos, um deque grande com vista para o Cosme Velho e Laranjeiras.

"O que rolou com ela?"

"Ela quem?"

"A garota da foto."

"Ah..." Alan se virou para a vista.

"Ah..."

"A garota da foto..."

Dora ficou quieta.

"Muita pose e pouco riso."

"Achei que você curtisse isso."

"Eu também."

Os dois riram.

Dora se virou em direção à vista. "Já eu me sinto com muito riso e pouco siso."

"Olha que nessa eu concordo com você." Alan sorriu.

Os dois olharam para o mesmo Corcovado que os observava na primeira noite em que se beijaram na festa à fantasia.

"E mesmo com sua falta de siso, eu continuo pensando em você."

"Eu também." O tom da voz transbordou uma doçura que Dora lutava para esconder.

Se encararam e lentamente se abraçaram. Tocaram testa com testa, nariz com nariz. Ficaram ali, reparando nos detalhes um do outro por um tempo, até que finalmente se beijaram. Beijaram-se com ternura, um beijo quente e arrastado. Dora deixou de lado qualquer pensamento e cedeu por inteiro aos braços de Alan. Borboletas voavam em sua barriga, passarinhos verdes rodeavam sua cabeça, seu corpo, uma floresta encantada. Queria mais. Queria derreter nele. Queria sentir a textura de sua pele roçando contra a dele, mergulhar em seu cheiro, gosto, ser completamente dele, sem limite, sem dúvida. Queria largar tudo e virar do avesso, ficar naquele momento para sempre e esquecer todo o resto.

O "Parabéns" interrompeu o beijo. Os dois se olharam e sorriram, cheios de amor.

Voltaram para a sala de mãos dadas. Todos já bêbados, cantando juntos. Luana cortou os dois primeiros pedaços do bolo para Joca e depois para Daniel , seus dois irmãos. Dora e Alan pegaram seus pedaços e desceram as escadas até a área da piscina, para onde a festa não havia ainda migrado.

Lá embaixo, os bolos foram parar numa bancada e, na pegação, os dois acabaram se recostando na porta da sauna, que se abriu com o peso. Foram se beijando até caírem no banco de madeira, às gargalhadas. Dora se despiu do vestido num ato abrupto, Alan arregalou os olhos ao encarar seu corpo nu pela primeira vez — ele fez um copo com as mãos em cada seio e abriu seu sorriso mais doce. Por aquele momento, ela o queria para todo sempre. O gosto de amor ingênuo, adolescente, varava todos os seus sentidos. Os corpos se misturando, os dois brincando com os detalhes um do outro, com as mãos, com as línguas. Exploraram cada canto com beijos, lambidas, mordidas. Esqueceram da festa lá em cima, da dureza da madeira do banco da sauna, esqueceram de qualquer possibilidade de serem pegos no ato. Por ora, existia apenas o transbordar de um no outro. Rolaram no chão e transaram sem pressa. Ali, ela era toda dele.

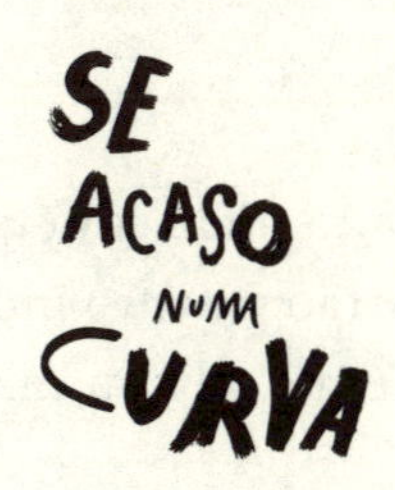

14.

Ruptura

A chamada para a reunião parecia mais carregada do que o habitual. Vera havia criado o costume de marcar encontros familiares para discutirem seus sentimentos. Dora imaginava o que estava por vir dessa vez.

Nos últimos anos, a música que costumava sair da edícula foi silenciada. As viagens de trabalho de Stephan tornaram-se mais frequentes do que nunca e as aulas de dança e de holandês de Vera viraram um intensivo. Há muito que eles não se davam bem como antes. Quando as brigas entre o casal se acirraram, as crianças passaram a aumentar o volume da música. No começo, era comum se trancarem no estúdio, em um ato tácito de proteção. Ensaiavam por horas algum *songbook* no espaço à prova de qualquer outro som. Bernardo pegava o violão, Flávio pulava na bateria, Dora dividia os vocais e os três harmonizavam em notas musicais a confusão que sentiam. Dora já não lembrava da última vez que havia cantado com os irmãos.

Dora e Vera sempre foram muito próximas, isto é, até a chegada da adolescência da filha. Vera era sensível e tinha uma profunda conexão com o que acontecia com Dora. Na manhã em que Dora chegou em casa após perder a virgindade, depois de já dormir na casa do namorado há alguns meses, encontrou um buquê de flores em sua cama.

Ficou impressionada com a rapidez com que o namorado organizou a surpresa, até que leu o cartão: "Bem-vinda à fase adulta!". O buquê era um presente da mãe. Vera explicou mais tarde que "sentiu o que havia acontecido".

Quando o conceito de casas separadas surgiu pela primeira vez em uma reunião de família, Dora tinha doze anos e ficou indignada com a ideia — considerava o jardim um abismo entre os dois mundos. Havia sido transferida para a escola do castelo após bater de frente com o professor de história da escola anterior, tendo sido expulsa, apesar das boas notas, por ser considerada combativa demais. Prestava atenção nas aulas em meio à sua dispersão habitual, operando em vários canais entre a bagunça do fundo e a atenção da frente — a menos que o professor fosse brilhante, aí ela era capaz de engajar como se fosse a primeira da classe. Era comum trocar as aulas pelo treino de futebol, consciente de que se estudasse o suficiente na noite anterior às provas, passaria com notas boas no final do semestre. Esse hábito não caía muito bem com a coordenação, que a considerava má influência, não só pela indisciplina como pela história de desafiar professor caso sentisse que ele havia cometido algum tipo de injustiça com os alunos. Dora não fugia de conflito, batia de frente com quem fosse, sem hesitar. Não à toa, vivia na coordenação. Seus pais já estavam acostumados a serem chamados, mas a expulsão, e consequente transferência, para a escola nova havia funcionado como um acorda-maluco. Deixar os amigos e os antigos hábitos para trás não era fácil, o esporro que levou também não foi, mas ela sentiu que era uma oportunidade de tentar outro jeito de ser. O CEAT era a mesma escola alternativa em que seus irmãos estudavam. Conhecida por desafiar o cérebro dos alunos, era focada em atividades artísticas, com aulas de fotografia, redação, teatro, além das matérias de sempre. Dora prometeu se dedicar.

Graças à desordem da bateria, guitarras e vocais que saíam do cômodo que os meninos escolhiam para tocar, além da típica turbulência adolescente, Vera defendeu a construção da edícula para que o casal pudesse ter um espaço para viver e estudar sem tanto barulho. O quarto antigo do casal virou o estúdio de música. As refeições eram em família na casa grande, onde era mantida a estrutura funcional do dia a dia. Vera defendia que estava do outro lado do jardim, a poucos passos da casa das crianças, sempre acessível a eles quando lhes apetecesse. Já para Dora, parecia uma armadilha fácil demais para cair na experimentação juventude transviada dos irmãos.

No início, Dora se contrapôs como pôde ao novo arranjo. Fez questão de não falar direito com Vera por algumas semanas. A presença da mãe fazia falta. Acima de tudo, sentia que tinha uma liberdade para a qual ainda não estava preparada. Vera perguntava se o dever de casa estava feito, mas já não verificava mais, e, aos poucos, Dora percebeu que não tinha tanta autodisciplina sem a iminência da atenção da mãe. Mas não demorou muito para se adaptar ao novo ambiente.

Em menos de três meses os meninos começaram a se trancar em um dos quartos. Dora batia incessantemente na porta, querendo participar do que quer que estivessem fazendo, mas eles continuavam dizendo: "só um segundo. Aguenta aí". Dora não tinha ideia do que rolava, mas percebia que saíam com um sorriso engraçado e os olhos vermelhos. Na terceira vez que os viu saindo do quarto às gargalhadas, Dora começou o inquérito.

"O que vocês tavam fazendo?"

"Nada", Bernardo respondeu enquanto os meninos passavam direto por ela em direção à cozinha.

"Posso ficar com vocês?"

"A gente vai jogar bola."

"Oba."

"O time tá completo."

"Eu fico na reserva."

Bernardo revirou o olho, sabendo que não tinha muita saída.

"O que vocês estavam fazendo no quarto?"

"Nada."

"Por que a porta estava trancada?"

"Coisa de homem."

"Tipo o quê?"

"Tipo coisa de homem."

"Qual a diferença?"

"Todas."

"Eu sou que nem vocês."

"Não é, não."

"Sou sim."

"Já reparou nas duas bolinhas crescendo no seu peito?"

"O quê? Meus seios? O máximo, né?" Dora acariciou as bolinhas cheia de orgulho.

"Por favor, não me faz olhar pro teu peito."

"A diferença é só física, no resto eu sou que nem vocês."

"Há controvérsias."

"Então a gente não pode mais curtir juntos porque tem duas glândulas crescendo no meu tórax?"

Bernardo bufou, "não tamo aqui agora curtindo?".

"Eu tô ligada que vocês tão escondendo alguma coisa de mim."

"Tá viajando."

"Não tô, não."

"Tá sim."

"Sua boca tá tremendo na lateral daquele jeito de quando você mente."

"Não tá, nada."

"Tá sim, ó, ó, acabou de tremer."

"Caralho, Dora!"

"Me fala, vai. Fala, fala, fala, fala."

"Fala o quê?"

"O que vocês tavam fazendo de porta trancada."

"Quer saber mesmo, pentelha?"

"Quero muito!" Dora quicou.

"Pornô."

"Vocês tão fazendo pornô no seu quarto?"

"Caraca, garota, claro que não, sua idiota. A gente vê revista de sacanagem, isso que a gente faz. Não acho que você queira ver também."

"Óbvio que eu quero!"

"De jeito nenhum. Tá maluca?"

"Ué, não entendi."

"Eu lá vou ficar vendo revista de sacanagem contigo."
"Você vê com os meninos."
"E você é MENINA."
"A coisa de ser menina de novo..."
"Além de ser minha irmã."
"O Flávio é seu irmão."
"Puta que pariu..." Bernardo bufou.
"Eu posso ver depois então?"
"Depois do quê?"
"De vocês verem."
"Você quer levar revista de sacanagem pro teu quarto?"
"Claro, ué."
"Você é mó pervertida, hein."
"E você é o quê?"
"Você não existe, garota..." Bernardo não conseguiu segurar o riso.
"Isso quer dizer que sim?"
"Não."
"Sim!"
"Não!"
"Ah, vai..."
"*NO!*"
"Por favor..." Dora fez seu melhor olhar de cachorro abandonado.
"Tá! Que saco! Pentelha para cacete!"
"Te amo também, maninho." Dora abraçou Bernardo apertado e deu vários beijinhos em seu ombro, o que o incomodou e amaciou ao mesmo tempo.

Ainda assim, toda vez que os irmãos recebiam os amigos, eles se trancavam no quarto de Flávio ou Bernardo e saíam de olhos vermelhos.

"Não é pornô, né?" Dora estava à espreita na porta do quarto, esperando que eles saíssem.

"Ai, caralho... O que foi agora?" Bernardo fechou rapidamente a porta atrás dele.

"O que vocês fazem no quarto trancado?"
"O quê que tem?"

"Não é revista de sacanagem."
"Por que você acha isso?"
"Porque ver sacanagem não deixa o olho vermelho."
"Ah, o olho vermelho..."
"É, o olho vermelho!"
"É um colírio que a gente usa."
"Colírio?"
"É!"
"Para quê?"
"Coisa nossa."
"Tipo o quê?"
"Caraca, que inquisição!"
"Posso usar também?"
"Caralho..."
"Me deixa curtir junto com vocês, Bê. Não consigo entender o porquê de uma hora para outra eu não poder mais participar."
"Talvez porque você não goste da brincadeira."
"Até parece."
"Parece mesmo."
"Eu sou uma de vocês."
"Não sei, não..."
"Como assim? A gente sempre fez tudo junto até minhas glândulas aparecerem."
"Não é exatamente culpa das glândulas."
"Então é de quê?"
"Promete que não vai contar para mamãe."
"Óbvio."
"Óbvio nada que você sempre conta tudo para mamãe."
"Contava quando eu era criança."
"Você ainda é."
"Doze anos é considerado pré-adolescência."
"Sei..." Bernardo olhou para ela desconfiado.
"Prometo, vai, prometo."
"Jura?"

"Juro."

"A gente está experimentando bagulho."

"Que bagulho?"

"Bagulho, maconha, Dora."

O queixo de Dora caiu.

"Ah, não, pode parar, já vi que vai contar para mamãe."

"Bernardo, vocês tão usando drogas?"

"Maconha não é droga, é uma erva. Bob Marley usava, os índios usam há séculos, alguns templos na Índia... Até paciente de câncer usa."

"Não é verdade."

"Tô te falando."

"Cês tão usando drogas... não tô acreditando..."

"Já te falei que maconha não é droga, é uma erva que nem tabaco, orégano, capim-limão, qualquer folha que fazem chá."

"Não é isso que eles falam nas palestras da escola."

"Você não precisa experimentar, tá bem? Só não conta para mamãe."

"Bernardo, droga é droga. Amanhã ou depois você pode tá roubando para sustentar o vício."

"Puta merda. Você tem zero noção do que tá falando!"

"Você que não tem."

"Vai contar para mamãe."

"É meu dever!"

"Sabia!"

E foi aí que a reunião familiar da semana foi sobre maconha. Como de costume, a família continuou na mesa depois do jantar, Bernardo e Flávio sem falar com Dora.

Vera deu o pontapé inicial, "acho que vocês já sabem sobre o que é a conversa de hoje".

"Como não..." Bernardo olhou feio para Dora, puto da vida.

Dora levantou os ombros, "eu me preocupo com vocês".

"Se preocupa consigo mesma!" Bernardo levantou a voz. Flávio concordou com a cabeça.

"Não é para brigar. A gente tá aqui justo para falar sobre o que tá rolando e achar maneiras de lidar com isso", Vera falou.

"No caso de hoje, caguetar um ao outro."

"É normal eu me preocupar com o fato de vocês estarem se drogando. Eu me importo, tá?"

"Quantas vezes tenho que te dizer que maconha é uma planta?" Bernardo respondeu.

"Não foi o que eu ouvi dos professores."

Vera levantou as mãos, "parou, gente. Vamos com calma. É importante esse assunto entrar na pauta mesmo". Pausou um segundo, medindo as palavras, "Primeiro, é importante vocês entenderem qual o impacto da maconha no corpo de vocês, para que vocês considerem a fundo as escolhas que estão fazendo".

Bernardo não parava na cadeira, "lá vem...".

Dora estava quieta, chateada pelos irmãos não entenderem o motivo de sua preocupação. "Cagueta" era uma acusação séria. A verdade é que havia prometido a si mesma que jamais experimentaria qualquer tipo de droga ilícita desde que ouviu dizer que bastava uma dose para o vício ser despertado. Bernardo e Flávio juraram que nunca mais a incluiriam em nenhuma diversão, estava permanentemente banida de todas as atividades.

Vera continuou, "quando você fuma maconha, o THC, a principal substância psicoativa encontrada na cannabis, passa rapidamente dos pulmões para a corrente sanguínea, que transporta a substância para o cérebro e outros órgãos do corpo. O THC afeta o modo como a informação sensorial entra e atua no hipocampo. Vocês estão prestando atenção?".

"Sim, mãe", respondeu Bernardo, já entediado com o destrinchamento científico do problema.

Vera continuou, com uma descrição detalhada de cada efeito que a erva tinha sobre as sinapses, o cérebro e a vida em geral. As crianças cada vez mais entediadas, exceto Dora, que absorvia com atenção as palavras da mãe.

"Sei que pode parecer *cool,* mas existem várias pesquisas mostrando o impacto da maconha no aprendizado e na memória, especialmente em um cérebro em formação, como o de vocês."

"Viu... tá destruindo sua mente brilhante, Bernardo", Dora provocou.

"Se eu fumasse com frequência, o que não é o caso." Bernardo atirou raios em Dora com o olhar.

"Não necessariamente, filho. Drogas, em geral, ficam no seu sistema por um tempo depois que você para de usar."

"Te falei que era droga!", provocou Dora.

"A gente tá longe de ser viciado", Flávio falou.

"Ainda", Dora disse.

"Mãe, a gente não tá nessa assim."

"Peraí, não acabei, não", disse Vera.

"Ótimo..." Bernardo revirou os olhos.

"Meu cérebro tá exausto já", falou Flávio.

Vera continuou. "Em última análise, depende de vocês. Quer fumar maconha? Fuma sabendo que tá pintando seu pulmão de preto e envelhecendo prematuramente seu corpo e mente."

"Caraca..." Flávio arregalou os olhos.

"Fui clara?" Vera olhou para cada um, checando se estavam presentes mentalmente.

"Pode ter certeza", Flávio falou.

"Bernardo?"

"Sim, mãe." Bernardo afundou na cadeira.

"Dito isso, tenho certeza de que seria ineficaz proibir que vocês fumem, mesmo porque proibição gera ambiente para mentira, além da excitação que ataca adolescente quando se trata de qualquer coisa ilícita. Seria ingênuo eu acreditar que ainda posso controlar completamente as decisões cotidianas de vocês. Prefiro pedir que não façam nada escondido. Vocês têm informação o suficiente para entender os riscos de cada droga. Eu só posso oferecer ferramentas para vocês lidarem com as situações que a vida apresenta e confiar que farão boas escolhas. Se mesmo assim vocês decidirem seguir experimentando, quero ter certeza de que não estão se expondo a mais riscos. E é aí que entram as regras."

"Vou te matar, Dora", Bernardo sussurrou entre os dentes.

Dora encolheu os ombros.

"Em primeiro lugar, nem pensar em fumar em dia de aula. Se eu pegar vocês chapados durante a semana, vou tomar medidas extremas. E não adianta botar colírio que eu sei quem tá doidão."

"Que tipo de medidas extremas?", perguntou Flávio.

"Tô considerando um mês sem festinha."

"Um mês, mãe, aí já é demais", falou Bernardo.

"É só não fumar." Dora sorriu.

"Nos finais de semana vocês têm seu próprio espaço, que é a casa de vocês. Eu espero que vocês sejam inteligentes para não cometer mais do que um erro por vez. Se forem fumar, façam em segurança, em casa, longe da violência policial, entenderam? Não vou ficar soltando ninguém da cadeia."

"Impressão minha ou você acabou de dar sinal verde para eles fumarem aqui, mãe?"

"Nos finais de semana, sim."

"O quê? Você está falando sério? Pirou, mãe?" Dora balançou a cabeça, incrédula.

"A maconha não precisa comprometer a vida. O caminho é encarar que nem o álcool. Um ato social, não um hábito. Tudo na vida deve ser feito com moderação, até as melhores coisas, e principalmente as que te prejudicam."

Dora olhou para mãe, indignada.

"Terminamos, mãe?", Bernardo bufou.

"Fez sentido para vocês?

"Fez, Vera", respondeu Flávio.

"Que bom. Dora, e para você?"

"Eu ainda não tô acreditando que eles podem fumar maconha em casa. E se eu não quiser estar cercada de droga?"

"O que vocês dizem sobre isso?" Vera olhou para os meninos.

"Prometo que a gente não fuma perto de você."

"Sei..." Dora moveu a cabeça para os lados em negação.

"Prometo também", Flávio falou.

"Vocês querem fazer alguma pergunta?", disse Vera.

Os três ficaram em silêncio, prontos para terminar a conversa.

"Quem se interessaria por sobremesa?" Vera sorriu.

"Eu!" Dora se reanimou.

"Palavra mágica para ela." Bernardo manteve a cara feia, mas já dando sinais de que estava amolecendo.

Vera foi até a cozinha. Os três irmãos ficaram na mesa, quietos por um tempo.

"Foi mal que eu tive que falar para mamãe."

"Ela ia descobrir mais cedo ou mais tarde." Bernardo se resignou.

"Vocês vão continuar sem falar comigo?"

"Eu falo contigo, Dora." Flávio sorriu.

"Bê?" Dora fez o olhar de cachorro abandonado.

Bernardo abriu um sorriso amarelo e fez que sim com a cabeça. Não conseguia ficar muito tempo chateado com a irmã.

Apesar dos pesares, Dora ficou aliviada com o encontro, pelo menos não era mais responsável pelo segredo. No fundo, ficou intrigada com o fato da mãe não ter banido a maconha da vida dos irmãos. Não demorou mais de três meses para Dora experimentar pela primeira vez e não parar mais.

A casa das crianças logo se tornou o ponto de encontro da turma. A boa do final de semana era ser convidado para os encontros improvisados que iam ganhando forma sem nenhum plano ou objetivo. Cerca de quinze adolescentes apareciam nas noites de sexta-feira após o jantar e ficavam até segunda, num entra e sai descomprometido. Tocavam Beatles, Rolling Stones, Janis Joplin, Pink Floyd, Jimmy Hendrix, The Doors, tropicália, bossa-nova e jazz, impulsionados por muita maconha, às vezes LSD, quase nenhum álcool. Tinham total liberdade e estrutura para curtir o que quisessem com a segurança que a rua não oferecia. Além dos ensaios musicais, a turma assistia a filmes antigos, recitava poesia, contava histórias, curtia a piscina e se esbaldava com as comidas deliciosas que Maria preparava com carinho. Era um ambiente extremamente criativo para os adolescentes, mas era também o pesadelo dos pais mais caretas.

João era o único da família que não aprovava — ficava revoltado com a ideia de os filhos terem tamanha liberdade, ainda que eles estivessem do outro lado da piscina da casa dos adultos. Ele defendia regras e disciplina, duas coisas com as quais Dora não tinha muito contato. Considerava Vera demasiado compreensiva — quando botava as "crianças" de castigo, bastava que elas assumissem o que haviam feito e se comprometessem a não cometer o mesmo erro, e, assim, eles sabiam que Vera as perdoaria. Ela confiava no caráter dos três.

Muitas mães repreendiam os métodos de Vera, alguns amigos chegaram a ser proibidos de frequentar a casa, o que acabou criando uma aura ainda mais especial em torno do espaço. A banda dos meninos compôs a música "Casa da Dora", que se tornou sucesso no circuito das escolas particulares ao ser tocada no Festival de Música Anual das escolas dos bairros adjacentes. A letra chocou muitos dos pais com a representação colorida de experimentação e liberdade, de todas as coisas que fingiam não saber que os filhos estavam vivenciando naquela idade.

A casa das "crianças" tornou-se aos poucos o ambiente perfeito para uma adolescência liberal. Dora tinha os irmãos para compartilhar as experiências e, de alguma forma, protegê-la.

Bernardo foi o primeiro melhor amigo de Dora. Paternal, costumava cuidar dela desde bebê, embora não fosse nem dois anos mais velho do que a irmã. Ele a acompanhava de mãos dadas até a condução, cuidava de coisas que não eram sua responsabilidade, e ai de quem tentasse mexer com Dora.

Dora percebeu cedo que sua boca grande era o pior pesadelo infantil. Sofria *bullying*, era zoada e chamada por vários apelidos — alguns eram inocentes, outros, mais agressivos, a faziam retrucar com violência na hora do abuso, mas, depois, chorava escondido quando chegava em casa. Assim que Bernardo descobriu, criou um sistema de apoio para irmã. Bastava ela gritar o nome dele pelos corredores da escola que ele e sua turma se materializavam para ajudá-la. Rapidamente, as crianças aprenderam a não mexer com Dora. Mas ela também criou suas próprias ferramentas. Percebeu que ser engraçada, sem por isso deixar de ser temida, era seu passaporte para uma popularidade que a mantinha ilesa contra agressões maiores. Transformou-se na palhaça da turma, dançava, cantava, fazia piadas, sem perder a habilidade de mudar rapidamente para o "modo ofensivo" caso sentisse que alguém estava ultrapassando os limites. Atacava, batia e, por último, mordia, o que a fez ser mandada diversas vezes para a coordenação já na primeira infância.

Quando pequenos, Vera tinha o hábito de traduzir letras de músicas para os filhos. A música "She's Leaving Home" do álbum *Sgt. Pepper's Lonely Hearts Club Band*, dos Beatles, falou alto para Bernardo e Dora por ser exatamente o oposto do que sentiam pela família. A letra falava de uma garota rica que tinha tudo, menos o amor. Certa tarde, Vera saiu e deixou o álbum tocando. Bernardo e Dora, com sete e cinco anos, se encantavam com cada uma das músicas. O sol começou a deitar no horizonte, as nuvens emoldurando pinturas no céu, "She's Leaving Home" tocou mais uma vez. Os irmãos se deram as mãozinhas, caminharam até a varanda com vista para a cidade e ficaram ali, absorvendo em suas pequenas mentes as palavras que Vera tinha traduzido para o português. Abraçaram-se por um longo tempo enquanto lágrimas rolavam pelas bochechas, ambos tristes pela falta de amor da menina da canção.

Tudo mudou quando a adolescência chegou. As crianças brigavam quase tanto quanto Vera e Stephan. O ar dentro da casa estava cheio de tensão e segredo. Pela primeira vez, Dora percebeu muita coisa acontecendo sem que rolassem discussões abertas como antes — a roda girando para o lado errado. Acreditava que a capacidade de compartilharem seus sentimentos, por piores que fossem, era o que os tornava fortes. Não eram mais aquela família.

Presa às imagens do que Mara havia contado, Dora passou a ficar ainda mais impaciente e desconfortável perto da mãe. Odiava estar em casa, especialmente quando todos estavam juntos. Queria colocar na pauta todos os pontos de interrogação que tinha sobre Vera e Stephan, sobre Vicente, sobre a falta de tempo para a família e as férias que nunca mais tinham planejado. Não que ela pudesse aguentar uma viagem juntos naquela altura do campeonato, mas considerava no mínimo alarmante que os adultos não planejassem mais nada. Havia algo velado, que crescia como um câncer e que estava à beira de explodir bem ali na sala.

As crianças se espalharam nos dois sofás de camurça de frente para o casal, que sentou nas poltronas de couro. Formavam um círculo, mas Dora sentiu que Stephan e Vera estavam em um palco. A tensão era palpável.

Vera foi a primeira a falar, "O assunto de hoje é bastante delicado. Eu peço para falar primeiro, sem ser interrompida, se possível. Quero explicar o que está acontecendo comigo e tô de peito aberto para escutar o que cada um de vocês têm a dizer. A opinião de vocês é muito importante para mim, mas, minha decisão foi tomada".

Enfim o momento que Dora tanto esperava. Agora já não o queria tanto. Queria poder voltar para o dia em que Vera havia conhecido Stephan — queria que pudessem começar de novo.

"Eu amo muito essa família. Já são treze anos de construção dessa estrutura. Nunca quis ferir nossa unidade." Vera suspirou fundo. "Eu e o Stephan tentamos buscar vários caminhos para lidar com a distância que cresceu entre a gente. E é difícil dizer isso, mas, pessoalmente, faz quatro anos que não tô feliz." Vera olhou para Stephan.

Stephan parecia mais arrasado a cada frase; seu corpo quebrando em pequenos cacos. Os meninos prestavam atenção em Vera. Um turbilhão de emoções conflitantes crescia no peito de Dora.

"Eu tinha esquecido o que é me sentir feliz. Acordei, há alguns anos, sem reconhecer a mulher que via no espelho." Vera segurou as lágrimas. "Eu vinha me colocando em segundo plano para dar conta do que é melhor pra todo mundo, e parecia fazer completo sentido, até que..." Vera respirou fundo, "... eu conheci o Vicente."

Os queixos de Bernardo e Flávio caíram. Stephan, mesmo estando a par do conteúdo da conversa, franziu o rosto inteiro, desconfortável com a situação. O coração de Dora pareceu sair do peito. A verdade vindo à tona. Havia assistido a tudo acontecendo bem em frente aos seus olhos. Sentia-se impotente. Odiava a mãe por estar quebrando os sonhos que ela tinha de uma família careta. Queria sacudi-la pelo ombro e forçá-la a mudar de ideia. Queria vomitar todas as coisas terríveis que passavam em sua mente.

"E você falando que ele era gay...", Dora soltou.

"Olha, Dora, o Vicente só tinha se sentido atraído por homens quando a gente se conheceu. Na minha leitura, ele cresceu com uma mãe super castradora e não tinha convivido a fundo com um outro tipo de feminino, esse que eu fui apresentando sem nem perceber. Não havia intenção de nada. O aprofundamento da nossa troca se deu nas sutilezas. A última coisa que a gente esperava é que fôssemos nos apaixonar." Vera pareceu derivar em seu pensamento.

Todos ficaram em silêncio, consumidos pelo impacto das palavras ditas.

"O ponto é que...", Vera respirou fundo, "antes de ser mãe da Dora e do Bernardo, madrasta do Flávio, filha da Zulmira, mulher do Stephan, psicóloga dos meus pacientes ou qualquer outro papel, eu sou a Vera. Para dar conta dos outros, preciso dar conta de mim primeiro. É minha responsabilidade me fazer feliz. Eu não vinha fazendo isso há muito tempo, até encontrar esse amor que me permite ser exatamente quem eu sou hoje. Eu tentei o tanto quanto eu pude me ajustar, aguentar, mas finalmente entendi que eu não sou mais feliz nesse casamento, e não dá para fazer o que for melhor pra todo mundo me colocando de lado por completo."

Stephan parecia vazio, nenhuma palavra saía dele. Dora queria dar um abraço bem apertado no padrasto, como nunca havia dado. Amava muito aquele homem, amava seu irmão Flávio, amava a família que se tornaram ao longo de tantos anos. Só de pensar na possibilidade da não ter mais essa convivência, a dor era física.

"Alguém quer falar alguma coisa?" Vera assistia às expressões com atenção.

"Eu quero." Flávio mediu as palavras. "Pai, foi mal dizer isso... mas, sinceramente, eu acho que a Vera tá fazendo a coisa certa." Olhou para Vera, "não dá para você fazer a gente feliz sem estar feliz".

Bernardo continuou, "eu também sinto isso, mãe. A gente sabe que vocês tão em crise há um tempão, mas não tínhamos noção do tanto. Quanto mais eu considero, mais chego à conclusão de que vocês têm que ser feliz, mesmo que vocês precisem se separar para que isso aconteça".

"Independentemente de qualquer contrato, eu acho que cada um de nós merece correr atrás da felicidade", Flávio complementou.

Vera reteve as lágrimas em silêncio enquanto Stephan assistia ao desenrolar da conversa em aparente cólera.

Foi quando Dora soltou o verbo, "A vida é tão bela, em busca da felicidade, amor, isso e aquilo... AMOR O CACETE! EU NÃO TÔ DE BOA COM NADA DISSO!! Quer saber, mãe, você é tão egoísta que eu nem acredito.

Você destruiu todos meus sonhos. Eu nunca tive uma família que nem a nossa. Antes era uma zona. Você e o papai sempre em guerra e a gente ficava entre os dois. Todo mundo aqui é tão pra frentex, 'vai nessa, vai namorar o gay e foda-se a família...' Por que vocês todos não vão abraçar uma árvore? EU QUERO ESSA FAMÍLIA! EU AMO ESSA FAMÍLIA! Não tá nada de boa você querer abandonar tudo. Não tá de boa você ter mentido pra gente por tanto tempo. Não tá de boa você destruir a família e ir dançar o último tango em Paris. Você falou que a gente podia dar nossa opinião, essa é minha opinião: NÃO TÁ NADA DE BOA!!! Eu não tenho nenhum respeito pela sua decisão. Eu não tenho nenhum respeito por você como mãe ou como mulher. Eu nunca vou esquecer o que você fez com a gente. EU NUNCA VOU TE PERDOAR!!".

Dora saiu correndo em direção à casa das crianças, bateu a porta do quarto, apagou a luz e escondeu a cabeça debaixo do travesseiro. Tudo o que queria era se desintegrar em poeira. Não suportava pensar nos eventos que se desencadeariam a partir daquela noite, em como acordaria na manhã seguinte tendo que aceitar o rearranjo da estrutura familiar. *Como vai ficar nossa vida? Quem vai se mudar para onde? A gente vai perder o contato com Stephan e Flávio? O que vai acontecer com a nossa família?* Chorou até as lágrimas secarem. Sentada na cama, encarou a escuridão, enterrada em tristeza. A parede cheia de fotos a fez mergulhar nas lembranças de tantas praias, piscinas, férias, natais... foi olhando cada vez mais para baixo na parede, até ver sua foto favorita da infância amarelada pelo sol — ela nos braços da mãe, um bebê risonho na casa de praia. Tirou a foto da parede e olhou mais de perto. Lá estava o sorriso gentil de Vera com o gosto dos dias felizes, carregava o sol nos olhos. Havia perdido esse brilho há muito tempo. Dora viu tudo acontecer sem jamais conseguir acolhê-la. Sentiu-se infantil pelo egoísmo. Uma feição sem luz havia tomado conta do rosto da mãe. Pensou em todos os pais infelizes e amargos que conhecia e como isso refletia nos filhos. Imaginou Vera envelhecendo mais infeliz a cada dia. Lembrou da noite em que viu Vera e Vicente dançando sozinhos na edícula e de como um raio de luz parecia sair da mãe. Agora ela devia estar sozinha na escuridão do seu quarto, chorando no escuro assim como Dora chorava ali. Nada era tão simples.

Dora se sentou à mesa de estudo e discou o telefone fixo. Dois toques e Vera atendeu.

"Mãe... sou eu, sua filha." Não percebeu a obviedade da frase.

Ficaram em silêncio por alguns minutos.

"Você tá com frio?"

Era verão, a temperatura da noite batia quase trinta graus.

"Muito", Vera respondeu.

"Eu preparei a cama extra...", disse Dora.

"Tô indo."

Dora esperou na porta. Assistiu à mãe atravessando o jardim como um passarinho de asas quebradas, nunca lhe pareceu tão vulnerável. As duas se olharam por um momento. Dora lhe deu a mão e a levou até o quarto. Deitaram-se juntas na cama de solteiro de Dora, mesmo com a cama de baixo feita. Se abraçaram em conchinha, olharam uma para outra mais uma vez e Dora apagou a luz.

"Eu te amo, mãe."

"Eu te amo muito, filha."

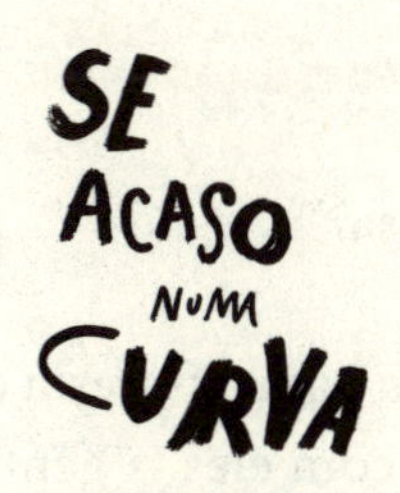

15.

O Outro

O sinal avisou o fim do dia de aula. Dora saiu pelos portões se sentindo à deriva em mar aberto. Não conseguia parar de pensar na iminente reestruturação de sua família.

Encontrou com Alan na frente da escola, que parecia esperar por ela.

“Oi.”

“Oi.”

“Posso andar contigo?”

“Pode...” Dora olhou para baixo.

Andaram quietos por um tempo.

“Você tá bem?”

Dora fez que sim com a cabeça.

“Fiquei sabendo da parada da sua família...”

“A fofoca já tá correndo solta pelo colégio, né?”

“Não. Só sei porque o Daniel me contou, ele sabe que eu me importo contigo.”

Dora segurou as lágrimas.

“Conta comigo se precisar de alguma coisa.” Alan levou a mão de Dora até a boca e deu um beijo, “falando sério”.

Dora agradeceu com o olhar.

Continuaram andando por um tempo em silêncio.

"Quer almoçar lá em casa?"

"Quero."

"Que bom..." Dora olhou para a floresta que margeava a rua. "Eu não sei até quando vou morar com eles, a gente tá prestes a reorganizar a estrutura..." Pausou um segundo. "Tenho me despedido todos os dias."

"Deve tá sendo punk."

Dora não conseguiu responder.

"Sinto muito pelo que tá rolando."

"Eles não estavam mais felizes."

"E o seu padrasto?"

Dora suspirou. "Tá arrasado. Às vezes eu fico querendo dar um abraço apertado nele, dizer o quanto eu amo e que ninguém nunca vai substituir ele... Nunca. Mas, cê sabe... ele é holandês, nunca foi de abraço apertado." Dora olhou para baixo.

"E a sua mãe?"

"A gente não conversou mais depois da reunião de separação. Confesso que não quero nem ouvir falar de Vicente. Mas imagino que ela esteja aliviada... É tudo tão bizarro pra mim. Acho que tô descobrindo que, apesar da tal da minha rebeldia, sou a mais careta da minha família. Engraçado, né?"

"No mínimo irônico..."

Dora sorriu para Alan com olhos tristes.

Ele parou para olhá-la. "Você é tão bonita."

Dora não esperava tamanha doçura assim perdida no meio do dia. Segurou as lágrimas.

"Fico lembrando da noite do aniversário da Luana... às vezes, quer dizer..." Alan falou com timidez.

"Eu também."

"Sério?"

Dora fez que sim com a cabeça.

"Foi foda."

"Foi mesmo."

"Eu queria que tudo fosse mais fácil", Alan disse.

"Eu também."

"Mas..."

"É complicado."

Os dois riram. Dora voltou a olhar para baixo.

Continuaram andando em silêncio até o portão da casa de Dora. Ela parou e olhou diretamente nos olhos de Alan. "Talvez fique mais fácil... mais cedo ou mais tarde."

"Mas ainda não, né?"

Dora não tinha resposta.

No meio do almoço, Maria apareceu com o telefone sem fio nas mãos.

"Dora, é pra você."

"Avisa que eu ligo de volta depois do almoço."

"Ahn... Acho melhor você atender..."

Dora entendeu quem era. Pediu licença para Alan, saiu da mesa da varanda onde almoçavam e foi até a sala de estar.

"Alô?"

"Vem para cá agora." Léo parecia estranhamente imperativo.

"O quê que houve?"

"Só vem."

"Tá tudo bem?"

"Dá para vir ou não dá?"

"Eita, beleza... você pode pelo menos me dizer o que tá acontecendo?"

"Não."

"Caramba... Credo!"

Léo não estava mais na linha. Dora estremeceu. Se perguntou se ele suspeitava de alguma coisa sobre Alan. *Será que eu tô sendo vigiada? Não, não é possível. Tá tudo bem. Tem que ser outra coisa.*

"Alan, por favor, não me odeia, mas eu tenho que ir."

"Ir para onde?"

O olhar de Dora entregou o destino.

"Tá tudo bem?"

"Sinceramente, não tenho certeza."

Alan olhou para baixo.

"Sério... eu não sei, mas talvez não. Não, tô viajando. Tá de boa, sim." Dora transbordava angústia.

"Você não tá fazendo nenhum sentido."

"Acho que ele sabe."

"Do que você está falando?"

"Nada. Esquece. Por favor, termina o seu almoço tranquilo. Eu tenho que ir. Foi malzão."

"Foi mal mesmo." Alan se levantou, pegou a mochila e foi embora sem olhar para trás.

Dora chegou suando mais do que o normal. Na porta do barraco rosa, Léo a esperava em pé, com cara fechada. Ficou ainda mais sisudo quando a avistou.

"Oi."

"Entra."

"Ei! Não fala assim comigo."

"Entra logo."

Fudeu.

Léo fechou a porta e continuou de pé bem no centro da pequena sala. Uma bomba atômica pesava sobre o ar. Dora olhou para ele, sem saber se queria mesmo saber do que se tratava o problema.

"O nome dele é Alan, ele tem dezesseis anos, mora na Tijuca e estuda na sua escola." Léo costurou uma palavra na outra sem intervalo.

Dora congelou, perplexa.

"Não tem nada para dizer, não?"

"Do que você tá falando?" Tentou repetir as palavras dele em seu cérebro e decodificar outro conteúdo, mas a mensagem era clara. Sua vida passava diante de seus olhos em um filme acelerado.

Léo continuou falando tudo o que sabia, mas Dora não conseguia mais ouvi-lo, sua atenção estava tomada pelo olhar que sempre temeu conhecer — o Samurai de seu pesadelo a encarava. Não o conhecia, era uma pessoa diferente: o semblante, a postura, o tom da voz, todo ele era a expressão do mal. Dora pensou em todas as formas possíveis de aquela situação ter outro desfecho além da violência. Parecia-lhe claro que sua vida estava prestes a terminar de forma bastante trágica nos próximos minutos. Queria desabar no chão e falar toda a verdade, se abrir e contar para Léo tudo o que estava acontecendo fora e dentro dela, mas precisava manter a calma e não demonstrar nenhuma emoção até que pudesse pensar em algo efetivo para dizer. *Como ele vai me matar? Ele vai chamar os meninos para participar ou prefere fazer sozinho? Vai me torturar? Vai me cortar viva em pedacinhos? Será que meu pesadelo foi uma premonição?* Desejou uma morte rápida, *não que eu tenha escolha...* De repente, percebeu que ele havia parado de falar e a olhava diretamente nos olhos. Era agora ou nunca.

Dora deixou que as palavras rolassem de sua boca sem questionar o caminho que tomariam. Confiou no trajeto que sua mente trilhava. "Quer saber, Léo? Nunca mais quero olhar na sua cara. Nunca mais me procura!" Seus olhos encheram de lágrimas.

"Como é que é? Como assim?"

"Você me ouviu muito bem. Já deu para mim. Chega!"

"Qual foi? Você que tá de vacilação! Que porra é essa de já deu para você?"

"Não, Léo. É essa a parte que você não entendeu. Tô chocada. Te falar que não tô nem acreditando." Continuou ganhando tempo de argumentação antes de levar o primeiro tapa, soco, ou seja lá como ele iria começar.

"Qual foi? Tá maluca?"

"MALUCA? EU TÔ MALUCA?" Dora levantou o tom.

"Para de caô!"

"Caô, né. Eu tô de caô?"

"Tu não ouviu, não? Eu tô ligado na porra toda."

"Eu ouvi muito bem e te falar que eu que tô ligada mais ainda. E só te falo o seguinte: já deu. Tô fora. Não aguento mais. ACABOU!!"

"Acabou mermo pra tu! Você me traiu, porra!" Léo levantou o tom pela primeira vez na frente de Dora.

Ou vai ou racha. "Então vamo lá, fala para mim quem te falou essa merda? Fala! Fala quem te falou! Aliás, não fala, não, deixa eu adivinhar quem te contou essa fábula... Só não acredito que você possa ser tão ingênuo!"

Léo olhou seco para Dora.

"Olha no meu olho e me diz se não foi a sua ex, a Priscila."

O olhar de Léo virou a chave da surpresa, o que encorajou Dora a seguir o trilho.

Reuniu no peito toda a força que encontrou e rezou para ter razão. Mirou o alvo e continuou com a atuação. "Vai, me diz só isso! Porque depois de tudo que ela fez comigo e contigo, tenho certeza de que ela é a única pessoa que é escrota o bastante para inventar uma história dessas."

Léo manteve a expressão de pôquer.

Dora ganhou segurança em seu discurso: se afastou, fazendo a cara mais revoltada que conseguiu e começou a arrumar suas coisas. "Eu sabia!!" Movia-se pelo espaço catando seus pertences e falando mais baixo, num misto de aparente tristeza e exaustão, "Eu sabia que aquela psicopata ia conseguir o que queria. Eu sabia que ela ia fazer de tudo para separar a gente, e pior que deu certo. Ela ganhou. Ó a gente aqui, se separando". Dora balançava a cabeça em negação. "A doideira é que você ainda deixa ela interferir na sua vida... Bizarro! Mas, enfim, é o que é! Tudo certo. Volto para minha vidinha perfeita, minha mãe se separando, minha família desmoronando, minhas atividades deixadas de lado, já que desconsiderei completamente minha vida para ficar com você em toda e qualquer oportunidade. E agora isso. Quer dizer... eu sou muito burra mesmo..." Já com todas as suas coisas na mochila, ansiou poder ir embora ilesa. Fingia segurança, mas as lágrimas que chorava eram de medo.

Léo continuou parado em sua frente, ainda sem expressão.

"Só me faz um favor, Léo. Volta pra ela e esquece que eu existo. Não me liga, não me procura. Já deu para mim. É isso. Espero que vocês possam finalmente viver felizes para sempre."

Dora começou a abrir a porta, surpresa por Léo ainda estar imóvel. Parecia-lhe que ele estava permitindo que ela fosse embora sem lutar e, acima de tudo, sem feri-la. Dora não sabia o que pensar, mas sabia que não era hora de parar a ação no meio. Estava prestes a sair quando Léo botou a mão sobre a porta ainda fechada.

"Espera."

Dora segurou o fôlego.

Ele a olhou dentro dos olhos, "foi mal".

Dora ficou em suspenso.

“Você tá certa.”

Ainda ficou na dúvida sobre o conteúdo da mensagem.

“Eu não devia ter acreditado nela.”

Dora desabou, soluçando.

“Não vai. Eu te amo.” Ele a puxou para o abraço.

Dora se dissolveu em cacos pontiagudos. Havia sentido a morte perto demais. Se perguntou se jamais conseguiria sair inteira daquele encontro.

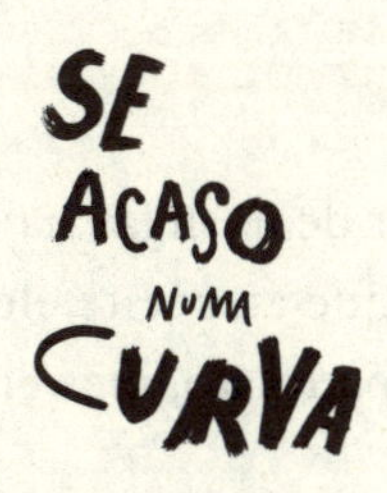

16.

À Beira da Morte

O novo arranjo estrutural da família se deu em menos de um mês. Bernardo decidiu continuar na casa com Stephan e Flávio. Vera e Dora se mudariam para um apartamento na vizinhança, o que a deixava extremamente apreensiva — chegou a implorar para ficar com Stephan e os meninos na casa, mas Vera defendeu que a filha ainda era menor de idade e que ficaria com ela pelo menos até completar dezoito anos. O sorriso de alívio de sua mãe com a mudança só a irritava mais ainda por se sentir, de alguma forma, conivente com o afastamento de sua família.

Não demorou muito até que Dora tivesse que lidar diariamente com Vicente.

O telefone da casa tocou.

"Alô?"

Dora reconheceu a voz e não respondeu.

"Dora, é você?"

Mil respostas passaram por sua mente.

"Você pode chamar a Vera?" Pausa dramática. "Por favor."

Dora prendeu a respiração e desligou.

Foi só o começo. Algumas vezes por semana ela atendia o telefone e ninguém falava. Dora desligava sem pensar duas vezes.

"Dora, você precisa parar de desligar na cara do Vicente."

"Você realmente espera que eu aceite ele como padrasto?"

"Ele não precisa ser seu padrasto, mas ele é meu namorado."

"Namorado?"

"Isso mesmo."

"Sabe, mãe, você pode tá esperando por isso faz um tempão, já eu, não tô."

"Eu entendo, mas é o que é, Dora."

"Impressionante..."

"Eu sei que não é fácil para você."

"Ele tem vinte e nove anos! Você acha mesmo que isso pode dar certo?"

"Já tá dando. Não se trata de idade..."

"E o fato dele ser gay?"

"E daí, Dora?"

"Você nunca se perguntou se ele vai voltar a... ser?"

"E?"

"Como assim 'e'?"

"Não importa."

"Como assim não importa?"

"Se ele se apaixonar por outra pessoa, não vai fazer nenhuma diferença se é homem ou mulher."

Dora não sabia como rebater essa.

"Viver demanda um constante reajuste às mudanças, Dora."

"Isso é muito profundo, mãe, muito legal, mas só tô dizendo que se você colocar no papel tudo parece bem surreal."

"Viver é surreal, filha. É arriscado. É estranho. Não tem formato. Às vezes, as coisas que parecem ideais são exatamente as que menos fazem a gente feliz... e faz muito tempo que não sou tão feliz. Eu tô apaixonada e..."

"Me poupe dos detalhes."

"Tenta considerar o que eu tô dizendo."

"Venho tentando."

"Se eu estiver feliz eu te faço feliz também."

Dora revirou os olhos e começou a caminhar até o quarto.

"E o seu namoro?"

Dora parou e se virou. "Quê que tem?"

"Não sei... Algo que você queira compartilhar?"

"Não."

"Eu só gostaria de entender melhor o que você tá passando."

"Não."

"Por quê?"

"Não dá, mãe."

"Não dá o quê?"

"Não dá para te contar..."

"Eu tô do seu lado."

"Você nunca entenderia."

"Por que você não tenta?"

"Melhor não."

"Por quê?"

"Porque você não é minha amiga. Você é minha mãe, e tem muita coisa que eu faço que tenho certeza de que você não ia gostar nem um pouco."

"Eu te sinto de longe, filha."

Dora não conseguia considerar levar o papo delicado com a mãe.

"Você se lembra que antes de conhecer o Stephan eu namorava meu parceiro da gafieira, o Jorge?"

"Lembro muito bem." Dora sentou-se no braço do sofá, ciente de que havia mais por vir.

"O Jorge morava no morro."

"Só que ele era dançarino..."

Vera ainda esperou para ver se Dora terminava a frase, mas Dora interrompeu o contraponto.

"Pois é. Era mestre-sala da Mangueira, fui na casa dele várias vezes. Eu vi a realidade do cotidiano lá. Vi a pobreza e também a alegria do morro, mesmo com as dificuldades. Hoje em dia, com a presença do tráfico, as crianças têm que escolher entre trabalhar na boca ou um emprego. Dá para entender o dilema da escolha, de uma forma ou de outra. É tudo muito injusto." Vera sabia que se fosse direta demais Dora tendia a recuar.

"Não sabia que você já subiu num morro."

"Você só tinha três anos."

Dora respirou fundo. "Eu não sei, mãe."

"O quê, filha?"

"Às vezes sinto que tô envolvida demais. É difícil de explicar, mas é quase como se eu não soubesse se consigo sair dessa."

Vera sentiu um calafrio. Queria botar a filha no colo e consertar sua vida, mas sabia que não tinha mais como controlar Dora.

"Você quer terminar?"

Dora não respondeu.

"Você quer sair desse namoro?"

"Não é tão simples..."

"Como assim?"

"Não basta querer..."

"Você não se sente livre para terminar?"

"Não começa o questionário, mãe."

"Dora, você tem medo dele?"

Dora desviou o olhar, tentando secar as lágrimas que chegaram sem aviso. Vera abraçou Dora apertado, a preocupação com a filha cresceu exponencialmente com a conversa.

"Eu vou ficar bem, mãe." Dora se afastou dos braços de Vera.

"Você não tá sozinha, filha."

"Eu sei..." Concordou sem acreditar. Sentia-se tão sozinha quanto jamais havia estado.

"Deixa eu te ajudar."

"Como, mãe?"

"Me conta tudo, a gente pensa em maneiras."

"Não, não dá. Tá tudo bem. Deixa que eu lido com isso."

Quando o mundo caía, Vera sustentava firme o solo — tinha a potência de uma árvore centenária com raízes largas adentrando a terra, mas Dora podia sentir pelas frestas que Vera estava com medo do que podia acontecer.

"Eu tô contigo, Dora, não importa o que aconteça."

"Eu sei, mãe. Fica tranquila. Vai ficar tudo bem." Não tinha certeza, mas construía pontes para continuar andando.

"Você sempre tem escolha, filha. Nunca esquece disso."

• • •

O baile da Fallet parecia maior do que o de Natal. No palco, o MC Marcinho cantava o "Rap do Solitário", a massa ecoava palavra por palavra, em êxtase.

Léo cantou olhando para Dora, "Eu já não aguento mais e vou falar o que é, é que eu pretendo que seja minha mulher!".

Dora se via aprisionada pelo conteúdo da letra.

Léo logo se misturou aos gerentes, todos performando o poder, mas Dora sentia que havia algo de errado com ele. Mesmo risonho, sua energia andava mais baixa do que de costume, seus olhos haviam perdido o brilho para um amarelo vítreo, estava mais magro do que o habitual e até um pouco frágil.

Dora fumava um baseado na mureta quando apurou a escuta para a conversa dos meninos que estavam a alguns metros de distância.

"... A sorte foi que o Aragão entregou que tava dado. A muquirana tava delatando um por um." Walter brincava com o revólver com displicência.

"Acabou numa cova rasa", Magriça riu.

"Uma X-9 a menos", Banguela falou.

"Essas mercenárias do caralho... Bando de vagabunda mermo! Queria que elas viessem mudas, só o corpo e a buceta", disse Walter.

Os meninos riram em coro.

"Eu passo o rodo e passo o cerol depois sem mimimi se entrar numa de vacilação", Magriça falou cheio de orgulho.

"E tu, Samurai?" Walter perguntou como quem não quer nada.

"Tu o quê?"

O sorriso de Léo tensionou, "Só tô perguntando...".

"Termina a pergunta!" Samurai se levantou e parou em frente a Walter.

"Que isso, cara?"

"Que isso o quê? Tá querendo dizer alguma coisa, manda logo um papo reto."

Os meninos se movimentaram, se preparando para uma virada de chave extrema da noite.

"Foi mal aí, na moral, tava só viajando aqui."

"Que viajando o caralho!" Samurai respirava devagar como se preparasse o bote.

"Tava falando em geral, parceiro. Sem caô. Eu não tava falando de ninguém certo, mas sobre qualquer piranha que te traísse... Na moral, não quis ofender. A gente é irmão, cara. Aqui é tudo família."

"Tu não é meu irmão porra nenhuma, Walter. Precisa mais do que umas subidinhas no morro pra falar de família. Mó responsa, cumpadi. Fecha tua matraca aí. Tá pagando de comédia. Segura tua onda, tá perdendo a calça..."

Samurai encarou Walter, que abaixou a cabeça e botou o rabo entre as pernas. Os meninos mudaram de assunto enquanto Samurai ainda mantinha o olhar em Walter, que ficou quieto, tentando parecer calmo e fingir que estava confortável bebendo cerveja. Depois de um tempo, Léo se voltou para os meninos e Walter desviou o olhar só para cair nos olhos de Dora. Se encararam por um segundo e Dora teve um calafrio ao sentir o ódio no olhar de Walter. Achou melhor se distrair com o baile.

Foi comprar uma água no bar, Léo apareceu, pálido.

"Amor, sua cara não tá boa, não. Tá tudo bem?" Dora sentiu a temperatura dele, estava normal.

"Bora vazar dichavado."

Dora se apavorou, já pensando no pior, "o quê que aconteceu?".

"Se não eles vão botar pilha para eu ficar."

Ufa. "O quê que tá rolando, amor?"

"Não tô conseguindo respirar."

"De novo? O que tá rolando contigo?"

"Não sei. Preciso me deitar."

Caminharam com dificuldade até a saída mais perto da quadra e Dora fez sinal para um táxi — sozinho com Dora, era mais fácil Léo passar despercebido pelo radar da polícia.

Vera estava passando dez dias na França para conclusão de seu doutorado. Dora não pensou muito antes de decidir levar Léo para a casa da mãe, uma vez que ele não parecia estar em condições de caminhar quilômetros até nenhum de seus barracos na Pereira.

Entraram no apartamento vazio por volta da meia-noite. Dora o colocou direto na cama e pediu para que ele se deitasse enquanto ela preparava um chá.

"Já tô ficando melhor..." Léo terminou o chá e entregou a xícara para Dora.

"Léo, eu sei que você não quer tocar nesse assunto, mas falando sério, acho que você precisa ir no médico."

"Tá de boa, minha princesa. Tá tudo bem. Só preciso dar uma descansada. Amanhã tô novo."

"Tenho te sentido cada dia pior."

"Adoro que você se preocupa comigo, meu bebê."

"Tô falando sério, Léo."

"Eu também... faz um cafuné?"

"Cafuné não vai resolver."

"Vai sim."

"Você não existe..."

"Você a-Dora."

"Bobo."

Dora deitou ao seu lado na cama e fez cafuné, mas acabou adormecendo antes dele.

Sonhava com Alan quando sentiu algo fazendo cócegas em seus pés. Despertou e levou um susto com a visão do inferno que estava à sua frente: Léo, parado à beira da cama com uma faixa de sangue da boca aos pés, olhava para ela espantado, de um jeito que Dora nunca havia visto. Sangue escorria pela camisa branca, pelas mãos, pelo rosto. Estava em um aparente estado de choque. Dora, horrorizada, deu um pulo e viu que o rastro se estendia até o banheiro do quarto — encontrou as duas pias entupidas de sangue, a privada também. Pelo chão, poças vermelho-escarlate com pequenos pedaços de algo que Dora não conseguia identificar. Correu de volta para Léo, que estava parado do mesmo jeito que ela o havia deixado.

"De quem é esse sangue, Léo? De quem é esse sangue?"

"É meu...", ele olhou para ela sem expressão.

"Como assim?"

"É meu. Tô vomitando sangue desde que você dormiu."

Dora correu até o telefone fixo perto da escrivaninha e pediu um táxi. Léo a observava passivamente. Dora o levou ao banheiro do quarto da mãe e o colocou debaixo do chuveiro. Depois, vestiu-lhe com uma das calças de moletom e uma camiseta de Vicente, enquanto ele jorrava golfadas de sangue na camisa que tinha tirado antes.

"Léo, a gente vai para o hospital e não tem nada que você possa fazer para mudar isso."

Pela primeira vez, ele não se opôs.

Léo, já inconsciente, foi tirado do táxi pelos enfermeiros do Rocha Maia, hospital público em Botafogo, colocado numa maca, e depois desapareceu por trás das duas portas de emergência. Dora se sentou e esperou inquieta por três horas e vinte e sete minutos sem ter ideia do que podia estar acontecendo. Começou a entrar na paranoia de que alguém do hospital podia ter chamado a polícia. Temia que algo alheio à origem do sangue estivesse acontecendo. Estava sentada em uma cadeira de plástico com a cabeça apoiada nas mãos quando o médico saiu pelas portas duplas.

"Você é a acompanhante do Leonardo Santos?"

Ela não tinha certeza se a resposta a levaria a descobrir sobre a saúde ou a prisão dele, "sim, senhor".

"É surpreendente que ele ainda esteja vivo."

Dora olhou inquisitiva.

"Ele vomitou pedaços do pulmão. É o estágio final da tuberculose."

Dora puxou ar, tentando absorver a informação.

"Ele tá em observação no momento. Tá até reagindo bem pro estado que estava."

"Ele vai se recuperar?"

"Depende de ele levar a sério a recuperação nos próximos seis meses."

"Que envolve o quê?"

"Antibióticos diários tomados religiosamente a cada oito horas, refeições saudáveis três vezes ao dia, frutas e sucos no lanche, além de muito descanso — dormir pelo menos oito horas por noite. Nada de festa, álcool, fumo, nada de exercício ou bateção de perna... Ele precisa de repouso."

Não fumar, não bater perna... Dora não tinha tanta certeza se Léo levaria a sério sua própria saúde.

Já eram cerca de onze da manhã quando Dora lembrou de ligar para casa para explicar à empregada o sangue espalhado pelo quarto e banheiro. Tarde demais. Divina, a nova funcionária, havia surtado ao se deparar com a cena sangrenta e ligado para Vera na França, que pediu que ela chamasse a polícia imediatamente. Dora conseguiu contactar Divina a tempo de cancelar a ligação para a polícia. Vera iria pegar o primeiro voo que conseguisse, interrompendo a conclusão do doutorado. Dora entrou em pânico e passou o número do orelhão do hospital para que sua mãe ligasse para ela. Em menos de cinco minutos o telefone tocou.

"Dora?"

"Mãe, me escuta..."

"Você que vai me escutar com toda atenção. Você foi longe demais dessa vez! Você sabe o quão sério é isso tudo? Você entende o que é tuberculose? Ela é contagiosa pelo ar, Dora. Provavelmente, não só você tem tuberculose, mas a Divina, que limpou o sangue dele, também tem. Além de todas as pessoas com quem ele entrou em contato."

"Mãe..."

"Não quero ouvir uma palavra agora. Quero que você vá imediatamente para a clínica São José. A Divina já está indo para lá."

"Mãe, você acha que eu planejei isso? Como eu ia adivinhar que o Léo tinha tuberculose? Ele não teve de propósito, nem eu fiz isso para colocar ninguém em risco. Ele tá bem pior do que a gente."

"Essa não é a questão. Vou dizer mais uma vez. Vai pra São José agora! Você não vai salvar ninguém se estiver doente, entendeu?"

"Tá bom, mãe, mas só para você saber, assim que eu for examinada, eu vou voltar para cuidar dele."

"Dora, que loucura é essa?"

"Você ouviu!"

"Onde você quer chegar com isso?"

"Não acredito que você vai questionar o meu compromisso com o Léo agora?"

"Vou questionar mais do que nunca!"

"Eu não vou abandonar ele assim de jeito nenhum, mãe."

"Não é negociável."

"Eu te digo a mesma coisa."

O impasse ia de mal a pior. Dora não iria recuar — Vera se reconhecia. Lembrou-se de quando era adolescente e fugiu de casa. Não queria ver a história se repetir com a filha. "Olha aqui, eu preciso saber os resultados assim que você tiver. Tá me entendendo? Não estou brincando, Dora."

"Pode deixar, mãe."

"Me promete que você vai fazer todos os exames agora e o que mais for preciso para se tratar."

"Mãe, eu juro. Posso estar um pouco fora de controle ultimamente, mas você sabe que não sou irresponsável com minha saúde. Te prometo que vou fazer o que for preciso."

"Dora...", Vera suspirou, "Eu tô muito preocupada."

"Mãe, me perdoa, de coração. Não queria que você vivesse esse estresse. Prometo que vou fazer a coisa certa. Eu prometo. Mas, por favor, leva pro coração também o meu apelo."

"Que apelo?"

"Não volta da França sem concluir o doutorado, por favor. Eu sei o quão importante isso é para você. Eu nunca vou me perdoar se eu tirar isso de você, além de toda bagunça que já criei."

"Não é tão simples."

"Pensa bem, mãe, o pior já passou. Todo mundo foi pego de surpresa. Agora não tem muito o que fazer além de exame e medicamento. Você pode me punir, só não se pune."

Vera não respondeu.

"Mãe? Você tá aí?"

"Me liga assim que receber os resultados."

"Eu prometo!" Dora foi tomada por alívio.

"E ei?"

"Oi?"

"Por favor... se cuida."

"Também te amo, mãe."

• • •

Os exames comprovaram que Dora havia sido infectada, porém, seu corpo havia criado anticorpos que impediram o desenvolvimento da doença. O resultado de Divina foi negativo. Menos um problema.

Na Pereira, Dora entrou no modo enfermeira, checava se Léo estava se alimentando, tomando os remédios na hora certa e descansando conforme o solicitado. Encheu a pequena cozinha com as frutas que sabia que ele gostava, fez um acordo com a quitanda do morro para entregar diariamente frutas e leite no barraco rosa, Regina e Monique se comprometeram a preparar as três refeições diárias dele. Frágil, Léo tossia muito e respirava com dificuldade. Pela primeira vez Dora o viu vulnerável. Suas expressões faciais tornaram-se mais ternas do que antes. Os dois passavam dias inteiros assistindo a filmes de ação no *videotape*. De manhã, Regina aparecia com chás que Léo bebia sem titubear. No final do dia, os meninos passavam para reportar os acontecimentos do movimento para Léo — Dora sabia que ele andava preocupado por não poder verificar ao vivo as bocas.

Quando passava pelo movimento em suas idas e vindas, Dora tentava notar o clima sem fazer perguntas. Percebeu que Walter havia se tornado uma presença em tempo integral. Podia sentir que tinha muita coisa acontecendo por debaixo da cortina de fumaça, mas não queria compartilhar a preocupação com Léo, tinha medo de que ele desconsiderasse a condição frágil da saúde e voltasse a bater perna antes da hora. No fundo, Dora não tinha certeza de que algo estava errado, tentava se convencer de que podia ser uma impressão equivocada. Focou em cuidar da própria vida e desconsiderar o intrincado drama cotidiano do tráfico. Apenas a recuperação de Léo importava.

17.

Tarde Demais

Léo foi melhorando aos poucos. Em algumas semanas já estava tocando bongô, ainda que sem muita energia.

"Você fica bonito tocando."

Léo parou o movimento no ar e fitou Dora. "Essa parada tá me mostrando ainda mais quem você é."

Dora sorriu.

"Papo reto. Nenhuma mulher ia cuidar de mim assim."

"Eu só quero você vivo, com saúde, tocando seu tambor."

"Não conheço ninguém que nem você." Ele derivou o olhar, "você não tem noção das mercenárias que aparecem por aqui...".

"Meio que tenho..."

"Dei foi sorte."

"Deu, né?"

"Dei!"

"Eu tô longe de ser perfeita..."

"Tô ligado na tua faz tempo, assistindo você virando de menina pra mulher. Sei bem quem você é."

"A gente vai mudando..."

"Eu tenho mudado também... bastante."

"Tem, é?"

"Tenho pensado nas nossas conversas... Tu sabe que eu sempre tive de boa com morrer novo, só não queria ter a vida do meu pai. Quando entrei pro movimento, a gente parou de se dar bem. Ele nunca aprovou. Batia no peito que era o pai trabalhador que queria que os filhos fossem. Nunca aceitou meu dinheiro e as paradas que consegui com meu trabalho. Sou bolado com isso. Mas acho que tô começando a entender." Léo acariciava o couro do bongô com a ponta dos dedos. "Essa parada dessa doença me fez sentir pela primeira vez que eu quero viver."

"Que bom ouvir isso."

"Vinte e quatro é muito pouco.... Eu quero viver e ficar velhinho contigo!"

Eita ferro. Calma, calma. Aí já era demais. Dora queria poder apoiá-lo. Queria que a vida dele mudasse, que ele saísse do tráfico, envelhecesse, tivesse saúde, tocasse com o grupo de pagode e se tornasse o homem que desejasse ser. Havia imaginado como tudo poderia ser diferente para ele, mas nunca contemplara uma vida juntos a longo prazo.

"Não vai falar nada?"

Dora buscou as palavras certas. "Confesso que não consigo pensar muito no amanhã."

"Você vem morar comigo se eu mudar de vida?"

Dora suspirou.

"Ih, esse suspiro..."

"A gente já conversou sobre isso..."

"Tu sabe que eu vou cuidar de você como ninguém."

"Não é sobre isso."

"É sobre o quê?"

"Léo... Eu te amo, mas eu acho que, por ora, nosso foco é a sua recuperação."

"A gente já tá fazendo isso, justamente pra eu ficar melhor e poder ter um futuro contigo."

Dora não sabia como responder.

Léo a encarava, esperando uma resposta. "Não quer deixar para trás a vida de playba, né..."

"Nossa..."

"Só tô tocando a real."

"A real é que eu tenho dezesseis anos, Léo. Eu entendo que para você seja super normal morar junto, mas a minha cabeça é outra. Meus pais nunca foram casados, minha mãe acabou de se separar do meu padrasto, e eu ainda sou uma menina tentando entender quem eu sou. Eu tô longe de querer fazer esse tipo de plano."

"A gente não precisa casar, só vem morar comigo e a gente vai entendendo aos poucos. Se liga, tem um bando de grupo de pagode que começou no morro e conseguiu evoluir pra uma vida maneira, descer pro asfalto e tal. Eu dou um gás, boto uma pilha pra galera fazer mais show nas favelas do Comando visando grana séria. Assim que engatar, a gente desce da favela e mora no teu mundo."

"Você não entendeu."

"Ah, não?"

"Você nem considera que eu tenha meus próprios sonhos, né?"

Léo a encarou, confuso.

"Pode parecer secundário para você, mas eu quero me formar numa boa faculdade; morar um tempo fora, não à toa eu estudo Inglês, sair por aí viajando por um tempo... e tanto quanto te amo, eu amo minha vida do jeito que é. Eu nunca considerei abandonar meu mundo, menos ainda organizar minha vida em torno de ser mulher de alguém." Ficou na dúvida se havia sido audaciosa na honestidade e indelicada na entrega. Queria engolir de volta as palavras e reorganizá-las de outro jeito.

"Eu tô aqui te olhando, querendo ficar bolado com as paradas que tu tá dizendo... E é aí que eu me ligo que alguma coisa mudou mermo... Se uma mulher tivesse me mandado essa letra há um tempo atrás eu virava logo as costas. Mas, vindo de você, o pior é que eu entendo."

Dora se aproximou de Léo, "bora focar na sua saúde e dar conta de um dia de cada vez".

Léo beijou a mão de Dora, consentindo. Quanto mais Dora considerava sair, mais se afundava.

• • •

A batida em código na porta os despertou. Léo levantou da cama e abriu uma fresta com a pistola na mão.

"Fala tu, Pouca Coisa."

"Na verdade, é pra Princesa."

"Pra Princesa? Qual foi?"

Dora pulou da cama, vestiu a camiseta de Léo e foi até a porta. "O que tá rolando, PC?"

"Aí, Princesa, tem uma coroa lá embaixo dizendo que é tua mãe."

"Minha mãe?"

"Foi o que ela disse."

"Não, não pode ser... não deve ser ela não."

"Ela é igualzinha a você, tem esse bocão aí."

"Puta que pariu... Zeus, me ajuda!"

"É tão ruim assim ela tá aqui?"

Dora foi botando a roupa, penteando o cabelo. "Nunca tinha rolado, né... e a essa hora da manhã? Tô achando que o tempo vai fechar."

"Vou contigo então."

"De jeito nenhum, tá maluco? Só vai irritar ela mais ainda, se sentir intimidada justo quando tá me caçando."

"É pra eu ficar preocupado?"

"Pode ter certeza que eu tô."

"O que você quer que eu faça?"

"Você volta para cama e completa as oito horas de sono que ainda tá faltando uma. Vai ficar tudo bem, é só minha mãe."

"Tem certeza?"

"Absoluta."

"Tô te esperando aqui, hein."

Dora abriu a porta para sair.

"Espera!"

"Fala, amor."

"Você me ama?"

"Você sabe a resposta."

• • •

Uma leve tremedeira foi tomando conta de seu corpo no caminho até a quadra, um misto de medo e raiva. Sabia que vinha vacilando já fazia um bom tempo, mas não aceitava que Vera tivesse ido até o morro. Cada passo ladeira abaixo graduava seu mal-estar. Dora queria gritar, queria dizer para mãe nunca mais aparecer por lá.

Dobrou a esquina do bar do Seu José e viu a mãe na entrada da quadra, desolada. Dora não conseguiu não se comover com a visão, ficou arrasada por tudo ter ido tão longe, mas logo virou do avesso o desconforto e transformou a tristeza em raiva. Desceu correndo a escadaria, envergonhada por Vera virar fofoca na favela. Chegou ao último degrau e caminhou rápido, pegando a mãe pela mão enquanto descia de volta para a parte pavimentada da rua.

"Mãe?"

"Você não vai em casa há duas semanas, Dora." Vera falou baixo, mais vulnerável do que de costume.

"Você sabe que o Léo tá doente."

"Eu pensei que podia ter acontecido alguma coisa."

"Mãe, tá tudo bem. Tô cuidando do Léo."

"Você precisa ir para casa."

"Já te disse que agora não dá."

"Por que você tá fazendo isso?"

"Não começa..."

"Eu recebi uma ligação da sua escola."

Dora revirou os olhos, irritada.

"Eles não te veem há um tempo também."

"Eu tô lá pelo menos setenta e cinco por cento das aulas."

"E o que isso quer dizer?"

"Que se eu tiver nota acima de oito e no máximo vinte e cinco por cento de falta, eles não podem me repetir."

"Você não pode estar falando sério."

"Eu tô falando sério."

"Dora, você vai para casa comigo agora!"

"Não, mãe, eu não vou. E é melhor você não tentar me forçar."

"Você está me ameaçando?"

"Só tô dizendo que se você tentar me forçar, pode ter certeza que eu fujo e você nunca mais vai me ver."

Vera deu um passo para trás, atordoada com a fúria de Dora, que se virou rapidamente e subiu as escadas correndo, arrependida por ter falado daquele jeito com a mãe.

Dora entrou no barraco e pulou na cama soluçando.

"O que aconteceu?"

"Eu sou muito escrota, Léo..."

"Você não tem nada de escrota."

"O que eu tô fazendo?"

"Vai ficar tudo bem."

"Não, Léo. Não vai ficar tudo bem. Minha mãe tá um desastre, minha escola tá atrás de mim e eu não volto para casa há séculos... o que tem de errado comigo?"

"Você tá cuidado de mim."

"E de mim?"

Léo sentou-se na cama. "Você tá certa. Eu devia estar te ajudando a dar conta das suas paradas."

"Eu devia estar dando conta das minhas paradas!"

"Você não tá tentando machucar ninguém."

"Essa não é a questão."

Léo acariciou seus braços, "amor, bora tomar um banho e um cafezão da manhã... Faço aquele ovinho com pão que tu gosta. A gente fica em casa e assiste um filme antes do churrasco".

"Você se importa se eu tomar banho sozinha?" Dora enxugou as lágrimas.

"Eu só quero ver você sorrindo."

Era fácil falar.

Já era tarde da noite quando Dora finalmente entrou pela porta de casa. A sala estava escura, apenas a luz do abajur iluminava o escritório. Lágrimas escorriam pelo rosto de Vera sentada à mesa de trabalho. Dora viu na feição da mãe uma senhora de cem anos drenada pelo desconsolo. Por um breve momento, considerou abraçá-la e dizer que tudo ia ficar bem, mas não conseguia falar do que não tinha certeza.

“Não aguento mais, Dora.”

“Nem eu.”

“Eu não posso continuar fingindo que está tudo bem só para você não fugir.”

“Mas não tá tudo bem. Aliás, não tá nada bem há muito tempo e você sabe disso. Só que agora é tarde demais. Não tem nada que você possa fazer para mudar as coisas.”

“O que aconteceu com você?”

“Você realmente quer saber o que aconteceu comigo?”

“Por que você tá tão revoltada? Você tem mesmo motivo para tanta raiva?”

“Você acha que eu ainda sou aquela garotinha implorando por sua atenção... novidade, mãe: eu cresci. Eu não sou a mesma Dora que você acha que eu sou. Você não me conhece mais. Você não tem ideia do que tô passando.”

“Eu tento de tudo para te ajudar, Dora.”

“Me ajudar? Tá falando sério? Eu pedi sua ajuda muito antes de tudo isso começar a acontecer. Pedi para que você desse conta do que tava rolando antes que eu não desse, mas você estava ocupada demais sendo a Vera, né? Não é disso que se trata? ‘Antes de ser mãe você é mulher’... ENTÃO É ISSO! ANTES DE SER SUA FILHA EU SOU A DORA E POUCO IMPORTA COMO ISSO AFETA VOCÊ!”

Vera partiu para cima de Dora, sem força real, mais como descarga energética. Dora foi se defendendo e recuando em direção ao quarto. Recebeu o descarrego sem revidar até se ver encurralada no canto do armário. Vera continuou a ação em transe. Dora olhou para seus braços de nadadora e percebeu que não era mais uma criança, de repente consciente de sua potência. Em um movimento abrupto, ergueu o punho para acertar Vera; foi quando as duas finalmente se olharam. O tempo congelou. A raiva nos olhos das duas se transformou em choro catártico. Dora sentou-se no chão e se deixou chorar até ganhar forças para se levantar e fechar a porta do quarto, deixando Vera do lado de fora.

• • •

Não eram nem sete da manhã quando Dora pisou na praia de Ipanema. O céu azul-claro, a água refletindo esmeralda na brisa, as ondas colidindo com seus tornozelos e ecoando em seu peito — cada grão de areia em contato com seus pés a ancorava à terra. Foi andando mais para o fundo do mar até sentir seu peso se suspendendo, suas lágrimas se misturando ao sal. Deixou que a dança das ondas desatasse aos poucos seus tantos nós, sua mente se afastando das margens. À deriva, flutuando, pensou no quanto a fuga de seu mundo havia montado uma rede esburacada sob o abismo que tinha dentro de si. Se sentiu infantil por escolher duas realidades na tentativa de sempre ter uma saída caso uma desabasse. Não pertencia a nenhuma. Fugir não diminuiu o desamparo. Só aumentou. Estava cansada de correr.

Dora bateu na porta sem saber se era uma boa hora para chegar sem avisar.

"Dorita, que surpresa." João a recebeu com um sorriso largo.

Dora olhou para o pai sem conseguir responder. João notou a mala no chão.

"Tá tudo bem?"

Dora fez que não com a cabeça, seus olhos se encheram de lágrimas.

João a abraçou. "Quer conversar?"

Dora fez que não de novo.

João pegou a mala do chão e foi em direção ao quarto da filha no andar de baixo.

"Fica o tempo que quiser, filha."

"Posso ficar de vez, pai?"

João parou e abriu um sorriso, "olha, se eu fosse religioso eu diria o quanto eu rezei por esse momento, mas como Deus nunca falou comigo...".

"Alguém escutou suas preces." Dora sorriu como podia.

Olhando de longe, João parecia um pai liberal, um intelectual tropicalista, mas era provido do pragmatismo de quem atravessou os estorvos da vida sem amparo. Dora sabia que a mudança implicava em se ajustar a um sistema muito mais rígido do que tolerante. João era reto no trato. Chegou ao Rio aos dezessete anos depois de uma infância extremamente humilde no Norte e tomou as rédeas de seu destino ao transformar a desventura em conquista. Era contra mimos, dramas e firulas. Achava que a vida de Dora e Bernardo havia sido amaciada pelo privilégio. Sonhava poder impor seus métodos educacionais aos filhos na rotina do dia a dia e não só nos finais de semana revezados. Dora sempre morreu de medo de morar com João. Havia escondido do pai a sua rebeldia, como podia, justo para não acabar exatamente onde estava. Jamais havia imaginado que iria pedir por isso.

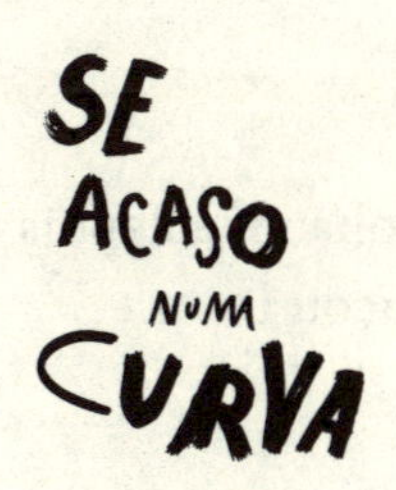

18.

Opala

O churrasco para celebrar a recuperação de Samurai rolou a tarde toda. Léo tocou com seu grupo cheio de graça, feliz por estar de volta. Os meninos do movimento, moradores, amigos do asfalto, alguns gerentes de outros morros, além da mulherada habitual, todos lá comemorando sua volta às atividades.

A noite chegou com Dora à deriva. Havia tentado se divertir, mas passou a tarde cercada de conversas sem interagir a fundo em nenhuma. Sentia a ferida de sua própria lança.

"Tá tudo bem?" Léo chegou por trás a abraçando.

Dora sorriu meio sem jeito.

"Tô ligado em você."

"Foi mal. Muita coisa rolando..."

Léo a virou de frente para ele, "quê que foi, minha princesa?".

"Eu mudei para a casa do meu pai."

"E só tá me contando agora?"

"Não queria trazer drama."

"Qual foi?"

"Umas paradas pesadas rolaram."

"Que paradas?"

"Me estranhei com a minha mãe depois que ela apareceu aqui."

"Ô, meu amor." Léo abraçou Dora.

"Léo..."

"Fala."

"Não fica chateado comigo, mas não vou poder ficar. Preciso ir para casa."

"Tá tranquilo."

"Cê sabe o quanto tô feliz de te ver forte."

"Claro que eu sei, amor."

"Promete que não vai pegar muito pesado no fuminho?"

"Tava esperando..."

"Por que será?"

"Vou fazer meu melhor."

"Eu ligo pro orelhão quando chegar em casa."

"Vai como?"

"Vou andando mesmo."

"Até você chegar em casa já vai tá de madrugada."

"Tá de boa."

"Tá nada, os samango tão tudo fora da toca hoje. Vou mandar um dos playba ir contigo."

"Não precisa."

Léo a encarou, "vou falar com os muleques".

"Deixa que eu falo com o Rodrigo então, prefiro." Já que não podia escolher tudo, que escolhesse algo pelo menos.

Rodrigo concordou em acompanhá-la até sua casa sem pestanejar — não só por ser amigo de Dora, mas também pelo fato de não ser de bom tom rechaçar um pedido da primeira-dama em pleno morro.

A dupla subiu o caminho conversando. Dora contou das vinte e cinco gramas de bagulho solto que tinha ganhado de Léo envelopada em um papel encaixado no bolso de trás do short jeans; Rodrigo disse que não portava nada.

A poucos quarteirões da casa de Dora, viraram uma esquina e avistaram uma viatura vindo na direção deles. O Opala da polícia transitava pela madrugada de Santa Teresa de faróis apagados, no melhor clima "rabecão". Dora deu a mão para Rodrigo, forjando um casal.

"Não fica encarando. Olha para frente", Dora falou entre os dentes para Rodrigo.

O carro se aproximava lentamente pela escuridão como um tubarão num tanque. O coração de Dora pulando no peito, a polícia cada vez mais perto. Assim que o carro passou por eles, os olhos de Rodrigo o seguiram, checando se havia de fato ido embora, até que a viatura freou abruptamente. O barulho de ré no trilho anunciou que a madrugada seria bem mais longa do que o esperado. Já era.

A viatura parou na calçada, bem em frente aos dois. Dois policiais saíram do carro, um negro alto de uns cinquenta anos e um olhar com traços de humanidade, e um branco, magro, com cara de perverso.

"Uma hora dessas na rua, rapaziada?" O tom abusado do branquelo já prenunciava o que estava por vir.

"Tem hora certa para se pegar?" Rodrigo tentou parecer à vontade.

"Ah, você é o ousadinho que responde polícia como se tivesse falando com amigo. Não sou seu amigo, não, rapá."

"Desculpa, sargento." Rodrigo abaixou a cabeça tendo prestado atenção ao cargo costurado ao uniforme.

"Cês tavam no morro?" Tenente Rocha, parecia minimamente mais amigável no trato.

"Não, senhor." Dora falou.

"Tavam onde então e tão indo para onde?"

"A gente tava na casa de uns amigos no Largo dos Guimarães e agora tamo indo para minha casa. Essa hora quase não passa mais ônibus." Dora manteve o olhar baixo, como na presença de um animal selvagem, não queria parecer estar o desafiando de modo algum.

"A gente vai precisar revistar vocês." Soares pegou Rodrigo pelo pescoço e o empurrou para uma área escura debaixo de uma jaqueira do outro lado da rua.

Dora assistiu de longe o policial prensar Rodrigo contra parede, revistá-lo agressivamente, depois mandou ele tirar o tênis, o cinto, o boné.

"O que você tem no bolso?" Soares a trouxe de volta para a própria situação.

Apesar de policiais homens não poderem revistar mulheres, Dora estava ciente das maneiras que tinham para descobrir o que queriam. Puxou os bolsos da frente do short para fora, de onde tirou um hidratante labial e um pacotinho de chiclete.

"Vira de costas."

Dora tentou disfarçar a tensão com o pedido.

"O que tem nesses bolsos?"

"Só minha chave de casa."

"Me mostra."

Dora se ajustou dentro de si e tirou delicadamente a chave do bolso com todo cuidado para não puxar o envelope de maconha junto. Se o policial fosse atento, dava para notar o relevo baixo do papel, mas um som alto de bofetada os distraiu — o imbróglio havia graduado do outro lado da rua: Soares levantou a mão mostrando para Rocha um saquinho de cocaína enquanto mantinha Rodrigo contra a parede.

"Perdeu, playboy."

Dora se segurou para não tremer. Não sabia se a cocaína era mesmo de Rodrigo ou se o policial havia plantado a droga, de qualquer forma, a partir daquele momento, o cenário era outro. Sabia que demonstrar medo só dava ainda mais poder aos policiais — manter-se calma diante daquela situação limítrofe era crucial para um desenrolar menos trágico. *Pelo menos ele não achou a minha maconha.*

"Balança o sutiã."

Ela puxou as alças para longe do corpo.

"Agora o elástico embaixo. Balança."

Dora afastou a barra do sutiã dos seios e um baseado caiu por debaixo da blusa se estatelando no chão ao lado do pé do policial. Esqueceu que tinha ganhado um beck apertado de Tobé.

Os dois olharam para o saquinho e depois um para o outro. Dora ainda considerou pisar em cima, mas Rocha pegou antes que ela pudesse terminar de pensar.

O policial aproximou a mutuca das narinas, "só melhora...", balançou a cabeça.

Dora buscou algo efetivo que pudesse ser dito para amenizar o problema, mas não conseguiu responder nada de imediato.

"Qual teu nome, garota?"

"Dora."

"Dora do quê?"

"Dora Moura."

"Quantos anos você tem?"

"Dezesseis."

"Dezesseis anos..." O policial balançou a cabeça, aparentemente desapontado.

"Tenente, eu juro que eu não sou viciada. Eu só queria experimentar. Pelo amor de Deus, meus pais nunca vão me perdoar se descobrirem." Fez a cara mais coitada que conseguiu enquanto pensava nas vinte e cinco gramas ainda escondidas no bolso de trás.

"Onde é que você mora?"

"Perto do ponto final do bonde."

"Onde?"

"Um pouco depois da Júlio Otoni."

"Qual casa?"

"A do muro de trepadeira." Dora escolheu falar da casa antiga, sentindo que a imponência da locação podia ajudar.

"Ah..." Rocha deu um sorriso maroto.

Dora ficou na dúvida se a reação era boa ou ruim.

"Sabia que te conhecia."

Dora o olhou sem entender. *Me conhece quanto?*

"Tua casa faz parte do ratatá."

Não a conhecia da Pereira e só isso já bastava para Dora. Sabia que os vizinhos "patrocinavam" a guarita de polícia da rua, mas não sabia que sua família participava.

"Anda sumida..."

"Eu tô morando com o meu pai, do outro lado da rua."

O policial olhou Dora de cima a baixo, depois para o lado da rua, onde Soares esculachava Rodrigo, e coçou a cabeça.

"Olha, garota, você devia ter vergonha de tá na rua uma hora dessas com esse muleque pancado."

"Eu nunca vi ele usando essa droga, não, tenente."

"Nunca viu, não, né?"

"Eu juro."

Tenente Rocha a avaliou de cima abaixo. "Sabe que eu tenho uma filha da tua idade... só Deus sabe o quanto eu vivo preocupado com ela. Só de pensar nela nessa situação... fico revoltado."

"A gente não viu que tava tão tarde."

"Não tem hora certa para andar com viciado, não."

"Ele não é viciado, tenente. Nunca vi ele com droga." O pior é que de fato nunca havia visto Rodrigo com cocaína mesmo, o que não o impedia de cheirar, mas achava estranho ele não ter comentado o que portava quando ela mencionou a maconha no bolso. Ser sincero sobre as drogas que carregava era uma regra tácita da galera.

"E a cocaína que o sargento encontrou?"

O negócio estava estranho. As possíveis consequências da noite tateavam uma linha tênue em que qualquer frase descuidada podia virar o jogo contra ela. Não era uma boa hora para questionar a procedência de um papelote. "Você tá certo. Me desculpa... Meus pais não vão me perdoar nunca." Espremeu com ardor lágrimas de crocodilo que rolaram dramaticamente pelas bochechas — havia passado a infância forjando choro no teatro, habilidade nunca antes tão necessária.

"Respira, menina. Se acalma."

Dora respirou fundo como que embarcando na ordem.

"Eu tô ligado no que tá rolando aqui. Conheço seus pais. Sei sua procedência..."

Dora manteve a atuação das respiradas espaçadas enquanto tentava entender para onde a noite pendia.

"A culpa não é sua. Esse garoto tá te levando pro mau caminho. Eu sou sensível para essas coisas, me ligo rápido."

Opa, eita, não é bem assim. "Não, ele não é do mau caminho, não, tenente. O Rodrigo é um menino direito. Eu juro."

"Tá vendo, você nunca vai entregar ele porque você tem caráter. Mas eu não nasci ontem, não, tô nessa profissão há quase trinta anos. Meu radar não falha. Sinto cheiro de meliante de longe."

Esse faro tá meio desajustado... "Tenente, o Rodrigo é uma boa pessoa, conheço ele desde pequeno, é de família boa. Ele não é bandido, não. Ele é do bem. Nós dois vacilamos."

Rocha se perdeu em seus próprios pensamentos, "você não tem ideia do que a gente vê nesse trabalho. Deus proteja essa juventude".

"Deus proteja a todos nós." Dora catou toda a santidade que podia colocar em sua feição.

O policial a encarou. Dora baixou a cabeça e começou a chorar.

"Vem comigo."

Dora seguiu Rocha com medo do que estava por vir. A noite sem sombra de fim. Atravessaram a rua e Dora notou a marca vermelha da mão do outro policial estampada na cara de Rodrigo que parecia exausto e assustado. Sentiu vontade real de chorar.

"Já deu, sargento."

"Qual vai ser?"

"A gente vai deixar eles irem."

"Como é que é?" Soares se virou para o superior, indignado.

"Você ouviu."

"O que a gente ganha com isso?"

"Ela é a garota da casa do muro de trepadeira."

"Pode crer... Ela merma." Soares soltou o pescoço de Rodrigo e olhou para Dora, "e eu que achava que você era boa menina...".

"Más influências..." Rocha olhou para Rodrigo que se contraiu todo.

"Então vamo fazer a má influência pagar."

"A gente vai deixar os dois na casa dela."

"Tá de sacanagem."

"Sargento..." Rocha olhou firme para o subalterno.

"Sim, senhor." O branquelo engoliu a revolta.

Da janela da viatura, Dora viu a rua em que morava pelo olhar de uma meliante a caminho do cárcere. Sentiu seu destino chegando a galope — a consequência de todas as suas escolhas arregaçadas no cheiro acre de toda a violência que já devia ter passado naquele Opala. Era a primeira vez que Dora entrava em um carro de polícia. Se perguntava se seria a última.

Ao abrir a porta de casa encontrou o pai no sofá, acordado na madrugada. Mau presságio.

João baixou o livro que lia, revelando a cara fechada, "onde você tava o dia inteiro?".

"Estudando na casa de uma amiga, pai."

"Não me subestima, Dora."

"Que isso, pai?"

"Eu não sou otário. Você pode não querer falar sobre a briga que rolou com a sua mãe, mas eu sei muito bem que para você vir morar comigo é porque o negócio sujou feio por lá, e para isso acontecer você tem que ter aprontado muito."

Dora não tinha como argumentar.

"Eu tô vendo essa história degringolar há muito tempo. Só podia dar merda. Quando tua mãe resolveu botar o Bernardo no tênis, eu previ que a conta dessa burguesice ia chegar. Vocês têm tudo e podem tudo. Mas se você tá achando que esse comportamento vai colar aqui, pode tirar seu cavalinho da chuva."

"Eu sei, pai."

"Não sabe, não. Para ficar bem claro, não tem mais saidinha durante a semana, casa de amiga até tarde da noite, praia em plena quarta-feira. Acabou isso. Aqui você vai ter que andar na linha, tá me entendendo?"

"Tá bem, pai."

"Você quer acabar onde?"

A pergunta ecoou na mente de Dora.

Terceira aula da manhã e, desde que chegou, Dora estava com o olhar perdido na floresta do outro lado da janela. Sentia a pele craquelando um deserto árido. Não cabia em nenhuma versão de si.

"Tá tudo bem por aí?" Alan interrompeu seus pensamentos.

"Oi?"

"Perguntei se você tá bem."

Dora o olhou com uma fragilidade que não costumava deixar transparecer.

"Fala comigo..."

Dora ficou quieta, pensando em como era difícil estar rachada e tentar se manter sólida quando alguém oferece amparo.

"Mesmo se quiser falar do seu namorado... eu tô aqui."

Dora olhou para baixo e suspirou, "tô morando com o meu pai."

"Ué? De uma hora para outra?

"É..."

"Mas o que rolou?"

Dora hesitou por um segundo, "eu não vinha me dando bem com a minha mãe desde a parada da separação".

"Mas vocês brigaram?"

"Feio..."

"Puxa vida... Você tá bem?"

"Mais ou menos."

"E o seu pai?"

"Outro regime. O cinto apertou."

"Será que isso não é bom?"

"Acho que é o que tinha que ser mesmo."

"Mas e você? Como você tá com isso tudo?"

Desamparada. Dora ainda pensou um pouco na resposta. "Acho que eu preciso de férias de mim."

"Acho que eu posso te ajudar."

"Ah, é?"

"Angra tem gosto de férias, não tem?"

Ela sorriu, o olhou nos olhos e assentiu.

Dora ligou para João assim que a aula terminou e passou a agenda do resto do dia: treino de natação e aula de Inglês. Estaria em casa por volta das dezessete horas, no máximo.

Foi à natação e depois direto para Pereira.

• • •

Encontrou Léo no bar do Seu Silva, tocando com o grupo de pagode.

"Chegou minha princesa!" Léo falou alto.

Dora abriu um sorriso pequeno e sentou-se no canto com as coroas.

Assim que a música terminou, Léo chamou o intervalo.

"Não achei que você vinha hoje."

"Eu não posso ficar muito. Vim porque preciso conversar contigo."

"Ihh... chamou para conversar." Ele riu, mas logo notou que o papo era sério pela expressão fechada de Dora.

Andaram até um canto da quadra, longe da galera.

"Léo, meu pai tá marcando duro. As coisas tão mudando."

"Mudando como?"

"Novas regras."

"Para melhor ou para pior?"

"Pior pra gente."

"Como?"

"É que não vai dar para ficar vindo tanto aqui. Meu pai é bem mais rígido do que a minha mãe. Já posso te falar que não vai rolar de dormir aqui duas noites seguidas de jeito nenhum. Não sei nem se vou conseguir dormir noite nenhuma... Não sei, Léo, só sei vou ter que acatar seja lá o que ele resolver. Não rola de esticar a corda com meu pai. Na verdade, nem quero. Já foi o bastante romper com a minha mãe."

"A gente dá um jeito."

Os dois se encararam. Não era o que Dora queria ouvir.

"Ninguém vai ficar entre a gente, Princesa."

"Léo, eu quero andar na linha dessa vez."

Ele mudou a expressão, entendendo que tinha algo mais.

"Não quero entrar em crise com meu pai que nem entrei com a minha mãe. Eu tô cansada de briga. Tô cansada de vacilar."

"Você tá longe de vacilar aqui."

"E qual o preço disso, Léo?"

Ele não soube responder.

"Eu não posso deixar minha vida pra trás."

"Você não precisa deixar sua vida pra trás, já te falei isso. Eu vou cuidar disso."

"Léo, eu amo você, mas, sinceramente, eu não vou ser feliz se eu não estiver bem com os meus pais. Pode parecer que não, mas eu amo minha família e a minha vida do jeito que é, eu já te disse isso. Tem sido super difícil conviver com eles com tudo que tá rolando. Eu tô descaralhada. Tive momentos lindos com você aqui, mas não dá para negar que também foi o mais perto que eu cheguei de um bando de coisa barra-pesada pra cacete. Você sabe o quanto eu respeito seu mundo, mas eu não quero minha vida sob tanto risco."

"Você fala como se já tivesse ficado no passado."

"Eu preciso andar pra frente. Tá foda para mim."

"Pelo visto eu preciso fazer a parada do pagode rolar pra ontem."

Dora suspirou, sem saber como ser mais clara, e resolveu mudar a rota, "eu vou para casa de praia esse final de semana com meu pai. Ele quer passar mais tempo comigo".

"Pô, aí tu quebra a firma. É a festa na Coleta que a gente tinha combinado de ir junto. A gente tá ensaiando direto, vai ser mó showzão."

"Eu sei, Léo, mas é disso que eu tô falando. Tem muita coisa rolando na minha família e não dá para eu continuar fugindo. Tenta entender."

"Eu tenho escolha?"

"Não. E eu tô zero preocupada com o show, vocês vão abalar geral! Vai ser foda."

"Vou sentir sua falta."

"Eu também." Dora queria ter levado a conversa mais longe, mas foi até onde conseguiu chegar.

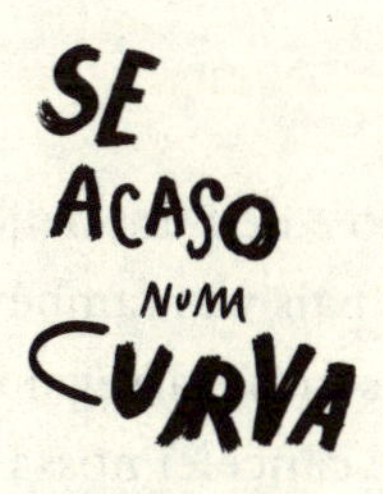

19.

Ilha Deserta

O cheiro salgado da brisa do litoral era tudo que Dora ansiava. Olhou para o contorno dourado dos antebraços de Alan segurando o volante, o peitoral avantajado, a curva do maxilar... Alan tinha gosto de férias.

"Então... tenho uma surpresinha. Espero que você não fique chateada comigo."

"Ai, ai, ai... Não sei se aguento surpresas no momento." Dora sorriu.

"E se for boa?"

"Fala logo."

"Quer dizer, não que seja boa." Alan riu.

"Não me provoca!"

"Só quero dizer que não foi culpa minha, eu não tive escolha. Rolou no último minuto e eu não queria cancelar a viagem em função disso."

"Você considerou cancelar a nossa viagem?"

"Não, não, sabia que você não ia gostar se eu cancelasse, mas talvez goste menos ainda disso."

"Disso o quê, Jesus Cristo? Me fala imediatamente ou vou ter que te torturar com cosquinhas e você vai se distrair e vai perder o controle do carro e a gente vai sair da pista e cair do desfiladeiro e morrer, e eu vou morrer curiosa pra saber qual era a surpresa e não tem nada pior do que morrer curioso."

"Tô começando a ficar assustado contigo...", Alan sorriu.

Dora se esticou no banco e deu um beijo na boca dele.

Ele sorriu, terno, “Meus pais vão também”.

Ela pulou de volta no assento e arregalou os olhos.

“E foi por isso que quase cancelei nossa viagem.”

“Você vai me apresentar pros seus pais?”

“Eu não tive escolha.”

“Claro que teve.”

Alan riu.

Dora olhou para a janela pensando no tamanho das coisas.

“Eu ia adorar se você pudesse esquecer todo resto e só fosse feliz esse fim de semana.”

Dora já se sentia feliz. “Você me acha uma nora à altura dos seus pais?”

Alan riu.

“Acha?”

“Aparentemente.”

“Jura?”

“Como assim?”

“Ah, sei lá...”

“Claro que você é.”

“Não, é só que, cê sabe, eu não sou perfeitinha.”

“Quem te falou que eu gosto de perfeição?”

“*Strike a pose.*” Dora fez o quadrado com as mãos em torno do rosto, imitando a Madonna.

“Boba.”

Dora segurou o olhar no sorriso largo de Alan, que rasgava a beleza de seu rosto enquanto dirigia pela estrada Rio-Santos.

“Tá olhando o que, garota?”

“Você.”

“Ah, é?”

“É.”

“E o que você vê?”

“Eu te vejo.”

• • •

Chegaram na casa de praia e mergulharam direto na piscina. Seu Antônio preparou a lancha, Alan avisou que ele mesmo pilotaria até a ilha mais próxima, pegou a cesta de piquenique que Dona Lurdes havia preparado e lá se foram os dois mar adentro.

Dora foi surfando de *wakeboard* parte do caminho, no que parecia ser a hora mais mágica dos últimos meses, até que chegaram a uma ilhota.

Deitados na areia, se deram na boca os lanchinhos da cesta. Dora queria que o tempo parasse ali, jogada nos braços de Alan numa ilha deserta. Todos os deuses mitológicos lhes assistindo do céu. Nadaram no mar transparente, mergulharam com cardumes de peixes coloridos, rolaram abraçados na areia, se jogaram um no outro como se não houvesse amanhã. Havia passado tempo demais se acostumando a viver em vigília, sempre preparada para o que desse e viesse, sempre pronta para o pior. O medo do que podia acontecer se a família se quebrasse já havia se consumado, mas sobraram os outros, fosse medo da polícia, da ex de Léo, do próprio Léo, das armas com que convivia, de alguma situação aleatória na Pereira, de uma invasão do BOPE — a lista era infinita. Havia se acostumado a ter pesadelos em que era perseguida. Guardava em sua mente imagens gráficas de violência real e imaginada. Até mesmo um grito qualquer engatilhava a batida mais rápida de seu coração, o suor em suas mãos, o ar a parecer mais fino. A iminência de brutalidade fazia com que ela se desestabilizasse. No entanto, mesmo com todo medo que sentia, havia um lado seu que ainda se mantinha conectado a tudo que tinha construído com Léo. *Talvez quem me persegue sou eu.*

No caminho de volta, Alan deu um curso rápido de capitão para que ela pudesse pilotar a lancha enquanto ele surfava de *wakeboard*. O sol mergulhando no mar, as cores quentes espalhadas pelo céu, a vida podia ser menos trágica.

Já estava escuro quando chegaram na casa. À mesa, quatro pratos para o jantar.

"Alan, é você, meu filho?", uma voz feminina falou da cozinha.

"Oi, mãe."

Cláudia veio da adega com uma garrafa de vinho e a colocou na mesa. Elegante, doce, calma — ela era linda.

"E você só pode ser a Dora." Cláudia deu um abraço em Dora.

"Muito prazer em te conhecer." Dora sorriu.

"Minha querida, a gente vem esperando para te conhecer há um tempão."

"É mesmo?" Dora olhou para Alan.

Alan arregalou os olhos para mãe.

"O que foi, meu filho? Não é para eu falar para Dora que você falou dela desde o primeiro dia de aula?"

"Olha só..." Dora adorando.

"Não é bem assim. Eu tava só falando dos meus coleguinhas de classe. Mãe, segura a onda que ela já é metida demais."

Cláudia piscou para Dora, "por que você não checa se o seu pai tá pronto para jantar?".

"Deixa que eu ajudo sua mãe por aqui."

"Ajuda, né? Sei bem..." Alan subiu para o segundo andar rindo.

Cláudia segurou as mãos de Dora com carinho, "eu ouvi tanto de você, querida".

"Me pergunto se foi só coisa boa." Dora sorriu.

"Falando sério, nunca vi o Alan falar de uma menina como ele fala de você."

"Nem eu!" Maurício, pai de Alan, chegou com um sorriso.

"Que perigo essas duas juntas!" Alan veio atrás.

"Olá, mocinha." Maurício deu dois beijinhos em Dora.

"Oi, Maurício, prazer, Dora."

"Tô feliz que finalmente você tá gostando de mulher, filho."

"Haha. Muito engraçado, pai."

Maurício e Cláudia deram um selinho. Os quatro se sentaram à mesa enquanto Dona Lurdes servia um bobó de camarão. Dora se sentiu à vontade.

"Conta para gente como é que essa história começou?" Maurício sorriu para Dora.

Alan e Dora se olharam meio sem jeito.

"Para você ver, apesar de eu evitar ao máximo alimentar o ego do seu filho, a verdade é que eu gostei dele desde quando ele chegou na sala de aula atrasado."

"Ah, foi é? Porque como minha mãe já entregou, você foi a visão favorita do meu primeiro dia também, bobinha. A menina metida sentada atrás da minha cadeira."

"Você não acabou de dizer que eu era só mais uma coleguinha?"

"Na verdade, eu reparei direito mesmo quando eu vi ela jogando futebol com os meninos no recreio."

"Ah, você joga futebol com os meninos?" Maurício abriu uma garrafa de vinho.

"Foi meu jeito de ficar junto dos meus irmãos."

"Quantos?", perguntou Cláudia.

"Dois, mais velhos que eu."

"E mergulho, você gosta?"

"Sabia que você ia virar o leme do assunto pra mergulho, pai." Alan sorriu brejeiro.

"Então... eu tenho medo, acredita? Só aguento de máscara no raso. *Tubarão* me deixou com traumas do fundo do mar." Dora escondeu o rosto com as mãos.

Todos riram.

"Confesso que ficava com medo até da piscina da casa da minha mãe depois do filme. Bastava eu nadar sozinha que já começava a ouvir o tu-duh--tu-duh-tu-duh." Dora bateu os dedos na mesa no ritmo da trilha do filme.

Todos gargalharam.

Maurício começou a servir os pratos. "Que pena, ia chamar vocês para mergulhar amanhã."

"Bom, medo pode ser um indicador de caminho também, não?" Dora agradeceu o prato com um gesto.

"Já vi quem tem o culhão do casal." Maurício riu.

Casal? Ele falou casal?

"Bom, já que você tá topando conquistar seus medos, amanhã a gente vai mergulhar numa ilha cheia de vida marinha."

"Eita ferro... por que eu fui falar isso." Dora riu.

"Quem te falou que eles querem curtir com a gente, em primeiro lugar, Maurício?" Cláudia acariciou a mão do marido sobre a mesa.

"Calma, vamos devagar, pai. Será que a gente pode decidir amanhã?"

“Eu ia amar sair para mergulhar amanhã.” Dora olhou para Alan.

Alan suspirou, “contanto que seja depois das oito, pai. Nada de sol nascendo pra gente”.

“Sol nascendo pode ser lindo...”

“Nem começa, Dora. Bora dormir até acordar.”

“Eu acordo cedo!” Dora quicou na cadeira.

“Vai botando pilha... Ele vai bater na nossa porta cinco da manhã.”

Dora arregalou o olho para Alan com a revelação de que dormiam juntos.

“Tá de boa. Já conversei com eles.” Alan sorriu.

Dora enrubesceu.

“Querida, não tem por que ficar constrangida. A gente viveu os anos setenta. A gente sabe muito bem que vocês não são mais crianças.” Cláudia sorriu, doce.

Abriram mais um vinho com a sobremesa, falaram da escola, música, viagens, dos irmãos de Dora e dos tantos assuntos que ela não conversava há um tempo com ninguém. Depois foram para área da piscina, até que Cláudia decidiu ir dormir e Maurício seguiu junto.

Alan e Dora ficaram deitados juntos na rede da varanda assistindo à vastidão das estrelas que não eram vistas da cidade. Não falaram nada. Se jogaram nos braços um do outro, brincando com os sentidos.

Dora sonhou que seu corpo se movia como um trem sobre os trilhos de uma ponte arqueada. Nas duas extremidades, floresta. Uma bifurcação se anunciava logo à frente. Se não escolhesse a rota, iria se rachar ao meio e acabar em cacos — ou isto ou aquilo, como o título do livro de Cecília Meireles que tanto gostava na infância. De um lado, um percurso já cruzado, exaurido até o talo das possibilidades de incremento. Todas as etapas daquele trajeto conhecido por desembocar em um precipício haviam sido atravessadas. Quantas vezes mais precisaria encarar o abismo? Do outro lado, um túnel sem placa nem certeza do destino, rumo ao desconhecido. A divisão dos trilhos se aproximava, o corpo ganhava mais e mais velocidade, o ar saía por ventosas tão grandes quanto chaminés. Um rugido seco e estridente ecoou pela floresta. Puxar o freio de mão não era uma opção para adiar a escolha. Era agora ou nunca. Ou repetia, ou recomeçava, ou sucumbia à autodestruição.

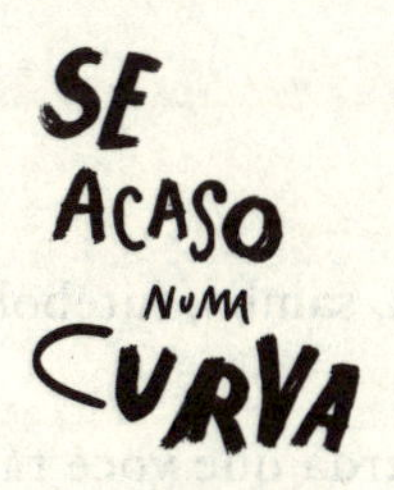

20.

Gota D'água

Não era mais a mesma menina descendo a ladeira da Pereira naquela tarde de segunda-feira. Chegou à casa de Regina, e Monique abriu a porta.

"Garota! Chegou na hora certa. Tá com fome?"

"Tô de boa."

"Entra aí. Tô fazendo rabada."

O cheiro de comida boa preenchia o espaço. Dora estava só de passagem em busca de Léo, mas ficava chato sair assim. Os dois filhos de Monique brincavam com um carrinho de plástico no chão de cimento queimado vermelho.

"O que você tem aprontado?"

"Nada demais... Sabe do Léo?"

"Foi comprar refrigerante no Seu Silva. Já tá voltando para almoçar."

"Ah, tá."

Oscar, marido de Monique, assistia à sessão da tarde sentado no sofá. "Chega mais, Dora. Senta aí."

"Tudo bem contigo, Oscar?" Dora se sentou ao lado dele.

"Tudo indo."

"O que você conta de novo?"

"Mesmo de sempre. Vivendo para trabalhar, trabalhando para viver." Oscar estava hipnotizado por mais uma reprise do filme *Curtindo a Vida Adoidado*, que passava nesse horário umas quatro vezes por ano.

"E os pagodes?"

"Pagode sempre que dá, samba, futebol, churrasco... se pudesse só fazia isso."

"Ô, Oscar, com que merda que você tá enchendo o saco da Dora, hein?", Monique gritou da cozinha.

Oscar revirou os olhos, Dora sorriu.

"Não ouve as besteiras dele, não, Dora, ele vira uma tia fofoqueira se você alimentar."

"Que tia o caralho, para de caô, Monique."

"Tá tudo certo, Monique. Tamo só jogando conversa fora aqui." Dora já estava acostumada com a dinâmica do casal.

"Falando nisso, amor...", Oscar continuou assistindo à TV, "tá sabendo do que rolou?"

"Lá vem... Rolou o quê, Oscar?" Monique se serviu com um resto de guaraná que pegou na geladeira e voltou pro fogão.

"Lembra daquele baixinho da galera do Flamengo que eu te falei?"

"Por que eu ia lembrar de um baixinho da galera do Flamengo?"

"O Guimba, tá ligada?"

Dora congelou.

"Guimba, que Guimba?" Monique mexia a panela de rabada.

"Aquele que jogava futebol comigo no Aterro, um marrentão que eu te falei, que entrou naquela briga com o Marrom no jogo do campeonato."

"Não lembro, não... Mas o quê que tem?"

Dora se manteve quieta, esperando que fosse uma fofoca aleatória.

"Então... ele tava sumido do futebol já tem uns meses, ninguém tinha notícia dele. Parece que a parada foi que ele vacilou com teu irmão e não tá mais aí para contar a história." Oscar impostou a voz no final da frase, brincando.

Monique veio da cozinha, secando as mãos no pano de prato com os olhos arregalados, "Por que você não cala essa sua boca e para de falar merda? Fifi do caralho, não sabe nem do que tá falando".

"Fifi meu pau. Só tô falando o que eu ouvi."

Dora tentou disfarçar ao máximo a intensidade das emoções que estava sentindo.

"Tu é o quê, plantão de notícia, Oscar? Fica aí soltando o gogó que nem uma tia velha..."

"Tia velha é o caralho! Não fala assim comigo, não, tá me entendendo?" Oscar subiu o tom.

Dora se levantou e se dirigiu à porta. "Então, esqueci que tenho uma parada de família hoje, vou ter que vazar."

"A gente te assustou, né?" Monique falou sem cerimônia.

"Que nada, normal."

"Foi mal, Dora. Fica aí. Meu irmão já deve tá chegando."

"Tenho que ir mesmo. Eu ligo para ele mais tarde."

Já do lado de fora, se recostou na parede chapiscada do terreno e tomou fôlego. Guimba estava morto. Léo assassinou um homem por causa dela; por causa de uma bofetada. Não conseguia entender como aquele breve episódio podia ter desencadeado em morte. Pensou em Samurai o matando. Pensou no pânico de Guimba. Pensou na mãe chorando no funeral do filho que morreu por uma bofetada. Pensou na família toda. Subiu o morro imersa em destroços. Ao virar uma esquina, levantou o rosto e avistou um homem de máscara ninja e fuzil vindo rápido em sua direção. Dora paralisou na exata posição em que estava. Não havia para onde correr. Seu coração disparou, a mão ficou mole, deixou a bolsa que segurava cair no chão.

"Você não ouviu os fogos?" A voz abafada pela máscara a confundiu, "Sou eu, amor". Samurai levantou a máscara até a testa.

Dora respirou fundo, ainda assustada.

"Os muleques viram a polícia chegando pela floresta. Tão pra invadir a qualquer momento. Se adianta o mais rápido possível."

Dora não tinha forças nem para responder. Implodia com o que havia descoberto. Queria confrontá-lo, mas precisava correr.

Samurai se aproximou para beijá-la, mas a secura da expressão de Dora parou a ação no meio. Ele a encarou, confuso, "qual foi?".

"Depois a gente conversa", ela se virou e subiu a ladeira o mais rápido possível.

• • •

Quando chegou em casa, ainda atordoada pelos eventos da tarde, encontrou João assistindo ao jornal. Deixou a bolsa sobre a bancada da sala e foi dar um beijo no pai, mas João desligou a TV e a encarou com o olhar que mais a aterrorizava desde pequena — lá vinha bomba.

Zeus meu... Será que ainda dá para esse dia ficar pior?

"Como você conseguiu ser expulsa do CEAT, Dora?"

"Como é que é?", Dora engoliu em seco.

"Você ouviu muito bem."

"Como assim?"

"Eu que te pergunto."

"Eu juro que eu não aprontei nada, pai."

"Fica difícil aprontar alguma coisa num lugar que você mal frequenta."

Dora entendeu na hora.

"Onde você tem passado seu tempo?"

A merda no ventilador. O cerco se fechando por todos os lados. A mãe, o namorado, o homem assassinado, a escola, o pai, tudo estourando junto. Dora foi abatida por enjoo, tontura, ânsia de vômito. Fincou os pés no chão para evitar alguma reação que irritasse ainda mais João.

"Eu quero entender como você consegue ser expulsa da escola mais liberal do Rio de Janeiro? Que merda que você vem aprontando para ter chegado a esse ponto?"

João esperou alguma resposta. Dora se manteve atônita. Não tinha como ser sincera com o pai — a realidade era bem pior do que ele jamais poderia imaginar.

"Escuta bem, Dora. Você sabe melhor do que ninguém o quanto eu me opus à ideia de vocês terem a liberdade que vocês vêm tendo desde que entraram na adolescência. Sempre soube que era receita pro desastre. Eu vi tudo acontecendo e, mesmo tentando, não consegui intervir. Sua mãe sempre compreensiva demais, libertária demais, confiante demais no bom senso de três adolescentes despirocados. Só que agora você tá debaixo do meu teto e eu não vou ser conivente com o seu caos, não. Eu não tô nem aí para sua autoproclamada maturidade. Ou segue as minhas regras ou rua, entendeu?"

"Tá certo, pai." Dora segurava como podia a vontade de chorar.

"E pensa bem antes de choramingar na minha frente, vitimização não funciona aqui, não." João a encarou, "eu sei bem o que tá faltando na vida de vocês: disciplina, é isso que tá faltando. Tão livres, leves e soltos por aí, se achando os indomáveis, os invencíveis, os transgressores. Pois fique sabendo que daqui em diante é outro regime".

Dora assentiu com a cabeça.

"A gente tem uma reunião com a Laura na segunda-feira. Conheço ela de outros tempos, é uma amiga antiga."

Dora já imaginava do que se tratava, João e suas mil e uma namoradas — cresceu ouvindo a mesma frase dos coleguinhas da escola: "Seu pai tá comendo a minha mãe".

"Eu quero que você se retrate com ela. Eu vou tentar convencê-la de te deixar pelo menos terminar o ano."

Dora continuou quieta, concordando.

"Cara, quando eu paro para pensar eu fico mais indignado ainda..." João pausou um segundo, respirou fundo e continuou, "me fala aí, qual teu problema? Tá revoltada contra o quê exatamente? O que tá faltando na sua vida? Eu não consigo entender! Me explica direito essa história, por favor, porque eu não consigo achar justificativa. Você tem tudo e ainda mais um pouco, não tem, não, Dora? Alguma vez você já reparou como a vida é difícil por trás do muro de trepadeira? Você tá precisando de um choque de realidade". João começou a andar de um lado para o outro da sala.

Dora pensou no choque entre as realidades que ela vinha vivendo há muito mais tempo do que o pai jamais poderia imaginar.

"De hoje em diante você vai ter cem por cento de presença nas aulas, seja na escola que for, e B a partir de agora é nota baixa. Suas atividades extracurriculares estão canceladas. Já era Inglês e a natação. Se tiver trabalho em grupo tem que ser aqui, senão você não participa. Não tem mais mesada também, vai ter que explicar cada centavo que precisar. Claramente, você ainda tá longe de fazer escolhas a seu favor, então a partir de agora quem faz sou eu."

"Eu faço o que você quiser, pai."

"Tô pagando para ver, literalmente."

"Eu tô chocada com essa história de expulsão também."
"Chocada? Você tá chocada?"
"Tô."
"Você não compreende o que consequência significa, não?"
"Sei, pai."
"Então você esperava o quê?"
Dora achou melhor ficar em silêncio. Havia embarcado em sua revolta a tal ponto que havia descarrilhado o próprio trem. E o pior é que sabia o que devia ter feito a cada decisão adversa, mas havia preferido desconsiderar as possíveis consequências e ver onde dava, como se a vida fosse um banquete grátis e a conta nunca fosse chegar. O saldo das suas escolhas empilhava. Não sabia de onde tirar recursos. Sua realidade não servia mais e, no entanto, era tudo o que tinha.

Acordou domingo de manhã e encontrou um bilhete de João avisando que havia ido a uma reunião de trabalho e a buscaria duas da tarde para almoçarem juntos. Dora se vestiu o mais rápido possível, pegou uma banana e saiu de casa a jato.

Léo abriu a porta do barraco rosa sem sorrir, "tá sumida...".
"Tô em prisão domiciliar."
"Por que você não tá atendendo minhas ligações."
Dora ficou quieta.
"O quê que tá rolando?"
Achou melhor ir direto ao assunto, "acho que não dá mais, Léo".
Léo arregalou os olhos, surpreso com a bomba.
"Eu não consigo mais."
"De onde veio isso?"
"Eu fui expulsa da minha escola."
"Como assim?"
"Pois é. Fudeu geral. Meu pai tá revoltado. O bicho tá pegando lá em casa. Não dá mais."
"Calma. A gente dá um jeito."

"Não, Léo. Não tem jeito. Eu não posso mais ficar vindo aqui. Não dá. A gente não tem futuro."

"Eu já te falei que só preciso de um tempo."

"Não é sobre você. Eu tô cansada de mentir pra minha família, de mentir pra todo mundo. Tô cansada de brigar, de aprontar, de ter medo. Eu tô exausta de ser merdeira. Eu não quero mais viver assim."

Léo tentou pegar na mão de Dora, que, para surpresa dele, refutou o carinho.

"E não é só isso... eu sei o que você fez."

"Quê que eu fiz?"

"Tô sabendo do Guimba."

"Que Guimba?"

"Você costuma esquecer as pessoas que você mata?"

Léo franziu o rosto.

"Você não fez isso por mim. Você sabia que eu nunca ia conseguir te perdoar. Eu te implorei para não tocar nele. Você fez isso pelo teu ego."

"Por honra, já te falei."

"Que honra o quê? A gente não tá no Velho Oeste, não."

"Ele bateu na tua cara."

"E você matou ele? Esse é seu senso de justiça? Você não consegue considerar nenhuma outra esfera além da sua perspectiva. Na sua cabeça, é você quem julga e pune quem você decide que merece."

"É a lei da selva."

"Pois é, só que eu não quero mais viver na selva. Você não matou só ele, não, você matou o amor que eu sentia por você."

"Não fala isso."

"Essa parada me quebrou muito."

"Eu te rejunto."

"Léo, não dá mais. Acabou."

"Não faz isso."

"Você não tem ideia do que tá rolando na minha vida. Não dá para eu ir mais longe do que isso. Essa foi a gota d'água."

"Você não me ama mais?"

"Não é sobre amor, é sobre tudo que envolve me relacionar contigo."

"As coisas vão mudar, Princesa."

"Tarde demais, Léo. Já deu. Não tenho mais fôlego para nenhuma braçada."

"A gente pode combinar de se ver só no final de semana, ou quando for bom para você, mesmo se for só de vez em quando."

"Você não tá me ouvindo."

"Você não pode terminar tudo assim."

"Eu não posso?"

"Eu não vou aguentar."

"Não vai aguentar como? Você tá me ameaçando?"

"Do que você tá falando?"

"Sei lá, Léo. Você matou um cara porque ele bateu na minha cara. O que você pode fazer comigo por eu querer terminar?"

Léo a encarou surpreso, "você ainda tem medo de mim?".

"Tenho."

Olharam-se a fundo.

Léo puxou Dora para perto, pedindo um abraço. Ela se rendeu. Abraçaram-se por um tempo, até que ela afrouxou o corpo. Ainda se encararam mais um pouco em silêncio.

"Eu nunca te machucaria. Eu te amo, Dora."

Ele pareceu esperar que ela dissesse o mesmo. Dora não respondeu.

"Vou ficar te esperando."

"Léo, eu sempre vou ter amor por você. Sempre. Mas, por favor, não me espera mais." Dora saiu do barraco rosa sem olhar para trás.

Queria poder acreditar que era a última vez.

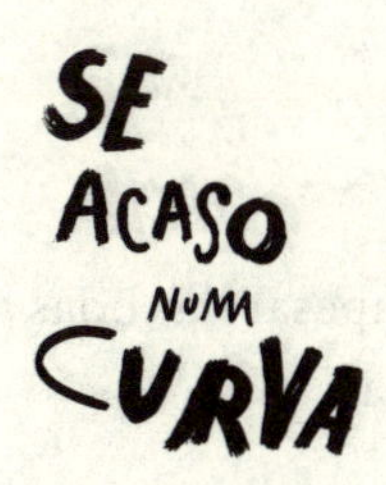

21.

Trilhos Urbanos

Quando chegaram à coordenação, Dora notou o abraço íntimo que João deu em Laura, aumentando a suspeita de que os dois haviam tido uma relação. Não seria uma surpresa, estava mais para um alívio até. Conversaram amenidades sobre o passado por uns quinze minutos, enquanto Dora se perguntava qual seria seu futuro a partir daquela reunião.

Enfim, Laura expôs os pormenores da situação de Dora. "Foi trazido à minha atenção que, apesar da Dora ter notas para passar de ano, a quantidade de faltas é inaceitável."

"Aparentemente, eu também descobri isso tarde demais."

"Pois é, ela tá por um fio."

Tem um fio ainda?

"Olha, Laura, eu queria primeiro pedir desculpas pelo comportamento dela, confesso que não estava a par, e também entender melhor quais são as possibilidades aqui."

Bateram na porta. Dora viu o rosto da mãe através da janela de vidro. Não sabia exatamente o que esperar — evitou a mãe desde que havia se mudado para a casa do pai.

"Perdão o atraso." Vera fechou a porta e sentou na cadeira ao lado de Dora.

"Que bom que você chegou." João falou, um pouco desconfortável, como de praxe quando perto de Vera.

"Perdi muita coisa?"

"Eu estava dizendo que, apesar das boas notas, as faltas da Dora chegaram a um ponto sem volta."

"Sei..." Vera assentiu.

João franziu o rosto, engolindo o incômodo que sentia sobre a parcela de responsabilidade de Vera.

"Estou ciente das faltas, mesmo porque ela também não tem estado em casa." Vera falou.

João olhou para Vera confuso.

"Laura, preciso ser totalmente sincera e abrir o jogo contigo para gente contextualizar um pouco o momento da Dora, se você me permite."

"Claro, fica à vontade, tudo que conversarmos aqui fica entre nós."

Vera se ajustou na cadeira, "os últimos anos foram bem complicados para nossa família. Eu atravessei uma separação difícil há pouco tempo e isso impactou todo mundo. A Dora foi a primeira a perceber o problema, ficando bastante angustiada com o desenrolar das questões. Cada um lidou como podia, mas a Dora, sendo a caçula dos irmãos e a mais jovem do nosso pequeno núcleo familiar, teve que lidar com o processo sem tantas ferramentas quanto a gente".

Laura se manteve absorvida pelas palavras de Vera.

"Sem querer justificar nem diminuir o problema, confesso que estou surpresa com o fato de ela ter conseguido tirar boas notas mesmo faltando tanto. Acho que isso depõe a favor dela. Ela não desistiu."

Dora segurou a emoção. Não estava preparada para ser defendida pela mãe. Laura pareceu considerar o que Vera dizia.

"Nós duas vivemos uma ruptura difícil há alguns meses e ela acabou se mudando para casa do pai, mais uma adaptação para ela. Eu tô muito chateada com muita coisa que ela vem aprontando, mas sei do caráter da Dora e sinto que, se tiver mais uma chance, ela consegue voltar pro trilho. No final das contas, ela é uma adolescente tentando dar conta de se manter inteira."

Dora não conseguiu segurar as lágrimas.

Vera se virou para Dora, "independentemente da decisão que a escola tomar, filha, eu vou estar contigo para atravessar seja o que for". Vera botou a mão sobre a de Dora.

Dora deixou o choro rolar como não deixava há muito tempo.

João botou a mão sobre a outra mão da filha, "conta comigo também, filha. Você não tá sozinha".

Dora sentiu o suporte que sempre teve e que há muito tempo não vinha conseguindo usufruir em função da cegueira de sua rebeldia. Nem tudo estava perdido.

Saiu da coordenação ainda absorvendo o que havia acontecido lá dentro. Ao passarem por sua sala de aula, pediu para que os pais esperassem no saguão por uns minutos.

Dora bateu na janelinha de vidro da porta acenando para Alan, que se levantou e saiu da sala.

"E aí?"

Dora respirou fundo, ainda meio zonza.

"Conta logo!"

"Só posso tirar A."

"Aonde?"

"Não posso faltar nem doente."

"Em qual escola?"

"Aqui."

"Aqui?"

"Laura me deu uma última chance."

"Tá falando sério?"

"Tô!"

"Não tô nem acreditando."

"Nem eu."

Os dois se abraçaram.

"Tem outra notícia que talvez você goste mais ainda."

Alan olhou para Dora curioso.

"Eu terminei com o Léo."

Ele ficou sério.

"Você não vai falar nada?"

Alan abriu um sorriso enorme e deu um beijo em Dora de final de filme.

Antes fosse um filme.

22.

Abusada

Por três semanas seguidas, Léo ligou para Dora quase todos os dias até convencê-la a se encontrarem mais uma vez.

Dora chegou à quadra na hora combinada e o encontrou tocando com seu grupo no bar do Seu José, vestido com o macacão branco, sua roupa favorita, e o cordão de ouro com um pingente da metade de um coração, igual a metade que ele havia dado a ela. Todos lá, os amigos do asfalto, os meninos do movimento que não estavam no turno e os moradores mais próximos. Quando Léo a viu, abriu um sorriso largo e acenou com a cabeça para o grupo, que começou a tocar "Recado a Minha Amada", do Katinguelê, todos cantando em coro: "Lua vai iluminar os pensamentos dela, fala pra ela que sem ela eu não vivo, viver sem ela é meu pior castigo...".

O grupo tocou em perfeita sintonia, graduando a empolgação, até chegar ao ápice e terminar com uma batida definitiva de Léo no tambor, "essa é minha deixa!". Ele pulou para fora da roda desfilando carisma e foi em direção à Dora.

"Você armou isso tudo, foi?" Dora sorriu.

"Eu?" Léo botou o braço em volta do ombro de Dora e a levou para a murada da quadra. "Tava morrendo de saudades de você."

"Léo..." Dora queria apartar o tom romântico.

"Eu tava, ué."

"É sobre isso que você queria tanto falar?"

"Isso também, e várias outras coisas."

"Ah, é?"

"É!"

"Tipo o quê?"

"Tipo... o que eu preciso fazer pra gente voltar."

Dora suspirou e se recostou na murada, "jura que você quer insistir na mesma conversa?".

"Não é possível que tu já tenha esquecido da gente."

"Eu não vou esquecer nunca do que a gente viveu, Léo, mas acabou. Essa história de ficar me procurando não ajuda. Eu preciso entrar no eixo, já te disse. Preciso fazer a coisa certa!"

"E quem diz o que é certo?"

"O meu certo digo eu."

"Essa é a tua?"

"É. Eu tomei minha decisão."

"Simples assim?"

"Foi zero simples, mas minha vida tava descaralhada e eu não tava mais dando conta."

"Aí tua solução foi me largar?"

Dora respirou fundo, "poxa, Léo, a gente viveu muita coisa maneira, mas tenta me entender, eu fui até onde deu pra mim. Desde o início que eu nunca quis namorar traficante".

"Ah, para..."

"Para não, você sabe que essa sempre foi a questão e a morte do Guimba tem a ver exatamente com isso."

"Essa parada já tem um tempão."

"Para mim não tem tempo que passe que me faça esquecer."

"Já te falei que eu saio dessa vida."

"Já te falei pra sair independentemente da gente."

"Sem você não faz sentido."

"Ah, não faz sentido ficar vivo?"

"Porra, Princesa, não tô levando fé que tu acabou comigo de vez mermo."

"Eu não posso te fazer feliz estando quebrada, Léo." Dora se surpreendeu ao ouvir a lógica da mãe saindo de sua própria boca.

"Tu não quer mais nada comigo mermo, né? Dá para ver no teu olho."

"A última coisa que eu quero é te machucar."

Ele abaixou a cabeça, "então é isso...".

"Se põe no meu lugar... por favor."

"Tá foda."

"Eu sei. Me perdoa."

"Tu sabe que não consigo ficar bolado contigo."

Os dois se olharam por um tempo, emocionados.

"Eu vou te guardar no peito para sempre."

"Eu também, Princesa, disso tu pode ter certeza." Léo a olhou desamparado.

Os dois se abraçaram. Dora sentiu o gosto do fim. Ainda olhou no fundo dos olhos de Léo uma última vez, agradecendo em silêncio por tudo que haviam vivido juntos. No olhar dele só viu tristeza.

Dora seguiu caminho ladeira abaixo. A cada passo para frente o medo ia ficando para trás.

Quando chegou à parte baixa da rua, viu Walter e Rodrigo na mureta de um prédio da esquina.

"Fala, Dora. Chega mais, vamo queimar um agora." Rodrigo levantou o baseado.

"Fala, galera." Dora sorriu como podia enquanto cumprimentava os dois.

"Abandonou o pagode na quadra?", Rodrigo falou.

"Tenho que ir para casa. E vocês, não tão lá em cima por quê?"

"Tamo indo numa missão." Walter esbanjou a típica marra.

"Achava que você não podia mais ficar de bobeira no asfalto..."

"Tem muita coisa que tu não sabe." Walter encarou Dora.

"E prefiro continuar sem saber. Vou vazar, galera. Valeu." Dora começou a andar.

Tobé saiu da banca de jornal em frente ao prédio, "Dorita, tá indo para onde?".

"Pro ponto de ônibus." Dora falou meio sem energia.

"Opa, vou nessa também."

Os dois se despediram de Rodrigo e Walter e saíram andando juntos em direção à Rua das Laranjeiras.

"Não vai na missão?"

"Cê sabe que eu nunca fui dessas paradas."

"Você sempre soube separar diversão de missão."

"E você?"

"Eu o quê?"

"O quê que tá rolando?"

"Tá tudo indo..."

"Tô ligado na tua, Dora. Eu nem tava indo nessa direção, só vim porque senti que tá rolando alguma coisa contigo."

"Só tu mesmo, Roberto."

"Falou meu nome igual minha mãe."

Os dois riram.

"O que tá assolando esse cabeção?"

"Tô dando tanta pinta assim, é?"

"Tá na cara."

"Terminei com o Léo."

Tobé parou de andar e olhou para Dora, "Como é que é?".

"Isso mesmo que você ouviu."

"Por isso que você anda sumida..."

"Pois é."

"Você que terminou?"

Dora assentiu com a cabeça.

"Caraca... Ele levou de boa?"

"Dentro do possível, até que levou sim."

"Porra... parabéns pela bravura."

"Te falar que demorei pra caramba pra tomar coragem."

"Imagino... Você tá bem?"

"Tô. A real é que eu já tinha que ter feito isso há muito tempo..." Dora pausou. "Subi essa ladeira com quinze anos, de repente, tô pra fazer dezessete. Já deu."

"Que bom. Fico aliviado. Cê tava na zona de risco máximo."

"Tô ligada geral. Tô aliviada de não precisar mais viver mentindo pros meus pais também."

"É... Já eu continuo mentindo pra minha mãe."

"Cara, mó viagem essa nossa delinquência..."

"A gente tá ficando velho..."

"Você ainda quer ser DJ?"

"Com certeza."

"Amo as suas *mixtapes*."

"Vou fazer uma pra esse seu momento então."

"Eba, vou amar." Dora sorriu.

Andaram em silêncio por um tempo.

"Vocês terminaram de vez pra sempre mesmo?"

"Terminamos."

"Terminou terminado?"

"A real é que a gente já tinha terminado tem quase um mês, hoje vim só pra reiterar."

"Manteve em segredo, hein..."

"Não quis dar pano pra fofoca."

"E não tem chance de relapso, não?"

"Nenhuma."

"Acabou o amor?"

"Não é só sobre amor, Tobé... Até onde dava pra ir nessa história? Meu cerco foi se fechando cada vez mais, meu medo foi aumentando também. Eu não sabia como sair, não sabia se ele ia me deixar sair... Mas eu sei que o amor dele por mim nunca esteve em jogo."

Tobé mudou a expressão.

"Que cara é essa, Tobé?"

Tobé tentou disfarçar.

"Qual foi?"

"Nada não..."

"Fala."

"Deixa para lá."

"Agora vai ter que falar."

"Cara, você tá 100% certa de que vocês não têm nenhuma chance de voltar?"

"200! Fala logo."

"Dora... O bagulho é sério."

"Que bagulho?"

"Eu posso morrer se essa parada chegar nele."

"Eita. O papo pesou de uma hora para outra."

"Esquece."

"Tobé, eu sou sua amiga desde muito antes de subir esse morro. Minha lealdade é contigo."

Tobé respirou fundo, "você consegue manter o maior segredo da sua vida?".

"O maior segredo da minha vida?"

"Isso aí!"

"Não dá para aumentar minha ansiedade mais ainda, não?"

"Para quê que eu fui levantar essa bola..."

"Boa pergunta."

"Deve ser porque eu considero você a irmã que minha mãe não me deu."

"E sou sua irmã mesmo! Você é o meu melhor amigo. Você sabe disso! Não sei se ainda vou tá falando com alguém dessa galera daqui a alguns anos, mas com você não vou perder contato nunca."

Tobé abraçou o ombro de Dora.

"Mas voltando à vaca fria, o que você ia falar mesmo?"

Ele tirou o braço de volta. "Eu só posso tá maluco... Será que eu não aprendi nada esses últimos anos convivendo com a morte?"

"Para de caô, fala logo. Prometo que não falo para ninguém." Dora sorriu.

"Tá, mas segura as pontas então. Não vai perder a linha."

"Manda logo a real, Roberto."

"Eu tava de bobeira no pagode do Seu Silva um dia, o Samurai tava tocando e a galera toda tava lá, curtindo, zoando e tal. Aí o papo de mulher começou..."

O coração de Dora começou a acelerar, prevendo o assunto.

"O Samurai contou a história de um dia que você apareceu no barraco rosa do nada, começou a bater na porta chamando o nome dele e ele sabia que você ia subir pela laje da vizinha se quisesse mesmo entrar. Contou rindo que só teve tempo de botar a roupa e fugir pela porta da frente com a Carla enquanto você entrava pelos fundos."

Dora segurou o passo — sua boca secou, a garganta travou, começou a suar. *Carla, aquela potranca do asfalto que eu vi algumas vezes na área VIP...* Dora olhou para Tobé chocada. "Há quanto tempo foi isso?"

"Sei lá, já tem uns meses."

"A de Copa, né?"

"Ela mesmo."

"A mulher ficava do meu lado no baile, todo mundo sabendo, menos eu."

Tobé não respondeu.

"E ele falou no meio de todo mundo, para todo mundo ouvir?"

"Foi piada de homem, Dora."

"Piada..."

Tobé se manteve calado.

"O bom é que ele jamais conseguiria saber quem poderia ter me contado."

"Dora, não pira. Você me prometeu."

"Tobé, cê tá ligado como a galera é fofoqueira. Pagode no bar do Seu Silva tem sempre um bando de morador, os muleques da boca, a galera do asfalto..." O tempo de sua fala mais lento do que de costume, Dora tramava algo, "você falou que rolou já tem uns meses, ele nunca vai lembrar que dia foi esse ou quem tava lá, até porque, aparentemente, todo mundo sabe menos eu".

"Por favor, não faz isso comigo."

"Te prometo que nem falo do dia do barraco rosa. Vou direto no nome dela."

"Mas você não falou que terminou de vez para sempre? Para que entrar nessa?"

"Eu tô chocada que ele tem orgulho de ter me chifrado... Contando de boca cheia."

"Tava querendo impressionar os amigos, Dora. É conversa de homem. Tu tá ligada."

"Conversa de homem meu pau, Tobé."

"Calma, calma, tranquila."

"Fala sério! Não é só meu ego que tá ferido... Tô chocada que enquanto ele fazia música e festa de aniversário para mim, ficava falando em casar, insistia pra eu ir morar com ele, inclusive o barraco rosa era o nosso oficial, era tudo da boca para fora. Tudo cena. Esse tempo todo ele tava tirando onda por tá comendo outra mulher."

"Uma coisa não elimina a outra."

"Ah, não mete essa, Tobé."

"Porra, uma coisa que eu posso te garantir é que você era disparado a oficial."

"Disparado a oficial?"

"Só tô falando que ele nunca tratou mulher nenhuma como te trata."

"Ah, eram várias. Puta que pariu..."

"Não mete essa, Dora. Você é ingênua agora? Já viu bandido fiel?"

Dora encarou Tobé.

"Segue tua vida, cara. Sai dessa, deixa essa história pra lá e segue em frente. Pra que botar lenha numa fogueira que você acabou de conseguir apagar?"

"Te falar que nesse momento minha única vontade é tacar fogo. Eu quero que ele saiba que eu sei. Eu quero que ele se ligue no que ele fez e pare com essa historinha de amor perfeito."

"Deixa rolar, cara. Não vale a pena."

"Vale a pena sim."

"Você não disse que não aguentava mais descaralhar?"

"Última vez."

"Ah, beleza então. Mãe, obrigado por me trazer pro mundo, me perdoa por tudo que eu aprontei. Pode deixar que eu mando seu amor pro pai quando eu chegar lá em cima. Avisa a minha vó e a Melissa que eu amo elas..."

"Até parece, Tobé. Já te falei que nunca vou te pôr em risco, além do mais, já tenho carma demais nas minhas costas. Deixa comigo que já tá tudo alinhado aqui na mente."

"E qual é esse seu alinhamento?"

"Vou falar que um cara me ligou e não disse quem era."

"Esse é o seu grande plano?"

"Ué, acontece direto. Tem sempre alguém com maldade que podia ter me falado. Ele não tem como saber quem."

"Você já considerou o fato de que afrontar ele pode ser justo o final infeliz que você tanto evitou?"

Dora fingiu que não ouviu.

"Tu despirocou, mesmo, né? Já vi tudo..."

"Eu preciso que ele saiba que eu sei, não vou conseguir seguir em frente sem que ele saiba disso."

"Pessoalmente, eu prefiro morrer com as minhas questões do que morrer por elas."

"Ele não vai me matar, Tobé."

"Dora, ele vai ficar revoltado com a traição dos amigos e, ainda por cima, afrontado por você. Eu não conheço o Léo, mas conheço bem o Samurai, o que é fixado em espada."

"Deixa comigo."

"Por que eu não consegui manter minha boca fechada por cinco minutos até você ir embora?"

Dora sorriu para Tobé enquanto recalculava a rota.

Crescera convivendo com o pai em finais de semanas alternados. Quando acordava na casa de João, soltava a voz gritando "paaaai" até ouvir os passos rápidos e pesados batendo contra o chão de madeira. João adentrava o quarto de supetão, pulava na cama de Dora e massageava com movimentos rápidos suas pequenas pernas, braços, pés, a apertava inteira até Dora cair na gargalhada. João substituía letras de música com o nome da filha desde que ela se recordava, "Dorinha, eu fiz tudo para você gostar de mim, ó meu bem não faz assim comigo, não...". Uma vez que as crianças se levantavam, iam nuas para o quintal, tomavam banho de mangueira e brincavam de molhar as plantas enquanto João preparava o café da manhã. Acordar na casa do pai era uma festa. Antes das crianças acordarem, João ia à feira, comprava as frutas preferidas dos filhos, tapioca, queijos, comida para bando. Fritava ovos com alho e cebola — Dora defendia que ninguém fazia um ovo tão gostoso quanto o pai. Comiam, conversavam, ouviam música, até a comida acabar. Depois João pulava para a máquina de escrever e a casa era tomada pelo barulho das teclas batendo profusamente contra o papel. As crianças brincavam com o que encontravam, fossem discos, livros, objetos de tribos espalhados pela casa, não havia brinquedo na casa do pai — João acreditava que crianças deviam criar brincadeiras através dos elementos ordinários da vida, assim como os adultos. À tarde iam à praia ou às Paineiras, que era o *playground* de Dora e de Bernardo: faziam trilhas pela floresta, encontravam cachoeiras escondidas, tomavam banho nus enquanto João acendia seu fuminho que só mais tarde Dora compreendeu o que era.

Agora, sentada à mesa de jantar com o pai, conversava superficialmente sobre o dia. Queria poder falar de tudo o que estava atravessando, mas sabia que ele não receberia com leveza o caminho que ela havia tomado até ali.

Depois do jantar, sentaram-se no sofá para assistir ao jornal até que João caiu no sono. Dora o acordou para que ele fosse para cama, sabendo que ele dormiria direto até as quatro da manhã, quando despertaria para o dia.

Quinze minutos depois, estava pronta para executar aquilo que passara o dia planejando.

Desceu a ladeira do morro nervosa, mãos suando. Ouviu o pagode vindo da quadra, o mesmo do qual ela tinha saído à tarde.

Do alto da escadaria que dava no bar de Seu Silva, Dora observou Léo em meio aos amigos, tocando seu bongô. Seu coração acelerou, sentiu que podia explodir a qualquer minuto, raiva saindo pela culatra. Assistiu a tudo lá de cima e tomou coragem para descer até a roda de samba.

Ao avistar Dora, Léo abriu um sorriso enorme, surpreso, e acenou para que se aproximasse. Ela parou no penúltimo degrau da escada, no peito um vulcão em ebulição. Léo reparou na expressão tensa de Dora, abriu o sorriso mais uma vez tentando amaciar o momento e a chamou com um gesto.

"Não, você vem aqui." Dora moveu os lábios com força, sem soltar som, e fez um gesto imperativo com o dedo indicador.

Léo franziu o rosto e pediu um intervalo. Todos notaram que tinha algo rolando.

Ele se aproximou, "minha princesa, nem acredito que você voltou".

"Como é que você pôde fazer isso comigo?".

Léo olhou para Dora confuso e a levou para um canto fora da vista da quadra.

"Que letra é essa?"

"Letra, né? Você é pura lábia e eu sou a bucha."

"Qual foi? Não tô entendendo." Ele tentou se aproximar.

Dora rechaçou o contato físico, "não se faz de maluco comigo, não, Samurai".

"Samurai? Por que você tá falando assim comigo?"

"Cê não tem culhão pra admitir suas paradas, não?"

"Como é que é?"

"Carla."

"Quem?" Léo sustentou a expressão neutra.

"Vai se fazer de sonso agora?"

"Quem te falou isso?"

"Ah, tá lembrando agora..."

"Não tem Carla nenhuma."

"Para de mentir."

"Fala aí quem te falou."

"Não vou falar nada."

"Fala logo."

"Por quê? Se não você vai matar mais um por minha causa ou vai me matar dessa vez?"

"Que isso, cara... Essa parada aí é mó caô."

"Você acha que eu sou muito otária mesmo, né? E ainda ficava insistindo para eu vir morar contigo..."

"Eu queria mermo que tu viesse morar comigo."

"E o que mais você queria, que ela morasse junto?"

"Essa parada é caô, tô te falando."

"Caralho, você ainda tá tentando levar a mentira em frente?"

"Tu sabe que eu te amo."

"Que me ama nada. Não fala de uma parada que você nem sabe o que é."

"Não faz isso, amor."

"Nunca mais me chama de amor." Dora encarou Léo com uma força que ele desconhecia. "Eu só vim aqui para você saber que eu não sou otária e que não adianta ficar alimentando esse caôzinho de meu amor, minha vida. Você perdeu a única mulher que gostava de você e não do seu status."

"Fala logo quem te falou."

"Você me falou, Léo. Você me falou pela boca da torcida do Flamengo. Otária sou eu que não sabia da fofoca que tá na boca do povo."

"Telefone sem fio. Tudo caô. Tô te falando."

"Pois eu tô te falando que daqui pra frente você só vai namorar mercenária. Você nunca vai encontrar outra mulher que ame você pelo que você é além de traficante. TU VAI MORRER COM UMA PIRANHA ROUBANDO O ÚLTIMO ANEL DE OURO DO SEU TÚMULO!"

Léo a encarou por um tempo, "essa é a tua então?".

"Não, essa é a sua!" Dora o olhou com ferocidade.

Dora assistiu a um clique se dar na expressão de Samurai. Ele blindou o olhar e se desconectou — tirou a presença da conversa e deixou só o corpo. Ela ainda ficou esperando algo trágico acontecer, mais uma vez, ele não ia revidar. A história parecia estar chegando ao fim. Sobreviveu.

Subiu a escadaria numa batida só, ainda nervosa com a descarga de raiva, triste com o jeito que as coisas terminaram, mas, sobretudo, sentindo a fundo o luto de uma era. A experiência havia se esgotado. Todo seu desejo inconsequente de desvendar aquele homem estava saciado, a experiência domada e o percurso completo. Foi até onde podia. Assim que saiu de vista, caiu em prantos morro acima, devastada com a traição, até que se deu conta de que durante grande parte da relação ela também tinha tido um amante. Assim como a mãe.

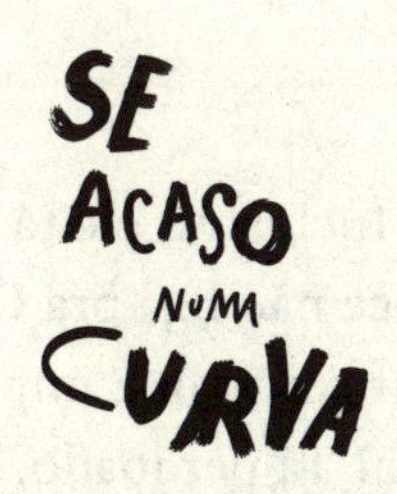

23.

Sem Retorno

Não demorou para Dora e Alan assumirem o namoro. Era estranho ter um namorado que podia participar de seu mundo.

Léo continuou ligando todo sábado à tarde e mais algumas vezes aleatórias durante a semana. Dora desligava quando ouvia a voz dele e não retornava as mensagens deixadas na secretária eletrônica — preferia guardá-lo na gaveta das memórias.

Uns quatro meses depois do término, Dora estava na piscina da casa do pai com Alan, quando alguém ligou três vezes seguidas sem que ela atendesse.

"Atende, amor, pode ser seu pai ligando da Amazônia."

Dora atendeu o telefone da varanda, "Alô?".

"Por favor, não desliga, preciso muito falar com você."

Dora continuou em silêncio enquanto arregalou os olhos para Alan que entendeu de quem se tratava.

"Léo, eu não posso mais falar contigo. Nossa história já deu, você sabe disso."

"Só ouve o que eu tenho para dizer."

"Tenho certeza que tem muita gente na tua vida para você conversar."

"Por favor, me escuta."

"Léo, eu tô namorando. Inclusive, ele tá aqui do meu lado e eu não quero confusão. Por que você não liga pra Carla?"

"Me perdoa! Preciso falar contigo. É importante."

"É disso que você precisa? Tá perdoado, pronto. Eu tenho zero ressentimento, só segui minha vida e você já devia tá fazendo o mesmo."

"Princesa, a chapa tá quente por aqui, várias paradas bizarras..."

"Já te falei que não quero saber. Não tô interessada em nada disso."

"Mas é que..."

"Foi mal, Léo. Melhor você conversar essas paradas com tuas namoradas aí. Tenho que ir."

Dora desligou, pulou na piscina e ficou um tempo submersa. Na voz de Léo ouviu desespero, o que era novo para ela. Alguma coisa pesada devia estar acontecendo, ele jamais pediria ajuda se não fosse sério.

Na manhã seguinte, enquanto Alan ainda dormia, Dora ligou para o orelhão da Pereira. Pediu que Seu José mandasse um recado para Monique avisando que precisava falar com ela e ligaria de volta.

"Ainda bem que você ligou, Dora."

"O que tá rolando, Monique?"

"Cara, o negócio tá estranho por aqui. A Carla é doida pra caralho. Vive pegando dinheiro do Leonardo pra comprar calça da Gang, comprar um bando de peça, pra cheirar. Parece que ela vai pra baile sem ele e fica que nem solteira. Eles brigam feio direto, se pegam na porrada, acho que é até pior do que era com a Priscila. Mas a parada tá pesada mesmo é na boca. Não sei dizer direito, a chapa tá fervendo por lá. Tá uma bomba-relógio."

"Que merda."

"Não dá para você ajudar o Léo, não?"

"Ajudar o Léo?"

"É, volta pra ele, Dora. Ele era calmo contigo."

"As coisas mudaram, Monique."

"Mudaram de vez, de vez?"

"Foi. Não tem volta mesmo."

"Cê não ama mais ele?"

"Garota, a namorada dele agora é a Carla, ela que tem que amar ele e os dois que se entendam. Eu tô namorando também, e ao contrário deles, tô na maior paz. Tô correndo de confusão."

"Sei qualé..."

"Foi mal que as paradas tão pesadas por aí."

"Sorte sua ter essa vida aí."

Dora absorveu o peso da fala de Monique sem ter como negar. "Você acha que ele vai ficar bem?"

"Tocando a real, sei não."

Dora suspirou, não tinha muito mais o que dizer, "foda...".

"Foda."

"Foi mal não poder ajudar, Monique."

"É o que é."

"Tomara que tudo se resolva. E promete para mim que não conta pra ele que eu liguei. Não quero dar pano pra manga."

"Você que sabe."

"Por favor."

"Tá bem."

"Beijo."

"Beijo."

Dora desligou.

"Era o Léo de novo?" Alan estava parado na porta da varanda.

"Não sabia que você tinha acordado..."

"Era?"

"Era a irmã dele." Dora olhou Alan nos olhos. "Me perdoa, eu fiquei preocupada com a ligação de ontem, mas não queria te chatear. Só queria saber se era algo sério."

"E seu jeito de não me chatear é fazendo as coisas escondido?"

"Não foi isso. Por favor, tenta me entender."

"Eu não quero mentira entre a gente, Dora."

"Eu também não, de jeito nenhum."

"Eu não sou o Léo."

"Nem eu quero que seja. Eu não vou repetir os mesmos erros, você sabe disso."

"Não sei, não."

"Puxa, Alan, só dando a chance que a gente vai saber."

"É difícil confiar sabendo que você levou uma vida dupla por tanto tempo. Não dá para esquecer que eu era o outro..."

"Nunca senti que você queria ser o oficial."

"Você namorava um assassino. O que você queria, que eu lutasse por você?"

"Era bem sinistro o negócio..."

"Põe sinistro nisso."

Dora se aproximou de Alan, "Fica tranquilo, vai. Não quero mais ninguém. Só você".

Alan se sentou no sofá da varanda e puxou Dora para o seu colo, fez um carinho em seu rosto. Dora o olhou com ternura.

"Posso confiar mesmo em você?"

"Eu amo você, garoto. Quero tudo contigo. A última coisa que eu quero é te perder."

Alan suspirou.

"Confia em mim."

"Tô fazendo meu melhor."

Dora abraçou Alan.

"Mas tá tudo bem?"

"Eu que te pergunto."

"Não, tá tudo bem na Pereira?"

"Ah..." O sorriso de Dora se fechou, "acho que não".

"E?"

"E não tem nada que eu possa fazer."

Alan encarou Dora de perto, "e a gente pode ser feliz mesmo assim, né?".

"Muito. Eu prometo que vou fazer meu melhor."

"E eu prometo que nunca vou te ameaçar de morte... a não ser que você me traia com o gostosão da escola."

"Se for com o dono do morro, tudo bem?"

Alan não achou graça. Dora fez cosquinha nele, os dois caíram no riso, até que pararam de uma hora para outra, se olharam a fundo e se abraçaram apertado.

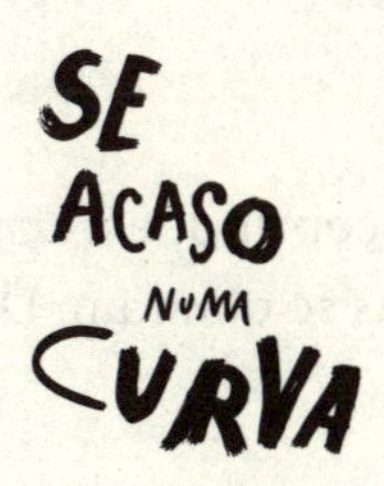

24.

Rien de Rien

Não foi fácil trocar o futebol de salão por horas sentada na cadeira da sala de aula, mas Dora foi apreciando aos poucos uma nova versão de si. Não cabia mais na pele antiga, se reformava no tear dos pequenos atos do dia a dia. Cada vez que conseguia agir diferente, descobria novas tintas. Queria abandonar o caos que havia vivido nos últimos anos. Quanto mais melhorava sua relação com Alan, com o pai, com os irmãos, com a escola, mais sentia falta dos dias em que era próxima da mãe. Sabia que Vera a assistia de longe, desconsiderando a distância que Dora insistia em impor. Por meses, Dora não havia conseguido atender suas ligações, mas sabia que mais cedo ou mais tarde precisaria restabelecer o diálogo que sempre tivera com a mãe. Precisava desatar o nó que restou para andar para frente.

Na saída da aula de Inglês, viu uma echarpe de seda na vitrine de uma loja de rua. Dora entrou e pediu para provar. Enrolou a echarpe no pescoço, rodopiou em frente ao espelho e se sentiu nos braços da mãe.

• • •

Vera se surpreendeu ao descobrir que a campainha anunciava Dora do outro lado da porta. As duas se olharam, Dora achou a mãe mais linda do que nunca.

"Oi, mãe."

"Oi, filha."

Ainda ficaram paradas na entrada um tempo.

"Não quer entrar?"

Dora foi adentrando o apartamento como se tudo fosse novo.

"Fiquei com saudades da Édith Piaf."

"Vou colocar o vinil pra gente."

"Prefiro na sua voz."

Tomadas por emoção, se abraçaram apertado. Dora sentiu o calor dos mesmos braços que a seguravam, ainda bebê, na foto pregada no mural de cortiça. Teve orgulho de ser filha daquela mulher que buscava tanto ser feliz.

Puxou o fio e o nó desatou.

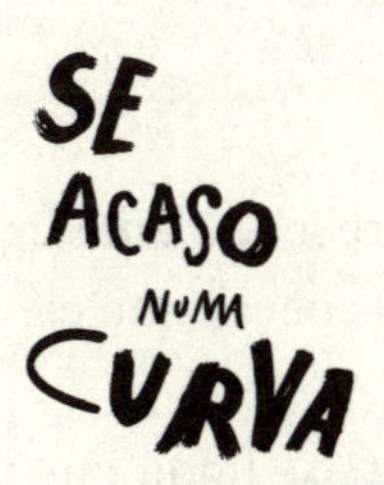

25.

Macacão Branco

A última vez que Léo ligou foi em um sábado à noite no fim de março, perto do aniversário dele.

"Dora, por favor, não desliga."

"Léo, sério, chega. Já te falei mil vezes que você não pode mais ficar me ligando."

"Só escuta o que eu tenho para dizer."

"Eu não posso. Eu não quero. Eu não tenho energia para isso. Eu te falei."

"Você não entende, deixa eu te falar pelo menos."

"Olha só, meu namorado tá me olhando de cara feia e não tem nenhum motivo pra eu fazer ele passar por isso. Já tem oito meses."

"Cara, deixa eu falar."

"Foi mal, Léo. Tenho que desligar."

"Princesa..."

Dora desligou e fugiu da reação de Alan, a última coisa que queria era deixá-lo inseguro. Foi ao banheiro e lavou os pensamentos, deixou na pia a tristeza de sentir Léo desesperado, tinha certeza de que a realidade que estava construindo era mais importante do que qualquer problema do passado.

• • •

Dois dias mais tarde, Dora recebeu uma ligação de Walter.

"Samurai quer de volta as peças que ele te deu."

"Eita! Que estranho..."

"Só porque ele finalmente se ligou que tu é pistoleira?"

"Como é que é?"

"Tu me ouviu muito bem."

"Quer saber, Walter, eu tô pouco me lixando. Foda-se."

"Quando eu pego contigo?"

"Tá com pressa?"

"Ele que tá."

"Me encontra em uma hora na farmácia da esquina da Pereira. E manda o Léo ir pra puta que pariu."

"Deixa comigo." Walter desligou.

Dora ficou revoltada, sem conseguir acreditar que Léo havia entrado nessa depois de tanto tempo. Não condizia com a pessoa que ela achava que ele era. Não o conhecia mais.

Chegou na farmácia antes do combinado e ligou para o Tobé do orelhão — pediu para ele chegar junto, não queria ficar sozinha com Walter.

Não deu tempo.

Walter apareceu carregado de uma nuvem negra.

"Toma." Dora estendeu a mão com as joias dentro de um saquinho de pano.

"Cadê a medalha de São Bento que vivia no teu pescoço?"

"Perdi. Mas o resto tá tudo aí." Dora sentiu um gosto amargo na boca.

A feição de Walter havia sido transfigurada pelo crime, seu jeito de se portar, seu olhar, seus maneirismos, só restava o ódio.

"Precisa de mais alguma coisa?"

"Não. Pode ter certeza que tô com tudo que eu quero."

Walter saiu em direção ao morro com o peito inflado. Aqueles poucos minutos com ele haviam trazido de volta todos os sentimentos que Dora havia se prometido não mais alimentar, sobretudo, o medo.

Tobé chegou com pressa e cara de preocupado.

"Tá tudo bem?"

"Acho que agora acabou de vez. Não sobrou nada."

"Foi mal não ter chegado antes dele."

"Tá de boa. O pior já passou."

"Pelo menos você não precisa mais lidar com isso. Já pode apagar tudo que passou."

"Eu não quero apagar, Tobé. Só não quero mais viver isso, mas tô longe de querer apagar. Eu sempre vou ter muito amor pelo Léo, independentemente do que ele sente por mim, e também tenho memórias incríveis do que eu vivi lá em cima. Nunca imaginei que passaria por essas coisas. Eu não sou mais a menina que subiu aquela ladeira numa tarde de sol com o Walter. Aliás, o círculo abriu com ele e fecha com ele. Só que ele cheio de ódio e eu só com amor."

Na tarde seguinte Dora havia combinado de encontrar Tobé depois da aula de Inglês para finalmente pegar a fita que ele havia gravado para ela.

Chegou na esquina deveras desestabilizada.

"Menino", deu dois beijinhos na bochecha de Tobé, "tô com o peito apertado desde ontem à noite. Volta e meia eu tenho isso, mas dessa vez tá mais do que o normal."

"Não é TPM, não?"

"Tomar no cu, Tobé."

Os dois caíram na gargalhada.

"Talvez um baseado te desate."

"Talvez."

Um táxi parou bruscamente no meio-fio e começou a buzinar, "Fala, Tobé!".

"Tem um taxista te chamando ali, ó."

"Puta que pariu, é o César, cara escroto pra caralho. Colou na galera tem pouco tempo."

César estacionou na esquina da Ribeiro de Almeida e veio em direção a eles.

"Lá vem o escroto na nossa direção." Dora tentou disfarçar.

"O cara só faz tirar onda e contar vantagem... mó pela saco." Tobé guardou no bolso o baseado que tinha na mão.

"Fala, parceiro."

"Fala tu, César."

"Num tá sabendo, não?"

"Qual foi?"

"Passaram os macaco tudo ontem."

"Ah, foi?" Tobé olhou para Dora com cara de te falei.

Dora olhou no entorno, buscando o que podia fazer para fugir daquela conversa.

"O pela saco chegou na quadra cheio de si, todo na beca, sentou na murada e começou a enrolar um baseado sem imaginar que tava à beira do fim da linha."

Dora escaneava a linguagem corporal de César, seu discurso agora lhe parecia um dialeto. De repente tudo era estrangeiro. Escutá-lo, uma viagem antropológica.

"Ele acabou de apertar, deu um tapa e foi passar o beck. O Dioín deu o sinal e o Walter parou bem na frente dele com aquele riso macabro dele. O cabrito ainda abriu um sorriso com aquela beiça enorme dele e mandou um, 'tá me paquerando?' Walter já mandou logo 'tua hora chegou, filho da puta'. Você tinha que ter visto a expressão do pela saco, ainda soltou um, 'vou morrer pela mão dos amigo...". O Walter deu o primeiro tiro, a bala atravessou o peito, mas ele ficou vivinho, vendo tudo. O Banguela e o Magriça começaram a atirar nas pernas, braços, tudo pra manter ele vivo pra morrer devagarzinho ali na quadra, na frente de todo mundo. O filha da puta não fez um apelo, não soltou uma lágrima, ficou encarando geral até não sobrar espaço no corpo pra atirar. Mas o negócio não podia acabar ali. Deixaram ele caído na quadra e subiram pra buscar a mãe. Quando bateram na porta parece que ela pensou que tava rolando invasão e botou os muleque para dentro. O Dioín já mandou, 'é tua vez, tia'. Mas a velha é um touro. Falaram que ela começou a correr, levou dois tiros de fuzil e continuou correndo. Até que o Walter atirou no joelho e ela caiu. A irmã do cabrito gritando na porta da casa, Banguela chegou a soltar o dedo, mas o ferro falhou, sorte da filha da puta. O Walter arrastou a velha morta até a quadra. Não tinha como o filho da puta ir sem a mãe junto, macumbeira do caralho, matava geral num ebó só. Esticaram os dois um do lado do outro. O macacão branco do otário todo vermelho, puro sangue." César gargalhou.

Dora levou um soco no estômago, todo o ar saiu de seu peito, havia ouvido a história toda sem querer acreditar na possibilidade de Léo ser o cabrito da vez. Mesmo com as similaridades, havia bloqueado os sentidos. A mãe de santo foi uma coincidência alarmante, mas "macacão branco" foi a confirmação.

"Jogaram os corpos na caçamba da quadra, as cabeças botaram fogo depois." César encheu a boca para completar, "a era do Samurai acabou".

Dora tremia descompassada, seu rosto pálido.

Tobé a segurou nos braços, "Foi mal, César. Acho que ela tá com pressão baixa, depois a gente se fala."

"Valeu, então, parceiro. Vou lá que ainda tenho que completar umas corridas." César voltou para o seu táxi como se tivesse contado mais uma história corriqueira.

"Eu não sou seu parceiro." Tobé murmurou.

Dora correu até a murada do prédio da esquina e vomitou copiosamente. Tobé segurou seu cabelo. Quando não havia mais o que vomitar, ele a sentou no chão e usou um prendedor que ela tinha no pulso para fazer um rabo de cavalo, depois pediu para o porteiro do prédio uma mangueira para ajudá-la a se limpar.

Dora viu em seu vômito os pedaços do bife que comera na noite anterior enquanto a carne de Léo era perfurada e cortada. Os detalhes sórdidos das mortes corriam em imagens vívidas em sua mente. A última palavra que ouvira de sua boca, era seu apelido, Princesa. *Princesa...* ouviu a voz doce dele. Depois lembrou do olhar de ódio de Walter no dia anterior — tinha entregado justo para seu assassino os presentes que Léo havia dado para ela com tanto amor.

O sorriso de Léo, lindo e largo, foi passando em flashes por sua mente. Sentiu a textura da mão, a temperatura do abraço, a gravidade elegante da voz baixa, os olhos caramelos atravessando seu olhar. Desejou não ter desligado aquele último telefonema para pelo menos poder ouvir um último "tchau". Sobraram as memórias. Jamais o esqueceria.

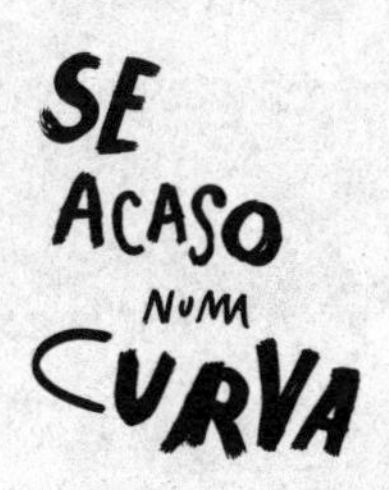

26.

Arco-íris

A estrada aberta. Os carros passando e Dora olhando para o que vinha pela frente, sentindo que a intensidade do medo que havia atravessado por tanto tempo havia a preparado para encarar a vida de peito aberto. Se não morresse, só ia ficando maior.

Nos alto-falantes o piano anunciou Elis Regina cantando a plenos pulmões "As Curvas da Estrada de Santos", a música favorita de Dora. Alan aumentou o som e Dora soltou a voz, como aprendera com a mãe, "Se você pretende saber quem eu sou, eu posso lhe dizer, entre no meu carro e na estrada de Santos você vai me conhecer", riram com a coincidência em relação ao caminho que tomavam, "vai pensar até que eu não gosto nem mesmo de mim e que, na minha idade, só a velocidade anda junto a mim...". Dora abriu a janela e deixou o cabelo voar com o vento, abundância transbordando em lágrimas. Alan tirou os olhos da pista e a olhou cantar, repleto de amor. Dora abriu um sorriso largo de felicidade, botou uma mão sobre a de Alan, a outra na medalha de São Bento pendurada no pescoço e continuou, "... mas se acaso numa curva eu me lembro do meu rumo, eu piso mais fundo, corrijo num segundo, não posso parar". Com os olhos cheios de brilho, contemplou o azul do céu, o verde vivo da floresta margeando o caminho, o correr da estrada, até se deparar com o próprio reflexo no retrovisor e, finalmente, se reconhecer. Gostou do que viu.

AGRADECIMENTOS

À Luluta Alencar, minha grande amiga e primeira leitora, sempre atenta aos mínimos detalhes, pertinente nos *feedbacks* e generosa na troca. Com você o mergulho é mais fundo.

À todos os envolvidos da DarkSide® Books, especialmente ao Marcel Souto Maior, que embarcou na história sem pestanejar e me trouxe para a editora; ao Bruno Dorigatti, que atravessou o intricado processo de edição comigo, trocando no dia a dia a evolução dos ajustes; e ao Christiano Menezes, que transpôs com primor a história em arte gráfica. Sem vocês, este livro não seria o que é.

À minha família, amigos e grandes amores vividos, que sempre me incentivaram a jogar minha escrita pro mundo.

FRANCISCA LIBERTAD, carioca, começou a carreira como atriz de teatro, depois se mudou para a Califórnia, onde ingressou na indústria de audiovisual como assistente de direção em Hollywood por quase uma década. Em paralelo, estudou no UCLA Writer's Program, onde escreveu em inglês seu primeiro longa, *The Shark and the Whale*, e seu primeiro romance, *Black or White*, embrião para *Se Acaso Numa Curva*. Em 2012, retornou ao Brasil para trabalhar como assistente de direção na Rede Globo, onde participou de nove novelas, enquanto desenvolvia seus projetos pessoais de escrita e direção. Atualmente, está desenvolvendo três séries para canais de *streamings*, revisando seu segundo livro e escrevendo o terceiro.

"Viver é afundar-se em cada caminhada."

— **HILDA HILST** —